U0109400

古典詩歌研究彙刊

第三十輯

龔鵬程 主編

第 3 冊

胡仔《苕溪漁隱叢話》研究（上）

楊 良 玉 著

國家圖書館出版品預行編目資料

胡仔《苕溪漁隱叢話》研究（上）／楊良玉 著 -- 初版 -- 新
北市：花木蘭文化事業有限公司，2021〔民110〕
目 4+200 面；17×24 公分
（古典詩歌研究彙刊 第三十輯；第 3 冊）
ISBN 978-986-518-541-1（精裝）
1.（宋）胡仔 2. 學術思想 3. 詩話 4. 詩評
820.91   110011266

ISBN-978-986-518-541-1

9 789865 185411

古典詩歌研究彙刊
第三十輯　第 三 冊　　　　　　ISBN：978-986-518-541-1

胡仔《苕溪漁隱叢話》研究（上）

作　　者　楊良玉
主　　編　龔鵬程
總 編 輯　杜潔祥
副總編輯　楊嘉樂
編　　輯　許郁翎、張雅淋、潘玟靜　美術編輯　陳逸婷
出　　版　花木蘭文化事業有限公司
發 行 人　高小娟
聯絡地址　235 新北市中和區中安街七二號十三樓
　　　　　電話：02-2923-1455／傳真：02-2923-1452
網　　址　http://www.huamulan.tw 信箱 service@huamulans.com
印　　刷　普羅文化出版廣告事業
初　　版　2021 年 9 月
全書字數　322104 字
定　　價　第三十輯共 8 冊（精裝）新台幣 15,000 元　　版權所有・請勿翻印

胡仔《苕溪漁隱叢話》研究（上）

楊良玉 著

作者簡介

楊良玉，出生於台北市。

曾任職於金甌商職、國家圖書館古籍整編小組、醒吾科技大學通識中心副教授退休。

喜好古典文學。老莊的豁達、詩詞的婉約與豪放，都曾經陪伴我，走過不同的人生階段。

喜歡緩慢柔和的太極拳，配合呼吸的瑜伽，享受一個人寧靜地獨與天地相往來的靜坐。喜歡中醫的養生智慧。

喜歡閱讀。隨著年齡的成長，有不同的喜好。現在則沈迷於養生書籍。

提　　要

阮閱《詩話總龜》、胡仔《苕溪漁隱叢話》（以下簡稱《叢話》）與魏慶之《詩人玉屑》為現存宋代最重要的詩話總集。然而《詩話總龜》在宋朝即已出現偽書，真假難辨；《詩人玉屑》在卷十二之後，品藻古今人物，其編排多與《叢話》相類，且直接引自《叢話》者頗多，往往連胡仔的「苕溪漁隱曰」按語也一併抄入，甚至直接抄錄胡仔的按語而不注明出處，故胡仔《叢話》可謂現存宋代最重要的詩話總集。

胡仔所纂輯的《叢話》一百卷，無論在體例、取材、考證上，皆嚴謹慎重，故歷代為諸家所援引。

《叢話》在體制上採取以時代先後、以人物為主體的編輯方式，並用「以類相從」的編輯方法，將前人的詩話，分類加以搜集，並注明出處。對材料的正確與否也進行謹慎的考證。在資料的編排上，有意識地將同一作者或同一主題的資料集中在一起，以便後學參考。胡仔有時會加上自己的評論，成為後人寶貴的文學批評資料。

《叢話》的編輯宗旨為「欲學詩者師少陵而友江西」，極力推崇杜甫的詩歌地位，而輔以江西詩派詩歌創作的理論，故《叢話》搜集杜集詩歌資料獨多，獨佔十三卷之多，推崇「老杜體」所樹立的詩歌典範。對於當時後輩晚生只讀黃庭堅之詩而不讀杜詩，胡仔提出黃庭堅亦是出自杜詩的看法，奠定了杜甫為江西詩派之「祖」的地位，表現了詩論家的卓越見解。

胡仔雖然對黃庭堅與江西詩社宗派圖並非很肯定，但是從《叢話》所選的多是江西詩派詩話，探討較多的亦是江西詩派所主張的「奪胎換骨」；「字字有來處」的「用事」典範；並強調鍊字的重要——「詩句以一字為工，自然穎異不凡，如靈丹一粒，點石成金也。」主張寫詩必須擴實，不可鑿空而作的態度；詩歌必須

「當於理」；強調作詩要有「自出新意」的獨創性，這些詩歌創作理論，皆不脫黃庭堅與江西詩派所論的範疇，只是《叢話》列舉了許多實例，讓江西詩派的詩論得以具體化。而胡仔本人在詩歌創作上，喜好運用「奪胎換骨」的方法，亦注重詩歌的鍊字。

《叢話》提供了歷代重要詩人的名單，單列的名家共十一家。六朝以前只有陶潛，唐朝有杜甫、李白、韓愈、白居易四人，宋朝有歐陽脩、梅聖俞、王安石、東坡、山谷、秦少游六家。胡仔除了廣搜其資料之外，並皆有胡仔自己評論的按語，留下珍貴的文學批評資料。

《叢話》保存了大量珍貴的文獻，許多已佚的宋代詩話，因為《叢話》的選錄，而保存了部分內容，郭紹虞《宋詩話輯佚》一書，有許多資料即是直接從《叢話》節錄而出。此外，像蘇軾「烏臺詩案」的檔案，李清照〈詞論〉、呂本中〈江西詩社宗派圖〉及圖中詩人名號等珍貴的文獻，亦皆最早見於《叢話》之記載。

《叢話》六百五十四則「苕溪漁隱曰」的按語，皆是胡仔考證的心血結晶。其中除了詩作出處用事的考辨，尚有關於作者、作品的考辨，詞牌、偽書的考辨，其他詩話筆話記載的繆誤的考辨，皆為珍貴的研究文獻。

目

次

第一章 緒 論

一、研究動機

現存北宋人編輯的詩話總集，主要有二大部，一為阮閱《詩總》，一為胡仔《苕溪漁隱叢話》（以下簡稱《叢話》）。

阮閱《詩總》作於北宋徽宗宣和五年（1123）十一月，胡仔《叢話》前集序作於南宋高宗紹興十八年（1148），後集序作於南宋孝宗乾道三年（1167），《四庫全書總目》以為「二書相輔而行，北宋以前之詩話，大抵略備矣。」〔註1〕

阮閱《詩總》以一年的時間編纂完成〔註2〕，分為十卷，四十六門。但今日所見的《詩話總龜》已非阮閱《詩總》原目，除了被割裂舊序，變更書名為《詩話總龜》之外，又摻雜了蘇黃諸家之說，以欺世盜名，胡仔在《叢話》前集中有詳細辯證〔註3〕。《四庫全書總目》所見

〔註1〕《四庫全書總目》，台北：藝文印書館，中華民國68年12月五版，頁4095。

〔註2〕《苕溪漁隱叢話》後集卷三十六胡仔載其家所收藏的阮閱《詩總》舊序曰：「余平昔與士大夫遊，聞古今詩句，膾炙人口，多未見全本，及誰氏所作也。宣和癸卯春，來官郴江，因取所藏諸家小史、別傳、雜記、野錄讀之，遂盡見前所未見者。至癸卯秋，得一千四百餘事，共二千四百餘詩，分四十六門而類之……宣和五年十一月朔，舒城阮閱序。」（台北：長安出版社，中華民國67年12月初版，頁287），從其自序中可見阮閱以不到一年的時間編纂而成。

〔註3〕《苕溪漁隱叢話》前集卷十一：「閩中近時又刊《詩話總龜》，此集即

之版本為明宗室月窗道人所刊，提要云：「併改其名為阮一閲，尤為疎舛……此書已經竄改，非其舊目矣。」〔註4〕

　　胡仔《叢話》前集序為戊辰年（南宋高宗紹興十八年，1148），後集序為丁亥年（南宋孝宗乾道三年，1167），其間相隔二十年，可見胡仔後半生的精力盡於此書。胡仔在〈前集序〉中云其編纂動機乃因阮閲《詩總》「宣和癸卯，是時元祐文章，禁而弗用」，故其書「獨元祐以來諸公詩話不載焉」，胡仔「遂取元祐以來諸公詩話，及史傳小說所載事實，可以發明詩句，又增益見聞者，纂為一集。凡《詩總》所有，此不復纂集，庶免重複」〔註5〕。故胡仔此作主要補充阮閲《詩總》之遺漏與不足，所以此兩本詩話總集，可謂囊括了北宋人論詩之語。

　　《四庫全書總目》提要評論《叢話》曰：

> 其書繼阮閲《詩話總龜》而作。前有自序，稱閲所載者皆不錄。二書相輔而行，北宋以前之詩話，大抵略備矣。然閲書多錄雜事，頗近小說；此則論文考義者居多，去取較為謹嚴。閲書分類編輯，多立門目；此則惟以作者時代為先後，能成家者列其名，瑣聞軼句則或附錄之，或類聚之，體例亦較為明晰。閲書惟採摭舊文，無所考正；此則多附辨證之語，尤足以資參訂。故閲書不甚見重於世，而此書則諸家援據，多所取資焉。〔註6〕

由上《四庫全書總目》分析比較《詩話總龜》與《叢話》的差異，可見

　　所編阮閲《詩總》也，余於〈漁隱叢話序〉中已備言之。阮字閲休，官至中大夫，嘗作監司郡守，盧州舒城人，其《詩總》十卷，分門編集，今乃為人易其舊序，去其姓名，略加以蘇黃門詩說，更號曰《詩話總龜》，以欺世盜名耳。」（台北：長安出版社，中華民國67年12月初版，頁75）

〔註4〕《四庫全書總目》，台北：藝文印書館，中華民國68年12月五版，頁4085。

〔註5〕胡仔，〈序漁隱詩評叢話前集〉，《苕溪漁隱叢話》，台北：長安出版社，中華民國67年12月初版，頁1。

〔註6〕《四庫全書總目》，台北：藝文印書館，頁4095。

《叢話》不管在體例、採擇、考證上，皆比《詩話總龜》來得嚴謹，故歷來為諸家所援引，對保存已佚文獻之功，及考證糾繆之勞，功不可沒。

二、研究方法

本論文以《叢話》前後集一百卷原典為主要研究範疇，研究《叢話》在選材、體例方面，與當代其他詩話有何承傳與創新的關係？胡仔在編纂《叢話》時，有何重要的動機與宗旨？其編纂方式與前人有何差異？胡仔對於詩歌創作有何主張？胡仔評論歷代重要詩人，有何獨特觀點？

第四章〈苕溪漁隱叢話論創作〉，第五章〈苕溪漁隱叢話對歷代詩人的評論〉，將是本論文勠力以赴的重心，將以胡仔六百多條「苕溪漁隱曰」〔註7〕為主要論證依據，嘗試分析胡仔對詩歌創作的主張及其對歷代重要詩人的評論。由於此兩章為本論文之重心，篇幅較多，故各節皆有「小結」，將重點再稍作整理。

第七章〈苕溪漁隱叢話的價值與檢討〉，探討《叢話》對後代的價值和影響，及其編輯體制或內容的缺失，都是本論文論述的範疇。胡仔在南北宋之際，蘇黃詩歌籠罩詩壇的氛圍中，有何與當代相同或不同的論述與主張？亦皆為本論文所欲探討之問題。

個人將從胡仔六百多條按語，以歸納的方式，一一加以爬梳整理，觀察胡仔的按語蘊藏何種批評思想？歸納其對詩歌創作的觀點。

從《叢話》的選材，觀察其詩歌主張與傾向，從而歸納其花費較多篇幅在找尋詩歌用事出處、後人詩歌對前人詩意、用語的承襲與使用的技巧的探討（即「奪胎換骨」的方法，請參看第四章第二節），另外，鍊字的故事與技巧、詩意應當於理而避免不合理的詩病（請參看第四章第五節），要求作者必須有獨創的精神〔註8〕。此外，發現胡仔選

〔註 7〕《叢話》前後集的「苕溪漁隱曰」共 654 則。
〔註 8〕《叢話》前集卷四十九，苕溪漁隱曰：「學詩亦然，若循習陳言，規摹

了大量陳師道《後山詩話》、范溫《潛溪詩眼》、李錞《李希聲詩話》、潘淳《潘子真詩話》、洪芻《洪駒父詩話》、《王直方詩話》、許顗《彥周詩話》、唐庚述、強行父記《唐子西文錄》〔註9〕的資料，其所選的詩話，幾乎多是偏向江西詩派詩話，可見其詩歌主張的傾向。

　　從胡仔隻言片語歸納整理其對歷代作家的評論，由於《叢話》所論及的作家甚夥，故只能擇要整理，先秦只陶淵明一人，唐朝除了杜甫為必選之外，盛唐（李白、王維）、中唐（韓愈、白居易）、晚唐（杜牧、李商隱）各選兩位代表；宋朝以歐陽脩、王安石、蘇軾、黃庭堅、秦觀五人為主。

三、前人研究成果回顧

　　儘管《叢話》歷來為諸家所援引，其重要性不在話下，但截至目前為止，對此《叢話》的研究，可謂寥若晨星。

　　就個人目前所見，有關胡仔生平的研究，共有七篇，一為黃師啟方〈在資訊環境建構宋人筆記資料對宋代文學研究的意義——以釋惠洪《冷齋夜話》與胡仔《漁隱叢話》中蘇軾之相關述論為例〉〔註10〕，從《叢話》有限的資料中，對胡仔生平行跡予以爬梳論證。其他皆為大陸學者，有曹濟平先生〈胡仔生卒年及其他〉〔註11〕，考據胡仔生卒年約為（1095？～1170）〔註12〕，楊海明〈胡仔的生平、家世及其詞學

舊作，不能變化，自出新意，亦何以名家。魯直詩云：『隨人作計終後人。』又云：『文章最忌隨人後。』誠至論也。」（頁333）《叢話》前集卷五十七批評福州僧「虹收千障雨，潮展半江天。」乃是模仿李義山詩「虹收青障雨，鳥沒夕陽天」，所屋下架屋者，非不經人道語，不足貴也。（頁395）

〔註 9〕蔡鎮楚，《中國詩話史》卷二第二章「蘇黃詩風與詩話創作」，湖南：湖南文藝出版社出版，1988年5月第一版，頁60～73。

〔註10〕第一屆「文學與資訊」科技會議，專題演講。

〔註11〕《文學遺產》，1981年第一期，頁102～103。

〔註12〕曹濟平並對《叢話》前集的成書時間提出異議（一般人認為成書於紹興十八年（1148）年的看法），認為胡仔在完成初稿并撰寫自序之後，到宋孝宗乾道初年越作了補充。

觀點〉〔註13〕、胡家祚〈胡仔及其《苕溪漁隱叢話》〉〔註14〕、吳洪澤〈胡仔生年考〉〔註15〕、葉當前、楊麗〈胡仔生平考述〉〔註16〕、鄧國軍《宋詩話考》〔註17〕等論文。胡家祚先生根據《金紫胡氏家譜》所載胡仔「生於大觀四年（1100）六月初二日」〔註18〕，給予一向生年不明的胡仔提出了有力的證明。吳洪澤先生據《胡少師（舜陟）年譜》〔註19〕所載：「大觀四年庚寅（1110）六月初二日，次子仔生……仔公，字元任，號苕溪漁隱，以蔭補將仕郎，……」〔註20〕。由於他們的努力，使胡仔的生卒年，可以明確地標示出來，不再是「不詳」的遺憾了。

　　至於有關《叢話》的研究，就個人目前所見，有以下數篇論文：張雙英〈論胡仔《苕溪漁隱叢話》的編纂方法及其寓義〉〔註21〕、張雙英〈胡仔詩歌批評析論〉〔註22〕、張雙英〈試探胡仔論惠洪評詩之弊的理論基礎——作家兼批評家時角色的糾葛〉〔註23〕，黃師啟方的專題演講〈在資訊環境建構宋人筆記資料對宋代文學研究的意義——

〔註13〕楊海明，〈胡仔的生平、家世及其詞學觀點〉，《江蘇師範學院學報》，1982 年第二期，頁 34～39。

〔註14〕胡家祚，〈胡仔及其《苕溪漁隱叢話》〉，載於《徽州師專學報》，1983 年第一期。此篇論文，台灣目前各大圖書館沒有收藏，只能依據葉當前、楊麗〈胡仔生平考述〉一文，引其考據成果。

〔註15〕吳洪澤，〈胡仔生年考〉，載於《文學遺產》，1989 年第一期，頁 107。

〔註16〕葉當前、楊麗，〈胡仔生平考述〉，《湖州師範學院學報》第六期（2006 年 12 月），頁 54～57。整理之前已發表的有關胡仔生年考證的文章，歸納得出胡仔生卒年的正確時間。

〔註17〕鄧國軍，《宋詩話考》第一章「宋詩話雜考」第二節「胡仔生平」，四川大學博士論文，2003 年 3 月 18 日，頁 34～36。

〔註18〕據葉當前、楊麗〈胡仔生平考述〉一文所引，頁 55。

〔註19〕吳文云：此年譜依胡仔叔叔胡舜申於宋高宗紹興十二年（1142）年修訂，宋孝宗乾道元年（1165）重修，胡仔當時尚在世（33 歲、56 歲），所載胡仔生年月日，當為可信，頁 107。

〔註20〕吳洪澤，〈胡仔生年考〉，載於《文學遺產》，1989 年第一期，頁 107。

〔註21〕收錄於《中華學苑》第四十五期，中華民國 84 年 3 月，頁 367～409。

〔註22〕收錄於《宋代文學研究叢刊》第二期，張高評主編，高雄：麗文化事業有限公司，1996 年 9 月，頁 247～259。

〔註23〕張雙英，《中國文學批評的理論與實踐》，台北：萬卷樓，中華民國 79 年出版，頁 95～127。

以釋惠洪《冷齋夜話》與胡仔《漁隱叢話》中蘇軾之間關述論為例〉，大陸學者則有楊海明〈胡仔的生平、家世及其詞學觀點〉、莫道才〈胡仔及其《苕溪漁隱叢話》論略〉〔註24〕、李揚先生〈胡仔的詞學批評探賾〉〔註25〕、顏翔林先生〈論《苕溪漁隱叢話》的詞學思想〉〔註26〕、聶巧平先生一篇〈論《苕溪漁隱叢話》的宋詩史觀〉〔註27〕、葉當前先生〈論三大宋代詩話總集的詩學思想——《詩話總龜》《苕溪漁隱叢話》《詩人玉屑》的詩學思想比較研究〉〔註28〕等數篇論文。以下分別摘要各文之重點。

張雙英先生〈論胡仔《苕溪漁隱叢話》的編纂方法及其寓義〉：將《叢話》編纂方式，區分為「完全摘自前人之書者」、「完全摘自前人之話者」、「摘自前人書之段落或語句時」、「胡仔加上案語者」，「則」與「則」之間，則有「主題」作為聯繫。統計《叢話》前後集所錄書和人之則數，其數據如下：《叢話》前集共摘錄了八十四種書和人的文字，總計為 1210 則；後集謫錄了九十二種書和人的文字，總計為 682 則。〔註29〕

張雙英先生〈胡仔詩歌批評析論〉：指出胡仔詩觀受黃庭堅詩論的影響，「胡仔詩評與黃庭堅詩論有不少雷同之處——只是稍為比較具體一些」〔註30〕，將胡仔詩歌批評的主要內容，區分為：

〔註24〕《廣西師範大學學報》，1992 年第三期，頁 59～63。

〔註25〕《河南師範大學學報》第 25 卷第 1 期，1998 年，頁 72～76。

〔註26〕《中國文學研究》，2000 年第 2 期，頁 3～7。

〔註27〕《文學遺產》，2004 年第三期，頁 83～94。

〔註28〕《曲靖師範學報》第 24 卷第 5 期，2005 年 9 月，頁 26～33。

〔註29〕收錄於《中華學苑》第四十五期，中華民國 84 年 3 月，頁 380。此數據和個人所統計的胡仔搜集許多詩話、文集，輔以經書、正史、本傳、墓誌銘等比較正式的文獻做為輔助佐證，旁及各式專書筆記小說等參考，所引之書，約有八百種之多（請參看第三章第二節，頁 46）相差甚巨。又個人統計前集總則數為 1313 則，後集總則數為 938 則，亦與張先生不同。

〔註30〕張雙英，〈胡仔詩歌批評析論〉，收錄於《宋代文學研究叢刊》第二期，頁 258。

（一）「論詩體」：胡仔以變化用字平仄的「拗律」之「變體」，以救「定體」（固定格式）的呆板僵化，認為「律詩之作，用字平側，世固有定體，眾共守之。然不若時用變體，如兵之出奇，變化無窮，以驚世駭目。」（《叢話》前集卷七，頁42）

（二）「論押韻」：古詩可以通作他聲押韻，律詩則不可。（《叢話》後集卷十八，頁127～128）以，避免「落韻」之語病。但是，像杜甫〈飲中八仙歌〉、韓愈〈李花〉詩押二花字等，「以意為主」，意到即押，可以「重疊押韻」。

（三）「論字法」：談到「點鐵成金」、「句中眼」等鍊字之例。〔註31〕

張雙英先生〈試探胡仔論惠洪評詩之弊的理論基礎──作家兼批評家時角色的糾葛〉：論及胡仔推崇惠洪之詩〔註32〕，但對詩評家惠洪卻提出了強烈的批評；「惠洪不善評詩，其言豈是憑哉？」〔註33〕對於惠洪未能考辨版本文字〔註34〕作者〔註35〕，就妄加評論，不能認同，並指出惠洪將小說不確實的言論收入詩話中的不當。〔註36〕

〔註31〕請參看本論文第四章第四節「鍊字」。

〔註32〕《叢話》後集卷二十三，苕溪漁隱曰：「魯直〈雪詩〉：『試尋高處望雙闕，佳氣葱葱寒妥貼。』洪覺範〈雪詩〉：『一川秀色浩凌亂，萬樹無聲寒妥貼。』二詩常以覺範為優，句意俱工。」（頁170）

〔註33〕《叢話》後集卷三十七：苕溪漁隱曰：「《冷齋夜話》謂道潛作詩，追法淵明，其詩有逼真處……余細細味之，句格固佳，但不類淵明語……惠洪不善評詩，其言豈足憑哉？」（頁295）

〔註34〕《叢話》前集卷三：《冷齋夜話》云：「老杜『白鷗波沒蕩』，今懼作『浩蕩』，非唯無氣，亦分外柔置波字。」苕溪漁隱曰：「《禽經》云：『鳧善浮，鷗善沒。』以沒字易波字……冷齋以沒字易浩字，其理全不通。浩蕩謂波也，今云波沒蕩，亦不成語，此言無足取。」（頁16）

〔註35〕《叢話》前集卷三十五：《冷齋夜話》云：「……李翰林曰：『鳥飛不盡暮天碧。』……」苕溪漁隱曰：「『飛鳥不靈暮天碧』之句，乃郭功甫〈金山行〉，《冷齋》以為李翰林詩，何也？」（頁235～236）

〔註36〕《叢話》前集卷八：《冷齋夜話》云：「白樂天每作詩，令一老嫗解之，問曰：『解否？』嫗曰解，則錄之，不解，則又復易之。故唐末之詩，近於鄙俚。」又張文潛云：「世以樂天詩為得於容易而來，嘗於洛中一士人家見白公詩草數紙，點竄塗之，及其成篇，殆與初作不侔。」苕

　　黃師啟方〈在資訊環境建構宋人筆記資料對宋代文學研究的意義
——以釋惠洪《冷齋夜話》與胡仔《漁隱叢話》中蘇軾之相關述論為
例〉：以今日資訊環境之便，對照《叢話》所引《冷齋夜話》各則，與
流傳的《冷齋夜話》版本的異同，認同《四庫提要》所云：今之《冷齋
夜話》版本「每篇皆有標題，而標題或冗沼過甚，或拙筆無文，皆與本
書不類」、「蓋已經後人刪削，非其完本」的說法。並從《叢話》的有限
資料中，爬梳胡仔的生平行跡。並以《冷齋夜話》、《叢話》中所引東坡
詩文相關資料十七則，參照《蘇軾詩集》《蘇軾文集》，互相參校，以見
其間異同。

　　楊海明〈胡仔的生平、家世及其詞學觀點〉歸納胡仔的詞學觀點
有四：（一）以婉麗為宗（二）主「雅」（三）主氣格（四）考據家的眼
光「對作品的真偽和著作權進行考據，解釋詞意，重史實的態度，反對
臆說」〔註37〕。全文最後總結胡仔的詞學觀點云：「反映了當時文人對
詞的一般看法，重婉約、重音律、重詞藻的華美，重視的藝術性，而不
大重視思想性」〔註38〕

　　莫道才〈胡仔及其《苕溪漁隱叢話》論略〉：推崇《叢話》在體
例上的貢獻，並將胡仔的詩學觀歸納為四點：（一）強調徵實，反對憑
空造語。（二）推崇變化新奇之美，主張自出胸臆，藝術創新。（三）
主張「言簡意足」，在精煉的語言裡充分抒發情志。（四）尚奪胎換骨
的作詩方法。認為「總的來看，胡仔的詩學思想創新不大，基本是繼
承、沿襲了黃庭堅的詩學思想。……徵引得較多的也是崇江西詩派的
詩話。」〔註39〕

　　李揚先生〈胡仔的詞學批評探賾〉：將胡仔詞學批評的主要蘄向，

　　溪漁隱曰：「樂天詩雖涉淺近，不至盡如《冷齋》所云。余舊嘗於一小
　　說中曾見此說，心不然之，惠洪乃取而載之《詩話》，是豈不思詩至於
　　老嫗解，烏得成詩也哉？余故以文潛所言正其謬耳。」（頁50）
〔註37〕《江蘇師範學院學報》，1982年第二期，頁38。
〔註38〕《江蘇師範學院學報》，1982年第二期，頁39。
〔註39〕《廣西師範大學學報》，1992年第三期，頁63。

歸納為「宗婉」、「尚雅」、「崇格」三點。〔註40〕

顏翔林〈論《苕溪漁隱叢話》的詞學思想〉：將胡仔的詞學思想分四點論述，一為「推崇詞的整體美和結構美」，二為「推崇詞的意境美和形式美」，三為「求實的批評態度」，四為「辯證分析與審美感悟的統一」。〔註41〕

聶巧平先生〈論《苕溪漁隱叢話》的宋詩史觀〉：指出胡仔《叢話》略於唐而詳於宋，「宗唐祧宋」的詩歌史觀；肯定《叢話》開出一份粗略的唐、五代詩人和較為具體完整的北宋詩人清單；總結漢魏、唐詩的創作經驗，提供當代宋詩必要借鑒與參考。又讚賞《叢話》總結北宋詩話的成就，有豐富的文獻價值和珍貴的史料價值且清楚地展現了北宋詩歌發展的過程，可視為現存第一部北宋詩歌發展史。

葉當前先生〈論三大宋代詩話總集的詩學思想──《詩話總龜》《苕溪漁隱叢話》《詩人玉屑》的詩學思想比較研究〉：指出胡仔「師少陵友江西」的詩學觀，打上了時代的烙印。胡仔論詩注重創作過程，詩法技巧，強調詩歌鍊字，注重詩眼。詩論也有「點鐵成金」、「奪胎換骨」的類似詩論。論詩重視用事典，評詩喜歡考據，與黃庭堅論杜詩「無一字無來處」理論相應。認為胡仔論詩主要借鑒了江西詩派理論，不廢模擬效仿，但同時也很注重創新，反對一味剽竊。這種觀點亦有得於黃庭堅。「綜觀胡仔的詩學思想，實際是江西詩派論的翻版，但他沒有襲江西詩派的詩術語，而是以另一種說法來表達，可以說是江西詩論的奪胎換骨。」〔註42〕

〔註40〕《河南師範大學學報》第25卷第1期，1998年，頁72～76。未免太過簡化胡仔詞論。且所論亦不出楊海明先生〈胡仔的生平，家世及其詞學觀點〉一文。

〔註41〕《中國文學研究》，2000年第2期，頁3～7。顏先生的說法籠統，未能深入闡述胡仔的詞論。

〔註42〕《曲靖師範學報》第24卷第5期，2005年9月，頁32。葉先生大致勾勒出胡仔詩論的重點。

四、預期成果

　　《叢話》既為南北宋之間最重要的詩話總集之一，又常為諸家所援引，但有關胡仔本人及《叢話》的研究探索，除了論文稀少，且皆未能進一步深少研究，今個人願略盡綿薄之力，為文化資產盡一份小小的心力，釐清胡仔《叢話》的面貌，分辨其體制在淵源於傳統與開創新局之間，有何特色之處？其編輯動機為何？其主要內容所顯現的詩觀？胡仔的詩歌創作主張為何？胡仔對歷代重要詩人有何評論？胡仔的詩論與當時籠罩詩壇的蘇、黃詩歌主張，有何異同？《叢話》一書所提供給後人價值與影響為何？以上，皆為個人努力釐清的方向與重點，讓世人更進一步認識瞭解《叢話》及胡仔的詩論與文學批評。

　　有鑒於《叢話》的重要性，故有此論文之撰寫，由於此書卷秩龐大，所涵蓋的時間從先秦的《詩經》直到南宋初期，上下縱橫一千多年，所囊括的問題包涵詩歌創作、鑑賞、考據、典故出處……等各式各樣的問題，筆者才疏學淺，疏漏不足之處尚多，尚祈先進不吝指正。

第二章　胡仔的生平及交遊

第一節　胡仔的生平

一、生卒年

胡仔《叢話》歷來為諸家所援引，其重要性不言而喻，但截至目前為止，對於胡仔生平的研究，只有寥寥數篇論文。

關於胡仔的生平，清朱彝尊《詞綜》、清厲鶚《宋詩紀事》等書，均不載胡仔的生卒年，近人郭紹虞先生的《宋詩話考》[註1]，亦未提及胡仔的生卒年。黃師啟方從《叢話》的有限資料中，對胡仔生平行跡予以考證[註2]。大陸學者則有曹濟平先生有〈胡仔生卒年及其他〉[註3]，楊海明〈胡仔的生平、家世及其詞學觀點〉[註4]、胡家祚〈胡

〔註1〕 郭紹虞，《宋詩話考》，台北：漢京文化事業有限公司，中華民國72年1月初版，頁81〜83。

〔註2〕 〈在資訊環境建構宋人筆記資料對宋代文學研究的意義——以釋惠洪《冷齋夜話》與胡仔《漁隱叢話》中蘇軾之相關述論為例〉，收錄於第一屆「文學與資訊」科技會議，專題演講。

〔註3〕 曹濟平，〈胡仔生卒年及其他〉，載於《文學遺產》，1981年第一期，頁102〜103。

〔註4〕 楊海明，〈胡仔的生平、家世及其詞學觀點〉，《江蘇師範學院學報》，1982年第二期，頁34〜39。

仔及其《苕溪漁隱叢話》〉〔註5〕、吳洪澤〈胡仔生年考〉〔註6〕、葉當前、楊麗〈胡仔生平考述〉〔註7〕、鄧國軍《宋詩話考》〔註8〕等六篇論文。

有關胡仔的生年，有三種不同的說法，分別是西元 1095、1108、1110 年。

曹濟平先生以胡仔「宣和間（1119～1125）任建安（福建）主簿」，推算胡仔當時大約 20 多歲，認為胡仔約生於宋哲宗紹聖間（1095）。〔註9〕但胡仔之父胡舜陟生於神宗元豐六年（1083），故胡仔生於哲宗紹聖間（1095）的推理並不合常理——胡舜陟 12 歲即當上父親。此點楊海明先生在〈胡仔的生平、家世及其詞學觀點〉一文中已指出，並考證胡仔生於徽宗大觀二年（1108）。

胡家祚先生〈胡仔及其《苕溪漁隱叢話》〉則直接根據《金紫胡氏家譜》〔註10〕介紹：「胡仔是胡舜陟次子，生於大觀四年（1110）六月初二日，是他父親胡舜陟登進士第開始飛黃騰達的第二年」。〔註11〕

吳洪澤先生〈胡仔生年考〉依據清胡培翬所撰《胡少師（舜陟）年譜》〔註12〕所載：「大觀四年庚寅（1110）六月初二日，次子仔生……

〔註5〕胡家祚，〈胡仔及其《苕溪漁隱叢話》〉，載於《文學遺產》，1983 年第一期。此篇論文，台灣目前各大圖書館皆沒有收藏，只能依據葉當前、楊麗〈胡仔生平考述〉一文，引述其考據成果。

〔註6〕吳洪澤，〈胡仔生年考〉，載於《文學遺產》，1989 年第一期，頁 107。

〔註7〕葉當前、楊麗，〈胡仔生平考述〉，《湖州師範學院學報》第六期（2006年 12 月），頁 54～57。整理之前已發表的有關胡仔生年考證的文章，歸納得出胡仔生卒年的正確時間。

〔註8〕鄧國軍，《宋詩話考》第一章「宋詩話雜考」第二節「胡仔生平」，四川大學博士論文，2003 年 3 月 18 日，頁 34～36。

〔註9〕曹濟平，〈胡仔生卒年及其他〉，載於《文學遺產》，1981 年第一期，頁 102。

〔註10〕此年譜依胡仔叔叔胡舜申於宋高宗紹興十二年（1142）年修訂，宋孝宗乾道元年（1165）重修。

〔註11〕據葉當前、楊麗〈胡仔生平考述〉一文引，《湖州師範學院學報》第六期（2006 年 12 月），頁 55。

〔註12〕吳文云：此年譜依《胡氏家譜》所載，修《家譜》時，胡仔尚在人世（33 歲），當為可信，頁 107。

仔公，字元任，號苕溪漁隱，以蔭補將仕郎，……」。〔註13〕

　　以上四篇論文，胡家祚先生直接根據《金紫胡氏家譜》證據確鑿，應無疑矣，吳洪澤先生據《胡少師年譜》說法，則是多一分胡仔出生年論據，則胡仔出生於徽宗大觀四年（1110）應可確定。

　　至於胡仔的卒年，據曹濟平先生、楊海明先生、胡家祚先生的研究，確定卒於孝宗乾道六年（1170）。

　　曹濟平先生依《徽州府志》卷十一「人物志」所載，確定胡仔的卒年為乾道六年（1170）：

> 胡仔，字元任，績溪人，舜陟次子，……紹興六年（1136）侍親嶺右，為廣西經略安撫司書寫機宜文字，轉文林郎、承直郎，就差廣西提刑司幹辦公事，居嶺外七年。……紹興三十二年（1162），赴宮闈中，三載任滿。自闈中歸苕溪，轉奉議，知常州晉陵縣，未赴，乾道六年（1170）卒。」（頁102）

胡家祚先生據《金紫胡氏家譜》亦載胡仔於「乾道六年庚寅五月初八日卒」。〔註14〕鄧國軍《宋詩話考》以《叢話》序推論胡仔當生於大觀四年庚寅（1110）。〔註15〕

　　由於以上論文諸位作者的努力，解決了長久以來，胡仔生卒年懸而未決的問題，明確地指出胡仔生於徽宗大觀四年（1110）六月初二日，卒於孝宗乾道六年（1170）五月初八日，享年六十一歲。

二、生平事略

　　胡仔除了徽宗宣和年間（1119～1125）以父蔭補官，任福建建安

〔註13〕吳洪澤，〈胡仔生年考〉，載於《文學遺產》，1989年第一期，頁107。

〔註14〕據葉當前、楊麗〈胡仔生平考述〉一文所引，頁55。

〔註15〕以《叢話》後集序作於丁亥（乾道三年，1167）所云「余丁年罹于憂患，投閒二十載……」，逆推胡仔作《叢話》前集於戊辰（紹興十八年，1148）之前二十年，為南宋高宗建炎三年己酉（1129），並以《宋史》卷一七四《食貨志·賦稅》云宋制「丁年」當是二十歲，以己酉（1129）為胡仔「丁年」，則胡仔當生於大觀四年庚寅（1110）。（鄧國軍，《宋詩話考》，四川大學博士論文，2003年3月18日，頁34～36）

主簿，長年跟隨其父胡舜陟身邊。晚年（紹興三十二年，1162），再赴官閩中，三載任滿。自閩中歸苕溪，直至乾道六年（1170）卒，自云連蹇選調四十年，長期失意於官場。

（一）早年官建安

有關早期官建安，《叢話》有一則記載：

> 苕溪漁隱曰：「……余官建安，因事至北苑焙茶……」（《叢話》前集卷十二，頁 82）

其餘長年跟隨其父胡舜陟身邊，《叢話》屢有記載：

> 苕溪漁隱曰：「宣政間，京師置四輔郡，拱州東輔也。先君時為宗學官，從兄孝著遊學拱輔，因有書來，先君寄之以詩曰：『東輔書初至，西宮夜正寒，感時嗟阻闊，喜汝報平安。學穮知兼力，辭淳發巨瀾，三冬文史足，軒裳未應難。』」（《叢話》後集卷三十六，頁 283）

> 苕溪漁隱曰：「政和間（1111～1117），先君赴調京師，館於景德寺，夜步月庭中，指月為對云：『圓少缺多天上月。』同赴調者，應聲戲云：『員多缺少部中官。』字雖假借，不甚親切，亦一時之實事。彼時尚爾，而況今乎？」（《叢話》前卷五十三，頁 366）

> 苕溪漁隱曰：「……余昔隨侍先君守合肥（安徽），……」（《叢話》前卷六十，頁 414）

> 紹興丙辰（六年，1136），余侍親赴官嶺右，……後十三年（紹興十八年，1148），余居苕水……（〈序漁隱詩評叢話前集〉，頁 1）

> 苕溪漁隱曰：「余居嶺外七年……」（《叢話》前卷四十一，頁 282）

由上記載，可見徽宗政和（1111～1117）、宣和（1119～1125）年間，胡仔隨其父在京師；之後曾在安徽合肥一帶停留；高宗紹興六年

（1136），胡舜陟為廣西經略，知靜江府。胡仔隨侍其父赴官，在嶺外居住了七年。直到紹興十三年（1143），轉運使呂源與胡舜陟有舊仇，呂向朝廷誣告胡舜陟「受金盜馬」、「訕笑朝廷」，秦檜乘機挾權報復，將胡舜陟逼死獄中。

　　胡仔丁父憂（1143）之後，回到苕溪，「杜門却掃於苕溪之上」（〈序漁隱詩評叢話後集〉），開始了「投閑二十載」〔註16〕的隱居生活，心無所事，因此「網羅元祐以來羣賢詩話，纂為六十卷」（〈序漁隱詩評叢話前集〉），於焉而有《苕溪漁隱叢話》前集六十卷的誕生。〔註17〕

（二）連蹇官場四十年

　　胡仔在官場上長期的不如意，在《叢話》前集固已提及「投閑二十載」、「放浪林泉之日久矣」；後集亦云「連蹇選調四十年」、「余蹭蹬銓選四十載，」皆為其官場實錄。

> 苕溪漁隱曰：「淵明有云：『余家貧，耕植不足以自給，幼稚盈室，缾無儲粟，生生所資，未見其術。』三復此語，真余之實錄也。余投閑二十載，生事素微，食指既眾，家日益貧。退之詩云：『時命雖乖心轉壯，技能虛富家逾窘。』亦似為余發，時時哦之，不覺失笑。余嘗有詩云：『壯圖鵬翼九萬里，末路羊腸百八盤。』蓋言老而多艱耳。」（《叢話》前集卷四，頁26）

> 苕溪漁隱曰：「余放浪林泉之日久矣……」（《叢話》前集卷四十七，頁322）

> 東坡云：「無事靜坐，便覺一日似兩日，若能處置此生，常似今日，得年至七十，便是百四十歲。人世間何藥，能有此效。

〔註16〕《叢話》前集卷四，頁26。胡仔從紹興十三年（1143）歸隱苕溪，至紹興三十二年（1162）又至閩中任官，其間剛好二十年。

〔註17〕〈序漁隱詩評叢話前集〉寫於紹興十八年（1148），則《叢話》前集編纂的時間約為五年。但前集完成後，之後又有補充，見本節四之1，《叢話》前後集成書年代。

既無反惡，又省藥錢，此方人人收得，但苦無好湯使，多嚥不下。」坡〈題自軒詩〉云：「無事此靜坐，一日如兩日，若活七十年，便是百四十。」正此意也。苕溪漁隱曰：「余連蹇選調四十年，在官之日少，投閒之日多，固能知靜坐之味矣；第向平婚嫁之志未畢，退之啼號之患方劇，正所謂『無好湯使，多嚥不下』也。」（《叢話》後集卷二十七，頁204）

胡仔讀東坡〈題息軒詩〉固知靜坐之妙，卻感歎「無好湯使」──兒女尚未婚嫁〔註18〕、自己身體欠安而未能好好靜坐。

《詩說雋永》云：『子蒼和人詩云：『窮如老鼠穿牛角，拙似鯰魚上竹竿。』」苕溪漁隱曰：「余蹭蹬銓選四十載，拙固有之，貧亦宜然，每以子蒼自況，屢哦此一聯，真余著題也，以《陵陽集》徧尋無之，因足成一章云：『執戟老人雙鬢斑，陸沉三世不遷官。窮如老鼠穿牛角，拙似鯰魚上竹竿。豈有葡萄博名郡，空餘苜蓿上朝盤。榮華氣象無絲許，正坐平生骨相寒。』」（《叢話》後集卷三十四，頁264）

胡仔以韓駒詩一聯足成一詩以自況身世，此詩可見胡仔重視對偶、修辭、用事等詩歌技巧，不脫江西詩派的風格。

（三）晚年官閩三年

胡仔晚年在閩富沙〔註19〕任官三年，時間為宋高宗紹興三十二年（1162）至孝宗乾道元年（1165）。《叢話》前後集亦有幾則相關資料：

壬午（紹興三十二年，1162）之春，余赴官閩中漕幕〔註20〕……（《叢話》前集卷四十六，頁317）

〔註18〕東漢人向長，字子平，在子女嫁娶事完成後即不再過問家事，與好友雲遊五嶽名山。典出《後漢書·逸民傳──向長傳》卷八十三。後以「向平之願」指兒女婚嫁的事。

〔註19〕富沙乃今福建建州。

〔註20〕舊時從水路運米供給京城或供應軍旅等，稱為「漕運」。唐宋以來，設有專官掌理。

　　苕溪漁隱曰：「木樨，閩中最多，路傍往往有參天合抱者，土
　　人以其多而不貴之。漕宇門前兩徑，自有一二百株，至秋，
　　花盛開，籃輿行清香中，殊可愛也。……」（《叢話》後集卷
　　三十五，頁277）

胡仔談及於閩中秋天木樨（桂花）盛開，坐在鄉轎內，道路飄滿桂花的
清香，殊為人間勝景。

　　苕溪漁隱曰：「……余官富沙凡三春，……」（《叢話》後集卷
　　十一，頁84）

　　余頃在富沙，常汲溪水烹茶，色香味俱成三絕，又況其地產
　　茶，為天下第一，宜其水異於他處，用以烹茶，水功倍之，
　　至於浣衣，尤更潔白，則水之輕清，益可知矣。（《叢話》後
　　集卷十一，頁84）

胡仔認為以活水烹茶，色香味俱成，以活水浣衣，尤更潔白，在富沙期
間，生活似較悠閒，常汲溪水烹茶，可算是晚年中比較愜意的日子。

（四）晚年再編《叢話》後集

　　胡仔富沙三年任滿，再次回到苕溪，因又獲《復齋漫錄》等數書，
「其間多評詩句，不忍棄之，遂再採摭，因而擴收羣書，舊有遺者，及
就余聞見有繼得者，各附益之，離為四十卷。」（〈序漁隱詩評叢話後
集〉），因而續成《苕溪漁隱叢話》後集四十卷。

　　苕溪漁隱曰：「乙酉歲（乾道元年，1165），余歸苕溪上，才
　　獲《復齋漫錄》，見無己小詞，因筆之。」（《叢話》後集卷三
　　十三，頁251）

　　苕溪漁隱曰：「……丙戌（乾道二年，1166）歲，居苕溪，暇
　　日因閱《酉陽雜俎》……」（《叢話》後集卷十，頁70）

　　苕溪漁隱曰：「丙戌（乾道二年，1166）之冬，余初病起，深
　　居簡出，終日曝背晴簷，萬事不到……」（《叢話》後集卷十
　　六，頁114～115）

胡仔從乙酉歲（乾道元年，1165）開始編輯《叢話》後集四十卷，在丁亥中秋日（乾道三年，1167）完成，總共花費三年的時間，《叢話》後集雖然只有四十卷，但有比較多的胡仔「苕溪漁隱曰」按語，顯示晚年的詩觀更成熟了。

三、個性思想

（一）性樂閑退、甘貧守靜

胡仔除了早年曾任官建安三年，晚年任官富沙三年，連蹇官場達四十年之久，則生事素微可知。胡仔在這種困頓貧窮的環境中，性樂閑退、甘貧守靜，以讀書、著書自娛，每日不忘目披手抄，編輯《叢話》，乃因「誠心好之，遂忘其勞；蓋窮人事業」（〈序漁隱詩評叢話後集〉）。《叢話》中亦間有顯示其個性者。

苕溪漁隱曰：「裴說詩：『讀書貧裏樂，搜句靜中忙。』此二句乃余日用者，甘貧守靜，自少至老，飽諳此味矣。」（《叢話》後集卷十七，頁125）

苕溪漁隱曰：「……余性樂閑退，一丘一壑，蓋將老焉；二詞（晁無咎〈摸魚兒〉、呂居仁〈滿江紅〉）能具道阿堵中事，每一歌之，未嘗不擊節也。……」（《叢話》前集卷五十一，頁347）

苕溪漁隱曰：「余嘗於驛舍壁間，見有人題云：『悠悠前途，莫問榮枯，得之本有，失之本無。』此達者之言也。又《南史》：『顧愷之云：人稟命有定分，非智力所移，唯應恭己守道，信天任運；而闇者不達，妄意僥倖，徒虧雅道，無關得喪。』余嘗愛其言極有理，故附益於此，可為躁進者之戒。」（《叢話》前集卷五十四，頁367）

苕溪漁隱曰：「富貴於人，造物所靳；自古以來，多不在於少年，嘗在於晚景。若少年富貴者，非曰無之，蓋亦鮮矣。人至

晚景得富貴，未免置第宅，售妓妾，以償其平生所不足者。

如樂天詩云：『多少朱門鎖空宅，主人到了不曾歸。』司空曙

詩云：『黃金用盡教歌舞，留與他人樂少年。』讀此二詩，使

人悽然，誠不必為此也。」（《叢話》前卷二十一，頁 139）

以上幾則，可見胡仔甘貧守靜、性樂閑退，及「恭己守道」，隨緣順命
的人生態度，淡泊於世人汲汲追求於富貴、妓妾的思想。

（二）學佛、習道

　　由於胡仔「連蹇選調四十年」、「蹭蹬銓選四十載」，長期的官場
失意，胡仔除了讀書、著書以銷憂遣愁，晚年亦學佛以求身心安定解
脫。《叢話》前集已抄錄東坡〈岐亭〉詩，以哀眾生而戒殺〔註21〕，
《叢話》後集則抄錄了許多自己習佛心得。

苕溪漁隱曰：「禪門須是悟入，方為究竟，倘不爾，亦安能七

縱八橫，去住自在也哉？余觀劉興朝見惠林沖老，沖為焚香

設誓曰：『我法中自有悟門，若也以無為有，即是誑汝，吾當

永墮無間地獄。吾將此身設大誓願，願汝此去，堅信不退，

他日有見，方表斯言。』又龍門言有李提刑者，將《傳燈錄》

白先師云：『某素留心此道，每看此錄，多有不會處，望一一

開示。』先師云：『此事不如是理會，須有省悟始得，若有省

悟，無有不會者，自不消問；人若無省悟，祇那會處，亦未

〔註21〕《叢話》前集卷三十八引東坡云：「余在黃州，與陳慥季常往來，每往
過之，輒作汁字韻詩一篇，季常不禁殺，故以此諷之。季常既不復殺，
而里中皆化之，至有不食肉者，皆云：『未死神已泣。』此語使人悽然
也。」苕溪漁隱曰：「余憂患之餘，久亦戒殺，細味東坡此詩，欣然會
意，故錄全章，益以自警。」（頁 261）此乃東坡〈岐亭〉五首之二，
全詩如下：「我哀籃中蛤，閉口護殘汁；又哀網中魚，開口吐微濕。刳
腸彼交病，過分我何得。相逢未寒溫，相勸此最急。不見盧懷慎，烝
壺似烝鴨。坐客皆忍笑，髡然發其羃。不見王武子，每食刀机赤。琉
璃載烝豚，中有人乳白。盧公信寒陋，衰髮得滿幘；武子雖豪華，未
死神已泣。先生萬金璧，護此一蟻缺。一年如一夢，百歲真過客。君
無廢此篇，嚴詩編杜集。」（《蘇文忠公詩編註集成》，清王文誥，台灣：
學生書局，中華民國 76 年 10 月第三次印刷，頁 2617）

是在。』二大士之言，真得其要矣。」（《叢話》後集卷三十
七，頁 301）

胡仔體會「禪門須是悟入，方為究竟。」肯定惠林沖老「我法中自有悟
門」及李提刑先師「須有省悟始得」二大士之言，真得其要。

> 苕溪漁隱曰：「余讀劉興朝《悟道發真集》，其言曰：『余少治
> 儒術，長登仕版，蓋未嘗信佛也。三十有二歲，則東林長老
> 總公，與之語七日，始生信焉，即取其書，讀之三年，蓋恨
> 其信之之晚也。然循其理而體會，則似悟還迷，依其法而行
> 持，則愈靜還擾。既而閱《傳燈錄》，始知佛有法眼妙心，密
> 相付囑，而達摩西來，單傳此事，眾生悟者，可以見性而了
> 心，其後發明此事，但覺境界非常，取《證道歌》讀之，句
> 句儘是吾之心地，讀至六般神用空不空，一顆圓光色非色，
> 如是希奇之事，吾今已得現前，任是千聖出來，也須退步始
> 得。示人以偈曰：『世間多少英雄漢，終日迷頭沒人喚，可憐
> 眼底黑漫漫，不見驪珠光燦爛。過今晡，又來旦，不覺年華
> 暗中換。急擡頭，高著眼，徑寸不在蚌中產。靈利男兒薦得
> 時，好笑教渠腸欲斷。』又有詩云：『今古堂堂此事同，歸因
> 處處獲圓通。片心豁去滄溟窄，雙眼開來宇宙空。出海銀蟾
> 光動地，離弦金鏃疾追風。須知佛祖埋藏後，坐斷千崖是此
> 翁。』」（《叢話》後集卷三十七，頁 300）

胡仔讀劉興朝《悟道發真集》，記錄其由儒學而學佛之經歷。並抄錄其
悟道之偈與詩各一首。

> 苕溪漁隱曰：「陳體常〈答黃冕仲二書〉，敘學佛之旨，深切
> 著明，余嘗三復其言，歎其有理，恨未能盡行也。體常又有頌
> 六首，今錄二首，其一云：『密坐研窮省細微，到頭須是自忘
> 機，應無祖佛能超越，豈有冤親更順違。歷歷孤明尤認影，巍
> 巍獨步尚披衣。翻嗟會得昭靈者，也道尋師得旨歸。』其二云：
> 『個中端的有誰知，知者歸來到者稀。即見即開還錯會，離聲

離色轉乖違。山青水綠明玄旨，鶴唳猿啼顯妙機。有意覓渠終
不過，無心到處盡逢伊。」」（《叢話》後集卷三十七，頁301）

胡仔推崇宋陳體常居士〈答黃冕仲二書〉，敍學佛之旨，深切著明。並
錄其二頌。〔註22〕

> 苕溪漁隱曰：「余觀誌公〈十二時頌〉，自非深悟上乘，同佛
> 知見，豈能作此語也。是時，達摩猶未西來，誌公已明此理，
> 所謂先得我心之所同然者。誌公沒于天監十三年，而達摩以
> 普通八年至金陵，由此之魏，傳佛心印，禪宗方興。近世學
> 佛者，往往忽此頌而弗觀，蓋貴耳而賤目耳。予嘗手書此頌，
> 置之座右，朝夕味之；尤愛其最後一首云：『雞鳴丑，一顆明
> 珠圓已久，內外推尋覓總無，境上施為渾大有。不見頭，又
> 無手，世界壞時終不朽。未了之人聽一言，只這如今誰動
> 口？』以至三祖〈信心銘〉永嘉〈證道歌〉，皆禪學之髓，初
> 地之人，其可弗觀乎？」（《叢話》後卷三十七，頁302）

胡仔推崇南朝高僧寶誌和尚〈十二時頌〉「深悟上乘，同佛知見」。然而
當代學佛者，由於貴遠賤近的心態，往往忽此頌而弗觀。又指出禪宗三
祖僧璨的〈信心銘〉〔註23〕、永嘉〈證道歌〉〔註24〕，皆禪學之髓，

〔註22〕陳體常之生平事略載於佛教續藏經第八十八冊《居士傳》卷25，並錄
其二頌，即從《叢話》錄出。「陳體常，名易。家蔡溪之左巖。少好學。
該綜經史。熙寧初應試。即棄去。與釋氏論出世法。嘗作頌曰：⋯⋯
崇寧中舉遺逸。又舉八行。郡守郭重致禮聘之。體常謝牋曰。早粗修
於八行。晚但了於一心。心既本無。行亦何有。平生無忤視妄言。或
語老莊釋氏大意則亹亹忘倦。宣和八年跏趺而逝」（http://www.cbeta.
org/result/normal/X88/1646_025.htm）

〔註23〕僧璨〈信心銘〉全文146句，548字，乃禪宗三祖僧璨大師習道心得，
要人放下所有的揀擇、順逆、是非、邪正、愛憎等分別，體悟真心。
乃實修實證的無上心法，值得學佛者用來警策自心，澆鑄自己學佛的
信心。「至道無難，唯嫌揀擇。但莫憎愛，洞然明白。毫釐有差，天地
懸隔。⋯⋯一即一切，一切即一。但能如是，何慮不畢。信心不二，
不二信心。」

〔註24〕唐玄覺大師所撰〈永嘉大師證道歌〉：「君不見。絕學無為閒道人。不
除妄想不求真。無明實性即佛性。幻化空身即法身。法身覺了無一

初地之人，尤應觀讀。

　　苕溪漁隱曰：「回仙有〈沁園春〉一闋，明內丹之旨，語意深妙，惜乎世人但歌其詞，不究其理，吾故表而顯之，云：『七返還丹，在人先須煉己待時。正一陽初動，中宵漏永，溫溫鉛鼎，光透簾幃。造化爭馳，虎龍交合，進火功夫猶闖危。曲江上，看月華瑩靜，有個烏飛。當時自飲刀圭，又誰信，無中養就兒，辨水源清濁，木金間隔，不因師指，此事難知。道要玄微，天機深遠，下手速修猶太遲。蓬萊路，仗三千行滿，獨步雲歸。』」（《叢話》後集卷三十八，頁305）

胡仔評論回仙（呂洞賓）有〈沁園春〉一闋，闡明內丹之旨[註25]，語意深妙，惜乎世人但歌其詞，不究其理，故錄其詞。

四、著作

（一）《叢話》前後集一百卷及其成書年代

　　有關《叢話》前後集的成書年代，一般皆依胡仔於前集〈序漁隱詩評叢話前集〉所記，將《叢話》前集六十卷的成書定於「戊辰」即高

物。……摩尼珠。人不識。如來藏裏親收得。六般神用空不空。一顆圓光色非色。淨五根。得五力。唯證乃知難可測。……從他謗。任他非。把火燒天徒自疲。……了知生死不相關。行亦禪。坐亦禪。語默動靜體安然。……不求真。不斷妄。了知二法空無相。無相無空無不空。即是如來真實相。……棄有著空病亦然。還如避溺而投火。捨妄心。取真理。取捨之心成巧偽。……大象不遊於兔經。大悟不拘於小節。莫將管見謗蒼蒼。未了吾今為君訣。」

〔註25〕內丹，道教方術之一。顧名思義，所謂「內丹」也就是人體之內的「金丹」，它是與「外丹」相對而言的。如果說外丹是採取地中的礦物石煉製而成的一種外在藥物，那麼「內丹」則是從人體自身尋找基本的原材料，通過特殊的程序操作而得到的一種內在藥物。道門把人體的精氣神當作內在的原材料，力圖通過此等原材料的加工與煉製，形成可以滋補人體的「大藥」。內丹術注重人的精神調理與呼吸方法的運用，力求氣血的流暢和身心健康。（道教文化資料庫：http://www.taoism.org.hk/religious-activites&rituals/inner-alchemy/pg5-5-intro.htm）

宗紹興十八年（1148），如郭紹虞《宋詩話考》〔註26〕。但曹濟平先生則依《叢話》前集卷四十六，胡仔自謂「壬午（紹興三十二年，1162）之春，余赴官閩中漕幕，遂得至北苑觀造貢茶，……」〔註27〕證明《叢話》前集的成書年代，並非如郭紹虞《宋詩話考》所云，成於紹興十八年（1148），而只是完成初稿並撰自序，至宋孝宗乾道初再加搜輯。〔註28〕

　　個人亦認同此點，因為除了曹濟平先生所舉的例子之外，個人亦發現《叢話》前集中尚有三則，時間皆晚於紹興十八年的記錄：

　　　　「……余至富沙，按其地里……」（《叢話》前卷四十六，頁
　　　　313）

胡仔晚年在閩富沙任官三年，時間為宋高宗紹興三十二年（1162）至孝宗乾道元年（1165）年，故此則為晚年的按語無疑。

　　　　「……壬午歲（紹興三十二年，1162）過三衢……」（《叢話》
　　　　前集卷五十四，頁371）

此則的時間在高宗紹興三十二年（1162）年。

　　　　苕溪漁隱曰：「余宣和間（1119～1125）居泗上，於王周士處
　　　　見張仲宗詩一卷，因借錄之。後三十年，於錢唐與仲宗同館
　　　　穀，初方識之。……」（《叢話》前集卷五十四，頁372）

宋徽宗宣和年間的三十年後，則至少是1149年之後，以上三則，皆晚於紹興十八年（1148），故胡仔《叢話》前集序雖云「戊辰（1148）春三月」，但應只是初稿，之後又有追加。

　　至於《叢話》後集，則為乙酉歲（乾道元年，1165），胡仔歸苕溪後，又獲《復齋漫錄》等書，續成後集〔註29〕，其成書時間依胡仔

〔註26〕郭紹虞，《宋詩話考》，台北：漢京文化事業有限公司，中華民國72年元月初版，頁81。
〔註27〕《苕溪漁隱叢話》前集卷四十六，頁317。
〔註28〕曹濟平，〈胡仔生卒年及其他〉，《文學遺產》，1981年第一期，頁102。
〔註29〕《叢話》後集卷三十三，胡仔自云：「乙酉歲（乾道元年，1165），余歸苕溪上，才獲《復齋漫錄》……」（頁251）

〈序漁隱詩評叢話後集〉所云，成於「丁亥中秋日」宋孝宗乾道三年（1167）。

此書通行本有清乾隆五年至六年（1740～1741）楊佑啟耘經樓依宋版重雕本，西元1962年，大陸人民文學出版社即以此為底本，校勘排印出版。〔註30〕

本論文以台灣長安出版社版本為主，〔註31〕此版本乃是依西元1962年大陸人民文學出版社所出版的廖德明校點本為底本。

（二）《孔子編年》五卷

胡仔除了《叢話》百卷之外，尚有《孔子編年》五卷。是書前有其父胡舜陟序於紹興八年（1138）三月，乃胡舜陟任職靜江府之時。

胡仔奉父命撰《孔子編年》五卷。被收入《四庫全書》史部傳記類。《四庫全書總目提要》論此書優點云：

> 是書輯錄孔子言行，以《論語》、《春秋》三傳、《禮記》、《家語》、《史記·世家》所載，按歲編排，體例亦如年譜，而曰編年，尊聖人也。自周秦之間，讖緯雜出，一切詭異神怪之說，率託諸孔子，大抵誕謾，不足信，仔獨依據經傳，考尋事實，大旨以《論語》為主，而附以他書，其採掇頗為審慎。〔註32〕

但亦指出此書不免有牽合、穿鑿之處：

> 惟諸書紀錄聖言，不能盡載其歲月，仔既限以編年，不免時有牽合……不知何所據而云然，此類尤失於穿鑿。〔註33〕

〔註30〕廖德明，〈校勘後記〉，收錄於《苕溪漁隱叢話》，台北：長安出版社，中華民國67年12月初版，頁342。

〔註31〕《苕溪漁隱叢話》前後集，台北：長安出版社，中華民國67年12月初版。

〔註32〕《四庫全書總目提要》，清·紀昀等，台北：藝文印書館，中華民國68年12月五版，頁1225。

〔註33〕《四庫全書總目提要》，清·紀昀等，台北：藝文印書館，中華民國68

因為「由宋迄元、明，集聖蹟者，其書日多，亦猥雜日甚，仔所論次，猶為近古，故錄冠傳記之首」仍肯定其「近古」且審慎的編輯態度，而將此書置於史部傳記類之首。

（三）胡仔詩詞

《叢話》中保存胡仔之詩十首，詩聯十三句。詞兩闋。上梁文1篇。

今《全宋詩》卷二〇〇八錄胡仔詩十一首，全錄自胡仔《叢話》〔註34〕，有一首錄自明程敏政《新安文獻志》的〈歌風臺〉，作者乃狂稱隱〔註35〕，並非胡仔。另錄「句」十一聯，與亦全錄自《叢話》而少了二聯。〔註36〕

1.〈春寒〉「小院春寒閉寂寥，杏花枝上雨瀟瀟，午窗歸夢無
　　人喚，銀葉龍涎香漸銷。」（《叢話》前集卷二十六，頁179
　　～180）

胡仔自云：「徐仲雅宮詞曰：『內人曉起怯春寒，輕揭珠簾看牡丹，一色柳絲收不盡，和風搭在玉欄干。』余嘗作春寒絕句……聊效其體也。」乃是學習徐仲雅宮詞之體而仿作之詩。

2.「何處金錢與玉錢，化為蝴蝶夜翩翩，青絲網住芳叢上，
　　開作秋花取意妍。」（《叢話》前集卷四十七，頁325）

此則未標詩名，但云「詩人詠物形容之妙，近世為最。……蘇黃有詠花詩，皆托物以寓意，此格尤新奇，前人未之有也。余遂效此格作詩。」〔註37〕

　　　　年12月五版，頁1225～1226。

〔註34〕《全宋詩》第三十六集，北京大學古文獻研究所，北京：北京大學，
　　　　1998年12月一版，頁22527～22530。

〔註35〕《新安文獻志》卷59，明程敏政輯撰，合肥：黃山書社，2004年，頁
　　　　1414。《新安文獻志》所收胡仔之詩為本論文第3首的效山谷體「青玻
　　　　瓈色瑩長空……成三人。」（見頁1413）

〔註36〕少了本論文詩聯的7、8二句。「天連風色……」「釣艇江湖……」

〔註37〕《叢話》前集，卷四十七，頁325。

3.「青玻璃色瑩長空，爛銀盤掛屋山東，晚涼徐度一襟風。
天分風月相管領，對之技癢誰能忍，吟哦自恨詩才窘。掃
寬露坐發興新，浮蛆琰琰拋青春，不妨舉醱成三人。」
（《叢話》前集卷四十八，頁 330）

此詩胡仔自云「魯直勸伯時畫馬詩，此格三句一換韻，三疊而止。
此格甚新，人少用之。余嘗以此格為鄙句」〔註38〕（《叢話》前集卷四
十八，頁 330）

4.〈和人詠臘梅〉絕句「新詩湔拂自蘇黃，想見當年喜色香，
草木無情遇真賞，豈知千載有餘芳。」（《叢話》前集卷四
十九，頁 335）

5.〈題苕溪漁隱圖〉「溪邊短短長長柳，波上來來去去船，鷗
鳥近人渾不畏，一雙飛下創中天。」（《叢話》前集卷五十
五，頁 373）

6.〈題苕溪漁隱圖〉「秋雲漠漠煙蒼蒼，蘆花初白蓮葉黃，釣
船盡日來往處，南村北村秔稻香。」（《叢話》前集卷五十
五，頁 373）

7.〈題苕溪漁隱圖〉「卷起綸竿撇櫂歸，短篷斜掩宿漁磯，日
高春睡無人喚，撩亂楊花繞夢飛。」（《叢話》前集卷五十
五，頁 373）

8.〈題苕溪漁隱圖〉「三間小閣賈耘老，一首佳詞沈會宗，無
限當時好風月，如今總屬績溪翁。」（《叢話》前集卷五十
九，頁 408）

以上四首〈題苕溪漁隱圖〉胡仔自云乃「卜居苕溪，日以漁釣自
適，因自稱苕溪漁隱，臨流有屋數椽，亦以此命名。僧了宗善墨戲，落
筆瀟洒，為余作〈苕溪漁隱圖〉覽景攄懷，時有鄙句，皆題之左方；既
久，益多不能盡錄，聊舉其一二」之作。

〔註38〕《叢話》前集，卷四十八，頁 330。

9.〈七夕〉詩：「乞巧筵開玉露秋，一鉤涼月掛西樓。人間百
　巧方無奈，寄語天孫好罷休。」（《叢話》後集卷七，頁49）

10.「執戟老人雙鬢斑，陸沉三世不遷官。窮如老鼠穿牛角，
　　拙似鮎魚上竹竿。豈有葡萄博名郡，空餘苜蓿上朝盤。榮
　　華氣象無絲許，正坐平生骨相寒。」（《叢話》後集卷三十
　　四，頁264）

　　此詩未標詩名，但云「以韓駒和人詩『窮如老鼠穿牛角，拙似鮎
魚上竹竿。』足成一章。」〔註39〕此詩可見胡仔詩歌注重對偶、重視
用事的風格。

　　詩聯十三句：

1.「壯圖鵬翼九萬里，末路羊腸百八盤。」（《叢話》前集卷
　四，頁26）

　　胡仔自云言其「老而多艱」時生活景況。

2.〈春日〉「話盡春愁雙紫燕，喚回午夢一黃鸝。」（《叢話》
　前集卷二十四，頁161）

　　胡仔自云以唐人得意句「一鳩鳴午寂，雙燕話春愁。」作一聯句。

3. 春雪：「潤資宿麥兩歧秀，寒勒新花幾信風。」（《叢話》
　前集卷二十九，頁204）

　　胡仔用「東坡〈雪詩〉『遺蝗入地應千尺，宿麥連雲有幾家』，蓋
蝗遺子於地，若雪深一尺，則入地一丈，麥得雪則資茂而成稔歲：此老
農之語也。故東坡皆收拾入詩句……」之詩意，作一聯句。

4.「鸚鵡杯且酌清濁，麒麟閣懶畫丹青。」（《叢話》前集卷
　三十六，頁241）

　　胡仔自云學習歐陽脩「靜愛竹時來野寺，獨尋春偶過溪橋。」的
「折句」之格式寫一聯句。

5.「為官兩部喧朝夢，在野千機促婦功。」（《叢話》前集卷

〔註39〕《叢話》後集，卷三十四，頁264。

三十六，頁 243）

胡仔自云效法王安石「繰成白雪桑重綠，割盡黃雲稻正青。」以白雪代絲，黃雲代麥的「不言其名」的代言體寫一聯句。以「兩部」代蛙，以「千機」代促織。

6.「雨天逢甲子，夜坐守庚申。」（《叢話》前集卷四十，頁276）

胡仔學東坡為人作的挽詩「豈意日斜庚子後，忽驚歲在己辰年。」以天干、地支對偶的形式寫一聯句。

7.「天連風色共高運，秋與物華俱老成。」（《叢話》前集卷四十七，頁319）

此聯胡仔效法杜甫「拗句」──當下平字處以仄字易之，寫一聯句。

8.「釣艇江湖千里夢，客氈風雪十年寒。」（《叢話》前集卷四十七，頁321）

此聯胡仔自云「效山谷體」，學習黃庭堅「桃李春風一盃酒，江湖夜雨十年燈」七字全用名詞的格式寫一聯句。

9.「霞抹晚空魚尾赤，水生春渚鴨頭青。」（《叢話》前集卷五十二，頁355）

胡仔學習高荷「沙軟綠頭可並鴨，水深紅尾自跳魚。」這種「怪麗之甚」的詩寫一聯句。

10.「愁隨竹葉消春盞，喜入燈花綴夜缸。」（《叢話》前集卷五十二，頁358）

胡仔用趙企〔註40〕「愁從竹葉杯中去，老向菱花鏡裏來。」之詩意寫一聯句。

11.「飛花紅千點，芳草綠萬里。」（《叢話》前集卷五十四，頁371）

_____

〔註40〕宋神宗時進士，大觀年間，為績溪令，宣和初，通判台州。

鄭天休題長安北禪寺筍石云：「春至不擇地，路傍花自開。」胡仔效其意而成的一聯句。

12.「白髮惟公道，春風不世情。」（《叢話》後集卷十五，頁109）

胡仔自云用杜牧「公道世間惟白髮」、羅鄴「惟有春風不世情。」二詩作一聯。〔註41〕此聯可見胡仔只去兩字，縫合二人之詩。

13.「飛絮落花春向晚，疾風甚雨暮生寒。」（《叢話》後集卷三十四，頁266）

胡仔引《復齋漫錄》所錄王君玉詩：「疾風甚雨青春老，瘦馬肥牛綠野深。」及周明老詩：「疾風甚雨悲遊子，峻嶺崇岡非故鄉。」自己亦仿效而寫成的一聯詩。

胡仔另有存詞二首，唐圭璋《全宋詞》亦據《叢話》而收其詞二首。〔註42〕

1.〈滿江紅〉「泛宅浮家何處好，苕溪清境。佔雲山萬疊，煙波千頃。茶竈筆牀渾不用，雪簑月笛偏相稱。爭不教二紀賦歸來，甘幽屏。　　紅塵事，誰能省？青霞志，方高引。任家風舴艋，生涯笒笴。三尺鱸魚真好膾，一瓢春酒宜閒飲。問此時，懷抱向誰論？惟箕潁。」（《叢話》前集卷五十五，頁373～374）

此詞乃胡仔「卜居苕溪，日以漁釣自適，臨流有屋數椽，……覽景攄懷」之作。

2.〈水龍吟〉「夢寒綃帳春風曉，檀枕半堆香髻。轆轤初轉，欄杆鳴玉，咿啞驚起。眠鴨凝煙，舞鸞翻鏡，影開秋水。解低鬟試整，牙床對立，香絲亂，雲撒地。　　纖手犀梳落處，膩無聲，重盤鴉翠。蘭膏勻漬，冷光欲溜，鸞釵易

〔註41〕《叢話》後集卷十五，頁109。
〔註42〕《全宋詞》，唐圭璋，台北：明倫出版社，中華民國59年12月初版，頁1071～1072。

墜。年少偏嬌，髻多無力惱人風味。理雲裾下堦，含情不
語，笑折花枝戲。」(《叢話》後集卷十二，頁88～89)

胡仔自云以李賀〈美人梳頭歌〉「西施曉夢綃帳寒，香鬟墮髻半
枕檀。轆轤咿啞轉鳴玉，驚起芙蓉睡新足。雙鸞開鏡秋水光，解鬟臨鏡
立象床。一編香絲雲撒地，玉梳落處無聲膩。纖手卻盤老鴉色，翠滑寶
釵簪不得。香風爛熳惱嬌慵，十八鬟多無氣力。妝成髮髻欹不斜，雲裾
數步踏雁沙。背人不語向何處，下階自折櫻桃花。」〔註43〕填〈水龍
吟〉詞。

胡仔《叢話》中有上樑文一篇，敘耕種、漁釣之幽趣：
「春風雨足，耕隴首之曉雲；秋日鱸肥，釣波心之寒月。」
(《叢話》後集卷三十，頁225)
胡仔自云「東坡作〈惠州白鶴新居上樑文〉，敘幽居之趣，蓋以文為戲，
自此老啟之也。……余亦嘗效之」。〔註44〕

由以上胡仔詩詞文可見，胡仔寫詩填詞作文，喜歡模仿效法他人，
或者用其詩意，或者效其格式。

效徐仲雅宮詞所作的〈春寒〉絕句；效法蘇、黃詠花詩，托物以
寓意之格，所作的詠花詩；效法黃庭堅「三句一換韻，三疊而止」的新
格式；效法歐陽脩的「折句」格式；效法王安石「不言其名」的代言體
寫詩；學習東坡以天干、地支對偶的形式寫詩；效法杜甫「拗句」——
當下平字處以仄字易之，寫一聯詩；學習黃庭堅七字全用名詞的格式
寫一聯詩；學習高荷「怪麗之甚」的詩意寫一聯詩；以李賀〈美人梳頭
歌〉詩意填〈水龍吟〉詞；學習東坡〈惠州白鶴新居上樑文〉寫一敘幽
居之趣的上樑文。

由以上胡仔的實際創作，可見胡仔不擅長創作，多是模仿學習別
人詩意或格式創作，不脫江西詩派「奪胎換骨」的創作手法。

方回〈漁隱叢話考〉引其鄉人羅毅卿評論胡仔詩歌云：

〔註43〕《全唐詩》卷393～41，頁4434。
〔註44〕《叢話》後集卷三十，頁225。

……回聞之吾州羅任臣毅卿所病者，元任紀其自作之詩，不

甚佳耳……雖鄉曲之言，要亦不失公論也。〔註45〕

　　雖然，胡仔的詩歌並未獲得羅任臣、方回的肯定，但是詩人與詩

論家，才力與學力，往往不可兼得，胡仔雖然不是一個傑出的詩人，但

就一位學術研究者與詩評家而言，胡仔博學強聞的記憶力〔註46〕，與

其嚴謹慎重的考證態度，可為後學楷模。

第二節　胡仔的交遊

　　由於胡仔的生平資料極少，其交遊也只能從《叢話》前後集中去

尋找蛛絲馬跡，在《叢話》的按語與序中，提及四位朋友，其中一位是

方外的僧人。

一、洪慶遠

　　胡仔於〈序漁隱詩評叢話前集〉中提到向朋友洪慶遠借阮閱《詩

總》：

紹興丙辰（六年，1136），余侍親赴官嶺右，道過湘中，聞舒

城阮閱昔為郴江守，嘗編《詩總》，頗為詳備。行役匆匆，不

暇從知識間借觀。後十三年（紹興十八年，1148），余居苕水，

友生洪慶遠，從宗子彥章，獲傳此集。余取讀之……獨元祐

以來諸公詩話不載焉。……（〈序漁隱詩評叢話前集〉，頁1）

由此序可知胡仔居住苕溪時，向洪慶遠借閱阮閱《詩總》，發現《詩總》

編於宣和癸卯（宋徽宗宣和五年，1123），當時元祐文章，禁而弗用，

故阮閱不載「元祐以來諸公詩話」。胡仔遂取元祐以來諸公詩話，及史

傳小說所載事實，可以發明詩句，及增益見聞者，纂為《苕溪漁隱叢

話》前集。

〔註45〕見《四庫全書總目提要‧《苕溪漁隱叢話》引》，清‧紀昀等，台北：

　　　　藝文印書館，中華民國68年12月5版，頁4095。

〔註46〕請參本章第二節，胡仔能記誦張元幹三十年前的之舊作。

　　洪慶善除了出現於《叢話》前集序之外，在後集卷三十六，胡仔為求證曾慥《詩選》對蘇庠生平奇異傳說的記載，曾向與蘇庠同為丹陽人的朋友洪慶善求證〔註47〕，證實「養直（蘇庠）後以壽終，亦無他異。」以糾正曾慥之說不可信也。

　　由《叢話》的兩則記載，可見洪慶遠為丹陽人，與胡仔的交誼橫跨前、後集、至少有一、二十年的交情。

　　有關洪慶遠的其他生平事跡，由於文獻缺乏，個人尚未找到資料。

二、王周士

　　胡仔在《叢話》前集提及宣和年間曾向王周士借書：

　　　　苕溪漁隱曰：「余宣和間（1119～1125）居泗（安徽）上，於王周士處見張仲宗詩一卷，因借錄之。……」（《叢話》前集卷五十四，頁371）

王以寧，字周士，湘潭（今屬湖南）人。徽宗宣和三年（1121）以成忠郎換文資為從事郎，建炎初，以樞密院編修官出守鼎州。《宋史》卷三八二有傳。唐圭璋《全宋詞》收錄王以寧詞31闋〔註48〕。全宋詩卷1788有其詩。嘗聞道於正覺禪師，曾撰〈廣平夫人往生記〉一篇。〔註49〕

三、張元幹

　　《叢話》有兩則與張元幹有關的記錄：

　　　　苕溪漁隱曰：「余宣和間（1119～1125）居泗上，於王周士處見張仲宗詩一卷，因借錄之。後三十年，於錢唐與仲宗同館

〔註47〕請參本論文第三章第二節「苕溪漁隱叢話的創新」，頁47。
〔註48〕此數字乃個人所統計。見唐圭璋，《全宋詞》，台北：明倫出版社，中華民國59年12月初版，頁1062～1067。
〔註49〕收於南宋天台宗，宗曉於南宋慶元庚申六年（1200）所編纂的《樂邦文類》卷三，http://www.suttaworld.org/big5-txt/sutra/lon/other47/1969a/1969-3.htm。

穀，初方識之。余因戲謂仲宗曰：『三十年前，已識公於詩卷
中。』仲宗請余舉其詩，渠皆不能記，殆如隔世，反從余求
之。……」（《叢話》前集卷五十四，頁 372）

此則可見胡仔博聞強記之功夫，三十年前別人之舊作，竟還能記誦，
無怪乎《叢話》中出現許多考證糾繆的成果，胡仔可以輕而易舉找出
許多別本詩話的錯誤之處。〔註 50〕

苕溪漁隱曰：「張仲宗有〈漁家傲〉一詞云：『釣笠披雲青嶂
繞，綠蓑雨細春江渺。白鳥飛來風滿棹，收綸了，漁童拍手
樵青笑。明月太虛同一照，浮家泛宅忘昏曉。醉眼冷看城市
鬧，烟波老，誰能認得閑煩惱。』余往歲在錢塘，與（張）
仲宗從游甚久，仲宗手寫此詞相示，云：『舊所作也。』其詞
第二句，元是『撇頭雨細春江渺』，余謂仲宗曰：『撇頭雖是
船名，今以雨襯之，語晦而病。』因為改作『綠蓑雨細』，仲
宗笑以為然。」（《叢話》後集卷三十九，頁 327）

此則胡仔建議張元幹修改〈漁家傲〉詞第二句，認為「撇頭」一詞，有
「語晦」之病，張元幹笑以為然。〔註 51〕

張元幹（1091～1170？）字仲宗，號蘆川居士、隱山人，永福（今
福建永泰）人。政和初，為太學上舍生。宣和七年（1125），任陳留縣
丞。《宋史》無傳。僅於《蘆州歸來集》和同時人的記敘中可略窺概梗。
曾為李綱行營屬官，官至將作少監。四十一歲致仕。紹興中，坐以詞送
胡銓，得罪除名。晚年寓居福州，秦檜死後，張元幹又來到臨安，羈寓
西湖之上，並重遊吳興等地，後客死他鄉。張元幹有《蘆川詞》傳世，
存詞一百八十多首。〔註 52〕

今人曹濟平先生謂胡仔與張元幹在錢塘相遇，並從遊甚久，時間

〔註 50〕請參本論文第八章第二節「考證糾繆」。
〔註 51〕《全宋詞》仍是「撇頭細雨春江渺」。見唐圭璋，《全宋詞》，台北：明
　　　　倫出版社，中華民國 59 年 12 月初版，頁 1090。
〔註 52〕《全宋詞》收錄 185 首，頁 1072～1104。

大概在紹興二十七年（1157）左右。〔註53〕

四、了宗（僧人）

胡仔《叢話》有一則論及僧人了宗為其畫苕溪漁隱圖：

> 苕溪漁隱曰：「余卜居苕溪，日以漁釣自適，因自稱苕溪漁隱，
> 臨流有屋數椽，亦以此命名。僧了宗善墨戲，落筆瀟灑，為
> 余作〈苕溪漁隱圖〉，覽景攄懷，時有鄙句，……」（《叢話》
> 前卷五十五，頁 373）

此則胡仔自道其號「苕溪漁隱」的由來，朋友僧人了宗因為善於墨畫，
落筆瀟灑，為胡仔作苕溪漁隱圖。

有關僧人了宗的生平事跡，個人尚未找到資料。

〔註53〕曹濟平，〈胡仔生卒年及其他〉，載於《文學遺產》，1981 年第一期，頁
103。

第三章 《苕溪漁隱叢話》的編輯理念與創新

第一節 《苕溪漁隱叢話》的淵源

　　蔡鎮楚先生在《中國詩話史》中，論及「詩話」的源流，有四種比較權威性的說法，分別是何文煥、姜曾的始於三代說，章學誠《文史通義‧詩話》的本於鍾嶸《詩品》說，今人羅根澤《中國文學批評史》的始於孟棨的《本事詩》，清人吳琇以為出於詩律之「細」等四種說法。〔註1〕由於此論題非本論文的重點，故存而不論。

　　「詩話」在宋朝開始大量的產生。要「詩話」命名，及創詩話的體制者，一般咸謂創始於歐陽脩的《六一詩話》〔註2〕。北宋早期詩話，以歐陽脩的《六一詩話》開端，繼起的司馬光《續詩話》（胡仔稱為《迂叟詩話》）。劉攽《中山詩話》……，多沿著歐陽脩「以資閑談」的「論詩及事」的閑談隨筆式的輕鬆風格。

　　有關「詩話」的定義，北宋末年許顗曾予以定義曰：「詩話者，辨

〔註1〕蔡鎮楚，《中國詩話史》，湖南文藝出版社，1988年5月第1版，頁7～10。

〔註2〕郭紹虞《宋詩話考》：「詩話之稱，固始於歐陽修，即詩話之體亦可謂創自歐氏矣。」（台北：漢京文化事業有限公司，中華民國72年元月初版，頁1）

句法，備古今，記盛德，錄異事，正訛誤也。」〔註3〕可謂囊括了當時詩話的特性。今人郭紹虞則以為：「詩話之體，顧名思義，應當是有關詩的理論的著作。」〔註4〕

選材方面，北宋初期詩話的題材，自歐陽脩《六一詩話》「以資閒談」開其端，多是作者親身所聞所見的軼事傳聞，朝著「論詩及事」的方向，故風格上輕鬆而自由，較少引經據典地加以考據或搜集其他的書本資料。早期詩話，或者談論當朝詩歌軼事：

> 仁宗朝，有數達官，以詩知名。常慕「白樂天體」，故其語多得於容易。嘗有一聯云：「有祿肥妻子，無恩及吏民。」有戲之者云：「昨日通衢遇一輜軿車，載極重，而羸牛甚苦，豈非足下肥妻子乎？」聞者傳以為笑。（《六一詩話》第 2 條）〔註5〕

> 祥符、天禧中，楊大年、錢文僖、晏元獻、劉子儀以文章立朝，為詩皆宗尚李義山，號「西崑體」，後進多竊義山語句。賜宴，優人有為義山者，衣服敗敝，告人曰：「我為諸館職撏撦至此。」聞者懽笑。（劉攽《中山詩話》第 16 條）〔註6〕

或者談論當朝大臣軼事：

> 呂文穆公未第時，薄遊一縣，胡大監旦方隨其父宰是邑，遇呂甚薄。客有譽呂曰：「呂君工於詩，宜少加禮。」胡問詩之警句。客舉一篇，其卒章云：「挑盡寒燈夢不成。」胡笑曰：「乃是一渴睡漢耳。」呂聞之，甚恨而去。明年，首中甲科，使人寄聲語胡曰：「渴睡漢狀元及第矣。」胡答曰：「待我明

〔註3〕《歷代詩話・彥周詩話》，清・何文煥輯，台北：漢京文化事業有限公司，中華民國72年1月初版，頁378。

〔註4〕〈清詩話前言〉，收錄於《清詩話》，台北：木鐸出版社，中華民國77年9月初版，頁1。

〔註5〕《歷代詩話・六一詩話》，清・何文煥輯，台北：漢京文化事業有限公司，中華民國72年1月初版，頁264。

〔註6〕《歷代詩話・中山詩話》，頁287～288。

年第二人及第，輸君一籌。」既而次榜亦中首選。(《六一詩
話》第 14 條)〔註7〕

或者評論前代詩人或當代詩人的詩歌：

> 孟郊、賈島皆以詩窮至死，而平生尤自喜為窮苦之句。孟有
> 〈移居詩〉云：「借車載家具，家具少於車。」乃是都無一物
> 耳。又〈謝人惠炭〉云：「暖得曲身成直身。」人謂非其身備
> 嘗之不能道此句也。賈云：「鬢邊雖有絲，不堪織寒衣。」就
> 令織得，能得幾何？又其〈朝飢詩〉云：「坐聞西床琴，凍折
> 兩三絃。」人謂其不止忍飢而已，其寒亦何可忍也。(《六一
> 詩話》第 10 條)〔註8〕

> 林逋處士，錢塘人，家于西湖之上，有詩名。人稱其〈梅花
> 詩〉云「疏影橫斜水清淺，暗香浮動月黃昏」，曲盡梅之體態。
> (司馬光《續詩話》第 7 條)〔註9〕

> 「(楊)大年〈漢武詩〉曰：『力通青海求龍種，死諱文成食
> 馬肝。待詔先生齒編貝，忍令索米向長安。』(李)義山不能
> 過也。」(劉攽《中山詩話》第 16 條)〔註10〕

由以上幾本北宋初期詩話的選材可見，多屬輕鬆的隨筆性質，而且多
為就記憶所及，隨時記錄，不見組織，不涉考據，不引他書，為一輕鬆
之隨筆性質。

　　北宋初期詩話的體例，多由一條一條內容不相關的論詩條目連綴
而成，既不分章亦不分節，顯得零散無章，以「論詩及事」為主，旨在
「以資閒談」，於記事之中偶爾蘊含的詩論見解，多是隻言片語，或偶
想隨感的一己之見。

　　如歐陽脩《六一詩話》第四則，評論梅聖俞的〈河豚魚詩〉「祇破

〔註 7〕《歷代詩話・六一詩話》，頁 268。
〔註 8〕《歷代詩話・六一詩話》，頁 266～267。
〔註 9〕《歷代詩話・續詩話》，頁 275。
〔註 10〕《歷代詩話・中山詩話》，頁 287～288。

題兩句，已道盡河豚好處」，並論及梅的詩歌創作乃「苦於吟詠」，其詩歌風格為「閒遠古淡」〔註11〕。第十三則比較梅聖俞與蘇舜欽詩歌風格之不同──「子美筆力豪儁，以超邁橫絕為奇；聖俞覃思精微，以深遠閒淡為意。各極其長。」〔註12〕第十四則談論詩歌創作的方法云：「詩家雖率意，而造語亦難。若意新語工，得前人所未道者，斯為善也。必能狀難寫之景，如在目前，含不盡之意，見於言外，然後為至矣。……」〔註13〕。第十一則評論晚唐詩風：「詩人無復李、杜豪放之格」，只推崇當時「月鍛季煉」的周樸，云其詩未及成篇，已播人口〔註14〕。第七則評論唐末鄭谷的詩：「多佳句，但其格不甚高」〔註15〕。以上所舉之例，可見則與則之間，沒有太大關聯。

司馬光《續詩話》第十六則，主張詩人寫詩，貴於「意在言外」，使言之者無罪，聞之者足以戒，推崇杜甫〈春望〉詩最得詩人之體〔註16〕。第七則推崇宋初林逋的〈梅花詩〉：「疏影橫斜水清淺，暗香浮動月黃昏」，能曲盡梅之體態〔註17〕。評論宋朝韓琦之詩「花去曉叢

〔註11〕《歷代詩話·六一詩話》第 4 則，清·何文煥輯：「梅聖俞嘗於范希文席上賦〈河豚魚詩〉云：『春洲生荻芽，春岸飛楊花。河豚當是時，貴不數魚蝦。』河豚常出於春暮，群遊水上，食絮而肥。南人多與荻芽為羹，云最美。故知詩者謂祇破題兩句，已道盡河豚好處。聖俞平生苦於吟詠，以閒遠古淡為意，故其構思極艱。此詩作於樽俎之間，筆力雄贍，頃刻而成，遂為絕唱。」（頁 265）

〔註12〕《歷代詩話·六一詩話》第 13 則，頁 267。此則詩論，成為宋人寫詩的金科玉律。

〔註13〕《歷代詩話·六一詩話》第 12 則，頁 267。

〔註14〕《歷代詩話·六一詩話》第 11 則，頁 267。

〔註15〕《歷代詩話·六一詩話》第 7 則，清·何文煥輯：「鄭谷詩名盛於唐末，號《雲臺編》，而世俗但稱其官，為「鄭都官詩」。其詩極有意思，亦多佳句，但其格不甚高。以其易曉，人家多以教小兒，余為兒時猶誦之，今其集不行於世矣。……」（頁 265）

〔註16〕「『國破山河在，城春草木深。感時花濺淚，恨別鳥驚心』山河在，明無餘物矣；草木深，明無人矣；花鳥，平時可娛之物，見之而泣，聞之而悲，則時可知矣。」（《歷代詩話·溫公續詩話》第 16 則，頁 277～278）。

〔註17〕《歷代詩話·溫公續詩話》第 7 則，頁 275。

蜂蝶亂，雨勻春圃桔槔閒。」〔註18〕微婉。

　　劉攽《中山詩話》第八則主張「詩以意為主，文詞次之，或意深義高，雖文詞平易，自是奇作。」〔註19〕第七則推崇杜甫詩〈向夕〉「深山催短景，喬木易高風。」無瑕類可指，杜詩〈別唐十五誡因寄禮部賈侍郎（賈至）〉「蕭條九州內，人少豺虎多。少人慎莫投，多虎信所過。飢有易子食，獸猶畏虞羅。」含蓄深遠〔註20〕。第十九則評論唐朝張籍的樂府詞「清麗深婉」，其五言律詩則「平澹可愛」，至於其七言詩則「質多文少」，以為材各有宜，不可強飾〔註21〕。第九則評論宋朝潘閬詩有唐人風格，並論其〈歲暮自桐廬歸錢塘〉詩，不減劉長卿〔註22〕。第六十三則評論宋朝江鄰幾「清淡有古風」，並且推崇其用事精當，事如己出，天然渾厚。〔註23〕

　　由以上幾本北宋初期詩話——歐陽脩《六一詩話》、司馬光《續詩話》〔註24〕、劉攽《中山詩話》可見，在內容上皆由一條一條內容互不相關的論詩條目連綴而成，既未分章也不分節，結構鬆散，時代或唐或宋，雖偶有「論詩及辭」，但多數皆為「論詩及事」，屬於「以資閒談」的輕鬆隨筆性質。

　　歐陽脩《六一詩話》開宋朝詩話之先鋒，雖僅只二十八則，其重要

〔註18〕《歷代詩話·溫公續詩話》第22則，頁279。

〔註19〕《歷代詩話·中山詩話》第8則，清·何文煥輯，台北：漢京文化事業有限公司，中華民國72年1月初版，頁285。

〔註20〕《歷代詩話·中山詩話》第7則，頁285。良玉按：杜詩〈別唐十五誡因寄禮部賈侍郎（賈至）〉「蕭條九州內」《全唐詩》「蕭條四海內」。

〔註21〕《歷代詩話·中山詩話》第19則，頁288。

〔註22〕《歷代詩話·中山詩話》第9則，潘閬〈歲暮自桐廬歸錢塘〉詩：「久客見華髮，孤棹桐廬歸。新月無朗照，落日有餘暉。魚浦風水急，龍山煙火微。時聞沙上雁，一一皆南飛。」（頁286）

〔註23〕《歷代詩話·中山詩話》第63則，其原文如下：「江鄰幾善為詩，清淡有古風。蘇子美坐進奏院事謫官，後死吳中。江作詩云：『郡邸獄冤誰與辯？象橋客死世同悲。』用事甚精當。嘗有古詩云：『五十踐衰境，加我在明年。』論者謂莫不用事，能令事如己出，天然渾厚，乃可言詩，江得之矣。」（頁298）

〔註24〕胡仔《叢話》中稱為《迂叟詩話》。

性不容置喙。歐陽脩自謂此書乃「居士退居汝陰，而集以資閒談也」
〔註25〕，故在體例上不甚嚴謹，屬於輕鬆隨筆的性質。在則與則之間，
或間有相關，或者完全無關，隨意記載。譬如二十八則中，有關梅聖俞
者最多，分散在第四、五、七、十二、十三、十五、二十七則。

　　第四則評論梅聖俞的〈河豚魚詩〉作於樽俎之間，祇破題兩句，
已道盡河豚好處〔註26〕。第五則則記載蘇軾嘗得西南夷人所賣蠻布
弓衣，其文織成梅聖俞〈春雪詩〉，異域之人貴重梅聖俞之詩的情
況。〔註27〕

　　第六則插入一則與梅聖俞無關的記載，乃是有關宋初吳僧贊寧與
安鴻漸之軼事〔註28〕。第七則又回到梅聖俞，記載劉原父戲言聖俞官
止於「都官」之軼事〔註29〕。第八則至第十一則摻雜其他論題，直至

〔註25〕《歷代詩話·六一詩話》，清·何文煥輯，台北：漢京文化事業有限公
　　　　司，中華民國72年1月初版，頁264。
〔註26〕《歷代詩話·六一詩話》第四則，其原文如下：「梅聖俞嘗於范希文席
　　　　上賦〈河豚魚詩〉云：「春洲生荻芽，春岸飛楊花。河豚當是時，貴不
　　　　數魚蝦。」河豚常出於春暮，群遊水上，食絮而肥。南人多與荻芽為
　　　　羹，云最美。故知詩者謂祇破題兩句，已道盡河豚好處。聖俞平生苦
　　　　於吟詠，以閒遠古淡為意，故其構思極艱。此詩作於樽俎之間，筆力
　　　　雄贍，頃刻而成，遂為絕唱。」（頁265）
〔註27〕《歷代詩話·六一詩話》第4則，其原文如下：「蘇子瞻學士，蜀人也。
　　　　嘗於渻井監得西南夷人所賣蠻布弓衣，其文織成梅聖俞〈春雪詩〉。此
　　　　詩在《聖俞集》中，未為絕唱。蓋其名重天下，一篇一詠，傳落夷狄，
　　　　而異域之人貴重之如此耳。子瞻以余尤知聖俞者，得之，因以見遺。余
　　　　家舊蓄琴一張，乃寶曆三年雷會所斲，距今二百五十年矣。其聲清越如
　　　　擊金石，遂以此布更為琴囊，二物真余家之寶玩也。」（頁265）
〔註28〕《歷代詩話·六一詩話》第6則，其原文如下：「吳僧贊寧，國初為僧
　　　　錄。頗讀儒書，博覽強記，亦自能撰述，而辭辯縱橫，人莫能屈。時
　　　　有安鴻漸者，文詞雋敏，尤好嘲詠。嘗街行遇贊寧與數僧相隨，鴻漸
　　　　指而嘲曰：『鄭都官不愛之徒，時時作隊。』贊寧應聲答曰：『秦始皇
　　　　未坑之輩，往往成群。』時皆善其捷對。鴻漸所道，乃鄭谷詩云：『愛
　　　　僧不愛紫衣僧』也。」（頁265）
〔註29〕《歷代詩話·六一詩話》第7則，其原文如下：「鄭谷詩名盛於唐末，
　　　　號《雲臺編》，而世俗但稱其官，為〔鄭都官詩〕。其詩極有意思，亦
　　　　多佳句，但其格不甚高。以其易曉，人家多以教小兒，余為兒時猶誦
　　　　之，今其集不行於世矣。梅聖俞晚年，官亦至都官，一日會飲余家，

第十二則、第十三則，又回到梅聖俞。第十四則又摻雜宋太宗時曾為宰相的呂蒙正，方其未顯達時與胡旦之間的軼事〔註 30〕。第十五則又回到梅聖俞，但接下來的第十六則、第十七則又完全無涉：

> 聖俞嘗云：「詩句義理雖通，語涉淺俗而可笑者，亦其病也。如有〈贈漁夫〉一聯云：『眼前不見市朝事，耳畔惟聞風水聲。』說者云：『患肝腎風。』又有〈詠詩者〉云『盡日覓不得，有時還自來。』本謂詩之好句難得耳，而說者云：『此是人家失卻貓兒詩。』人皆以為笑也。」（歐陽脩《六一詩話》第 15 則）〔註 31〕

> 王建〈宮詞〉一百首，多言唐宮禁中事，皆史傳小說所不載者，往往見于其詩，如「內中數日無呼喚，傳得滕王〈蛺蝶圖〉。」滕王元嬰，高祖子，《新、舊唐書》皆不著其所能，惟《名畫錄》略言其善畫，亦不云其工蛺蝶也。又《畫斷》云：「工於蛺蝶。」及見於建詩爾。或聞今人家亦有得其圖者。唐世一藝之善，如公孫大娘舞劍器，曹剛彈琵琶，米嘉榮歌，皆見于唐賢詩句，遂知名於後世。當時山林田畝，潛德隱行君子，不聞於世者多矣，而賤工末藝得所附託，乃垂於不朽，蓋其各有幸不幸也。（歐陽脩《六一詩話》第 16 則）〔註 32〕

劉原父戲之曰：「聖俞官必止于此。」坐客皆驚。原父曰：「昔有鄭都官，今有梅都官也。」聖俞頗不樂。未幾，聖俞病卒。余為序其詩為《宛陵集》，而今人但謂之〔梅都官詩〕。一言之謔，後遂果然，斯可歎也！」（頁 265～266）

〔註 30〕《歷代詩話‧六一詩話》第 14 則，其原文如下：「呂文穆公未第時，薄遊一縣，胡大監旦方隨其父宰是邑，遇呂甚薄。客有譽呂曰：「呂君工於詩，宜少加禮。」胡問詩之警句。客舉一篇，其卒章云：「挑盡寒燈夢不成。」胡笑曰：「乃是一渴睡漢耳。」呂聞之，甚恨而去。明年，首中甲科，使人寄聲語胡曰：「渴睡漢狀元及第矣。」胡答曰：「待我明年第二人及第，輸君一籌。」既而次榜亦中首選。」（頁 268）

〔註 31〕《歷代詩話‧六一詩話》第 12 則，清‧何文煥輯，台北：漢京文化事業有限公司，中華民國 72 年 1 月初版，頁 268。

〔註 32〕《歷代詩話‧六一詩話》第 12 則，頁 268～269。

李白〈戲杜甫〉云:「借問別來太瘦生,總為從前作詩苦。」「太瘦生」,唐人語也,至今猶以「生」為語助,如「作麼生」、「何似生」之類是也。陶尚書穀嘗曰:「尖簷帽子卑凡廝,短靿靴兒末厥兵。」「末厥」,亦當時語。余天聖景祐間已聞此句,時去陶公尚未遠,人皆莫曉其義。王原叔博學多聞,見稱于世,最為多識前言者,亦云不知為何說也。第記之,必有知者耳。(歐陽脩《六一詩話》第17則)〔註33〕

以上三則《六一詩話》之記載,從宋梅聖俞談論詩病,到唐王建〈宮詞〉一百首可補史傳之不足,又至唐李白、宋陶穀詩用當代俗語入詩,三條之間不僅時代不相屬,所論的主題亦不相涉,可謂是純粹的隨筆性質。《六一詩話》的體例大約類此,不再復述。

《六一詩話》之後的司馬光《續詩話》,其體例大約遵從《六一詩話》的不分章節,由互不相關的論詩條目連綴而成,亦屬於隨筆性質。試看其第16則、第17則、第18則、第19則:

《詩》云:「牂羊墳首,三星在罶。」言不可久。古人為詩,貴于意在言外,使人思而得之,故言之者無罪,聞之者足以戒也。近世詩人,為杜子美最得詩人之體,如「國破山河在,城春草木深。感時花濺淚,恨別鳥驚心」。山河在,明無餘物矣;草木深,明無人矣;花鳥,平時可娛之物,見之而泣,聞之而悲,則時可知矣。他皆類此,不可遍舉。(司馬光《續詩話》第16則)〔註34〕

劉概字孟節,青州人。喜為詩,慷慨有氣節。舉進士及第,為幕僚。一任不得志,棄官隱居冶原山,去人境四十里。好遊山,常獨挈飯一籩,窮探幽險,無所不至,夜則宿于巖石之下,或累日乃返,不畏虎豹蛇虺。富丞相甚禮重之,嘗在

〔註33〕《歷代詩話·六一詩話》第12則,頁269。
〔註34〕《歷代詩話·續詩話》第12則,清·何文煥輯,台北:漢京文化事業有限公司,中華民國72年1月初版,頁277~278。

府舍西軒有詩云：「昔年曾作瀟湘客，憔悴東秦歸未得。西軒忽見好溪山，如何尚有楚鄉憶。讀書誤人四十年，有時醉把欄杆拍。」（司馬光《續詩話》第 17 則）〔註35〕

唐之中葉，文章特盛，其姓名湮沒不傳于世者甚眾。如河中府鸛雀樓有王之渙、暢諸一云暢當。詩，暢詩曰：「迴臨飛鳥上，高謝世人間。天勢圍平野，河流入斷山。」王詩曰：「白日依山盡，黃河入海流。欲窮千里目，更上一層樓。」二人者，皆當時賢士所不數，如後人擅詩名者，豈能及之哉！（司馬光《續詩話》第 18 則）〔註36〕

陳亞郎中性滑稽，嘗為藥名詩百首。其美者有「風雨前湖夜，軒窗半夏涼」，不失詩家之體。其鄙者有〈贈乞雨自曝僧〉云：「不雨若令過半夏，定應曬作胡蘆巴。」又詠〈上元夜遊人〉云：「但看車前牛領上，十家皮沒五家皮。」蔡君謨嘲之曰：「陳亞有心終是惡。」亞應聲曰：「蔡襄除口便成衰。」（司馬光《續詩話》第 19 則）〔註37〕

由以上歐陽脩《六一詩話》及司馬光《續詩話》連續幾則條例中可見，不僅在朝代上一唐一宋，不相連屬，所論主題亦毫不相涉。

第二節 《苕溪漁隱叢話》的創新

「詩話」經過北宋初期歐陽脩《六一詩話》「以資閒談」、「論詩及事」的方向與風格開其端。至北宋中葉，隨著蘇軾、黃庭堅詩風的影響，詩話的內容也起了變化。在江西詩派的氛圍中，所謂：「老杜作詩，退之作文，無一字無來處，蓋後人讀書少，故謂韓、杜自作此語耳。古人能為文章，真能陶冶萬物，雖取古人陳言入翰墨，如靈丹一粒，點鐵

〔註35〕《歷代詩話·六一詩話》第 12 則，頁 278。
〔註36〕《歷代詩話·六一詩話》第 12 則，頁 278。
〔註37〕《歷代詩話·六一詩話》第 12 則，頁 278～279。

成金也。」〔註38〕，詩話開始注重「用事出處」、「造語出處」的考據，如吳开《優古堂詩話》〔註39〕注重「點鐵成金」、「奪胎換骨」等詩歌創作技巧，如吳可《藏海詩話》、曾季貍《艇齋詩話》，皆著重實例來談寫詩技巧。而魏泰《臨漢隱居詩話》、葉夢得《石林詩話》，則開始針對蘇、黃詩風而展現出批判的評論。〔註40〕

胡仔《叢話》編纂，時代上已由北宋進入南宋，詩話經過近百年的發展，由宋朝初期「以資閒談」、「論詩及事」為主的輕鬆隨筆性質，漸漸發展而成「論詩及辭」的專著。

《叢話》除了擁有早期詩話「論詩及事」的輕鬆軼事、隨筆一面，也擁有後來詩話注重詩歌「用事出處」、「造語出處」的考據，及詩歌創作上「點鐵成金」、「奪胎換骨」、「鍊字」、「用事」等技巧，同時提出自己對詩歌考據評論的按語——「苕溪漁隱曰」共 654 則〔註41〕，皆為胡仔經過辛苦考證之成果，此書可謂屬於比較嚴肅、縝密的文學理論著作。〔註42〕

在選材方面，南宋詩話已由北宋的隻言片語的隨筆式，漸漸發

〔註38〕《苕溪漁隱叢話》前集卷九，頁 56。

〔註39〕郭紹虞《宋詩話考》認為此書：「著者與內容均有問題，真偽莫辨。」著者可能是吳开或毛开，或書書商鈔錄牟利，此書內容多見於《王直方詩話》、《高齋詩話》、《復齋漫錄》、《能改齋漫錄》等書。（台北：漢京文化事業有限公司，中華民國 72 年元月初版，頁 60～64）

〔註40〕北宋中葉詩話的發展史，參看蔡鎮楚，《中國詩話史》，湖南文藝出版社，1988 年 5 月第 1 版，頁 51。

〔註41〕此乃個人統計之結果。《叢話》前集共有「苕溪漁隱曰」261 則，《叢話》後集共有「苕溪漁隱曰」393 則。

〔註42〕蔡鎮楚《中國詩話史》將詩話分為兩大流派。一是以歐陽脩《六一詩話》為宗的「歐派」，朝著「論詩及事」的方向發展，以論事為主，旨在「以資閒談」，風格輕鬆自由，如兩宋歐陽脩《六一詩話》、司馬光《續詩話》、劉攽《中山詩話》等。一是以鍾嶸《詩品》為尚的「鍾派」，朝著「論詩及辭」的方向發展演進，以詩論為主，重在「第甲乙而溯其師承」，風格較嚴肅、縝密。如南宋葉夢得《石林詩話》、張戒《歲寒堂詩話》、姜夔《白石道人詩說》、嚴羽《滄浪詩話》等。（湖南文藝出版社，1988 年 5 月第 1 版，頁 17～18）

展，而總結前人詩歌創作的經驗，由詩本事、詞句考釋轉到詩歌理論。〔註43〕

　　宋詩話發展到胡仔時，和早期歐陽脩《六一詩話》、司馬光《續詩話》、劉攽《中山詩話》等輕鬆閒散的詩話，只是就自己記憶所及，隨記隨筆，不引他書，不涉考證的編輯方法，顯然有很大的不同。

　　由於詩話討論範圍不斷擴大，論詩的形式也有所改變。從北宋阮閱的《詩總》，到南北宋之際的胡仔《叢話》，到南宋的魏慶之《詩人玉屑》。已採取「以類相從」的編輯方法。他們將前人的詩話，分類加以搜集，注明出處，對材料進行嚴格的篩選，不再像前期詩話多就印象所及的記錄方式。而胡仔則又加上自己的評論，成為後人寶貴的文學批評資料。

　　胡仔《叢話》的編纂，選擇資料非常嚴謹，除了搜集許多詩話〔註44〕、文集〔註45〕之外，輔以經書〔註46〕、正史〔註47〕、本傳〔註48〕、

〔註43〕蔡鎮楚，《中國詩話史》，湖南文藝出版社，1988 年 5 月第 1 版，頁 54。

〔註44〕《西清詩話》、《冷齋夜話》、《石林詩話》、《後山詩話》、《漫叟詩話》、《隱居詩話》、《雪浪齋日記》、《遯齋閒覽》、《呂氏童蒙訓》、《高齋詩話》、《詩眼》、《桐江詩話》、《東軒筆錄》、《迂叟詩話》、《六一居士詩話》、《詩總》、《洪駒父詩話》、《潘子真詩話》、《三山老人語錄》、《唐子西語錄》……等。

〔註45〕《太白集》、《宛陵集》、《後湖集》、《陶淵明集》、《東坡前後集》、《元次山集》、《六一居士全集》、《大蘇集》、《白樂天集》、《何遜集》、《李長吉集》、《杜工部集》、《杜牧集》、《後山集》、《柳子厚集》、《溪堂集》、《篋中集》、《遯翁集》、《洪禹錫集》、《豫章集》、《龍溪集》、《臨川集》、《欒城集》、《王維集》、《王建集》、《淮海集》……等。

〔註46〕《詩》、《楚詞》、《周禮》、《禮記》、《書》、《春秋》、《左傳》、《爾雅》、《孟子》、《莊子》、《孝經》、《周易》、《周書月令》、《道德經》、《論語》……等。

〔註47〕《史記》、《漢書》、《後漢書》、《唐書》、《新唐書》、《國史補》、《唐逸史》、《晉書》、《南史》、《北史》、《三朝正史》、《五代舊史》、《太祖實錄》、《玄宗實錄》、《神宗實錄》、《健康實錄》、《南唐書》、《昭陵諸臣傳》、《三國志》……等。

〔註48〕《後漢・和帝紀》、《後漢・蔡琰傳》、《南史・謝莊傳》、《南史・文學傳》、《唐書・文藝傳》、《唐書・列女傳》、《唐書・房琯傳》、《三朝正

墓誌銘〔註49〕等比較正式的文獻做為輔助佐證，旁及各式專書〔註50〕筆記小說〔註51〕等參考，所引之書，約有八百種之多。〔註52〕

胡仔對資料來源，採取嚴謹考證態度，不會照單全收，試看以下幾例：

> 苕溪漁隱曰：「子由《古史》云：『二世屠戮諸公子殆盡，而後授首於劉項。』余按《史記》，二世為趙高所殺，子嬰立，降漢王，漢王以屬吏，項王至斬之。則授首于劉項者，乃子嬰，非二世也。又云：『陸遜之於孫權，高熲之於隋文，言聽計從，致君於王伯矣，而恔心一起，二臣不得其死，可不哀哉！』余按《吳志》，陸遜上疏諫孫權，不宜易太子，權不聽，因憤恚卒。又按《北史》，煬帝以高熲謗訕朝政，誅之。二人非孫權、隋文所殺，其抵牾如此。子由譏司馬遷作《史記》，淺近而不學，疏略而輕信，故因遷之舊而作《古史》，乃反若是，寧不畏後人之譏乎！」（《叢話》後集卷三十，頁228）

胡仔糾正蘇轍《古史》之謬誤三處。以《史記》糾正秦二世為趙高所殺而非項羽，被項羽殺死者乃是子嬰。以《吳志》糾正陸遜非為孫權所殺，而是「憤恚卒」。以《北史》糾正高熲乃煬帝所殺，非隋文帝所殺。

> 苕溪漁隱曰：「《三朝正史》云：『楊億祖文逸，偽唐玉山令。

史·張詠傳》、《新唐書·嚴武傳》、《陳書·阮卓傳》、《舊唐史·杜甫傳》、《漢書·霍光傳》、《史記·滑稽傳》、《三國志·焦光傳》……等。

〔註49〕范傳正誌（李）白墓、（蘇）子由〈子瞻墓誌〉……等。

〔註50〕《九章算術》、《神農本草》、《茶經》、《禽經》、《圖經》、《集古錄》、《金石錄》、《硯錄》、《文房四譜》、《太白陰經》、《集韻》、《廣韻》、《龜山語錄》、《傳燈錄》、《楞伽經》、《楞嚴經》、《華嚴經》、《法華經》、《正眼法藏》、《上清寶典》……等。

〔註51〕《夷堅志》、《倦遊雜錄》、《歸田錄》、《西京雜記》、《拾遺記》、《甲申雜記》、《荊楚歲時記》、《太平廣記》、《南唐近事》、《楊文公談苑》、《青箱雜記》……等。

〔註52〕此乃個人自己統計之結果。

億將生，文逸夢一道士，自稱懷玉山人；未幾，億生，有紫毛披體，長尺餘，經月乃落。」《本朝名臣傳》云：『母章氏始生億，夢羽衣人自稱武夷君託化；既誕，則一鶴雛，盡室驚駭，貯而棄之江。其叔父曰：我聞間世之人，其生必異。追至江濱開視，則鶴蛻而嬰兒具焉，體猶有紫毳尺餘，既月乃落。』二書所紀不同。予謂《名臣傳》其言怪誕良甚，當以正史為是也。」(《叢話》後集卷三十六，頁288～289)

有關楊億生平的傳說，胡仔比較《三朝正史》與《本朝名臣傳》有關楊億生平軼事，認為《本朝名臣傳》所言楊億出生時為一「鶴雛」，被「貯而棄之江」，最後「鶴蛻而嬰兒具焉」的描寫，甚是怪誕，當以《三朝正史》所云：出生時「紫毛披體，長尺餘，經月乃落」的說法較為合理。

《詩選》云：「蘇庠養直，嘗盛夏追涼，方與客對棋，有衣褐者持謁云：『羅浮山道人江觀潮。』未及起迎，道人直造就坐，旁若無人。養直驚愕，問所從來。答曰：『羅浮黃真人，以公不好世人之所好，炁母已成，令某持丹度公，可服之。』袖中出一小盒，藥黃色而膏融，養直遲疑間，道人曰：『此丹非金非石，乃真炁煉成，疑即且止，俟有急服之。』出門徑去，俄頃不見。養直以丹置佛室。後與客飲，醉後食蜜雪，和以龍腦，一夕暴下而卒。所親記道人言，亟取丹視之，其堅如石，磨以飲之，即甦。自是康強異常，齒落者復生，髮白者再黑，目枯者更明。紹興十七年歲旦日，與家人酌別，且告辭鄰里，二日，東方未明，披衣曳杖出門，行步如飛，妻孥奔逐，僅能挽其衣，則已逝矣。」苕溪漁隱曰：「洪慶善與養直皆丹陽人，予以問慶善，慶善云：『初無此事，乃曾端伯得之傳聞之誤耳。余于〈後湖集序〉嘗言之云：不待訪丹砂於峋嶁，依羽人于丹丘，而羅浮之客，九轉之丹至矣。僕馳書問之，且丏錄近詩，居士答言：頃得方士神藥，奪命鬼手中，

服食以來，哦詩結字，無復餘習矣。養直後以壽終，亦無他異。端伯之言，不可信也。」（《叢話》後集卷三十六，頁289～290）

胡仔糾正曾慥（端伯）《詩選》〔註53〕對蘇庠生平之謬載。對於宋蘇庠養直生平，曾端伯得之傳聞之誤，以為蘇庠得羅浮山道人以真炁煉成的丹砂，而「齒落者復生，髮白者再黑，目枯者更明」的異事，最後與家人酌別，告辭鄰里，行步如飛而逝。胡仔向同是丹陽人的朋友洪慶善求證，證實「養直後以壽終，亦無他異。」證明曾端伯之言，不可信也。

> 苕溪漁隱曰：「余讀〈萊公神道碑〉云：『公及雷陽，吏以《圖經》獻閱，視之，首載郡東南門抵海凡十里，公恍然悟曰：我少時有到海祇十里，過山應萬重之句，乃今日意爾，人生得喪，豈偶然邪！』《青箱雜記》以為萊公少時作此句，遂兆晚年之識，《復齋漫錄》以為非是，乃萊公效于武陵詩：『過楚水千里，到泰山萬重。』三書所云，徒為紛紛，當以碑言為正也。」（《叢話》後集卷二十，頁138）

有關寇準「到海祇十里，過山應萬重」詩句背景軼事？胡仔以為當以〈萊公神道碑〉為準，而筆記小說《青箱雜記》、詩話《復齋漫錄》，只可聊為參考。

> 苕溪漁隱曰：「《石林詩話》云：『許昌崔象之舊第柱間，有持國〈海棠詩〉：濯錦江頭千萬枝，當年未解惜芳菲。韓忠獻嘗帥蜀，持國兄弟皆侍行尚少，故前句云爾。』……《別錄》（《韓忠獻別錄》）止載忠獻歷帥中山、維揚、大名，及守相臺，不言帥蜀，《石林》乃謂『韓忠獻嘗帥蜀，持國兄弟皆侍行』，俱誤矣。」（《叢話》後集卷二十二，頁162～163）

胡仔以《韓忠獻別錄》糾正《石林詩話》「韓忠獻（琦）嘗帥蜀，持國兄

〔註53〕此書名應為《宋百家詩選》。

弟皆侍行尚少」之誤。《韓忠獻別錄》對韓琦的生平記載不曾言帥蜀。

由以上五例可見，胡仔在選材上嚴謹與多方考證，一絲不苟的態度，與宋詩話前期「以資閒談」隨記憶所及，隨筆隨記的態度完全不同。

在體例方面，北宋初期的詩話，多由一則一則內容不相關的論詩條目連綴而成，既未分章，內容亦不相連屬，顯得零散無章。而胡仔的《叢話》，則已嚴謹地按時代先後、按作家、作品，有機地將相關資料放在一起，已非閒談形式，而是有意識地將資料一則一則並列在一起。

雖仍保留著前期詩話的閑談隨筆風格，但在體制編排上，已從輕鬆的筆調漸漸觸及詩歌的理論，寫作的技巧，用事造語的出處，資料的考證糾繆的嚴謹學術態度。

胡仔在〈序漁隱詩評叢話前集〉，說明自己因為不滿阮閱《詩總》「分門」增廣之不宜，認為有些詩根本無法歸類，並舉王安石之論以茲證明〔註54〕，詩不適宜「分門纂集」，故《叢話》乃以「年代人物之先後次第纂集」，以編排古今詩話，如此則不待檢尋，一切資料已粲然畢陳於前，方便後學學習。

胡仔除了按照時代先後，搜羅資料，並排在一起，在選擇的過程中，他自己心中早已有所篩選。

《叢話》前後集一百卷，先秦至漢魏六朝共佔七卷，而陶淵明一人卻獨佔了三卷〔註55〕，是唐朝以前唯一單列的大家。可見胡仔對淵明的肯定。

唐、五代共搜羅了三十五卷，佔《叢話》一百卷的三分之一強。

〔註54〕〈序漁隱詩評叢話前集〉：「昔有詩客，嘗以神聖工巧四品，分類古今詩句，為說以獻半山老人，半山老人得之，未及觀，遽問客曰：「如老杜『勳業頻看鏡，行藏獨倚樓』之句，當入何品？」客無以對，遂以其說還之。」

〔註55〕《叢話》前集卷三、卷四「五柳先生」兩卷，後集卷三「陶靖節」一卷。

其中單列的名家只有四家：杜甫十三卷、李白兩卷、韓愈四卷、白居易兩卷，其餘皆為合卷。從單列的名家及所佔卷數的多寡，亦可見這些前代作家在胡仔心中的比重。杜甫、韓愈所佔的比例比李白、白居易多，由此亦可見，杜、韓在胡仔心中的份量要比李白、白居易重要。

有宋一朝在《叢話》中佔了五十八卷，佔全書的二分之一強，可見胡仔《叢話》偏重在宋朝一代。其中單列的名家有六家：歐陽脩三卷，梅聖俞一卷，王安石四卷、東坡十四卷、黃庭堅五卷、秦少游一卷，其餘為合卷。由以上的比例，亦可見東坡、黃庭堅、王安石、歐陽脩等宋代名家在胡仔心中的比重，及其對宋代文學的影響。

《叢話》將不同的詩話談論同一作家、同一作品的資料排列在一起，以便讀者可以方便閱讀與比較。如《叢話》前集卷三「五柳先生上」，討論陶淵明「採菊東籬下，悠然見南山。」（〈飲酒詩二十首〉其五），連續徵引東坡、晁補之《雞肋集》、《蔡寬夫詩話》各家說法。《叢話》前集卷十二「杜少陵七」，論及杜甫「家家養烏鬼」（〈戲作俳諧體遣悶二首〉其一）之義，胡仔則連續徵引《漫叟詩話》、《蔡寬夫詩話》、《冷齋夜話》、沈存中《筆談》、《緗素雜記》、《東齋記事》的說法，最後，又加上自己依據《夷貊傳》的考證：「倭國水多陸少，以小環掛鸕鷀項，令入水捕魚，日得百餘頭。」的考證，以及自己親身因「官建安，因事至北苑焙茶，扁舟而歸，中途見數漁舟，每舟用鸕鷀五六，以繩繫其足，放入水底捕魚，徐引出，取其魚。目睹其事，益可驗矣。」歸納出「烏鬼」為鸕鷀的論點。

此外，胡仔有意識地將同一類之主題並排在一起，如「西崑體」、「半夜鐘」、「茶」等。談論「西崑體」者，可見於《叢話》前集卷二十二唐彥謙、「西崑體」18則，及《叢話》後集卷十四唐彥謙及玉谿生8則，共26則：

> 《古今詩話》云：「楊大年、錢文僖、晏元獻、劉子儀，為詩
> 皆宗義山，號西崑體。後進效之，多竊取義山詩句。嘗內宴，
> 優人有為義山者，衣服敗裂，告人曰：『吾為諸館職撏撦至

此。』聞者大噱。然大年〈詠漢武〉詩云：『力通青海求龍種，
死諱文成食馬肝，待詔先生齒編貝，忍令乞米向長安。』義
山不能過也。」（《叢話》前集卷二十二，頁145）

《蔡寬夫詩話》云：「……祥符、天禧之間，楊文公、劉中山、
錢思公專喜李義山，故崑體之作，翕然一變；而文公尤酷嗜
唐彥謙詩，至親書以自隨。……。」（《叢話》前集卷二十二，
頁144～145）

《冷齋夜話》云：「詩到義山，謂之文章一厄，以其用事僻澀，
時稱西崑體。然荊公晚年，亦或喜之，而字字有根蒂。如『試
問火城將策探，何如雲屋聽窗知』，『未愛京師傳谷口，但知
鄉里勝壺頭』，其用事琢句，前輩無相犯者。」（《叢話》前集
卷二十二，頁146）

《詩眼》云：「文章貴眾中傑出，如同賦一事，工拙尤易見。
余行蜀道，過籌筆驛。……義山詩云：『魚鳥猶疑畏簡書，風
雲長為護儲胥』，簡書蓋軍中法令約束，言號令嚴明，雖千百
年之後，魚鳥猶畏之也。儲胥蓋軍中藩蘺，言忠誼貫神明，
風雲猶為護其壁壘也。誦此兩句，使人凜然復見孔明風烈。
至於『管樂有才真不忝，關張無命欲何如』，屬對親切，又自
有議論，他人亦不及也。馬嵬驛……義山云：『海外徒聞更九
州，他生未卜此生休』，語既親切高雅，故不用愁怨墮淚等字，
而聞者為之深悲。『空聞虎旅鳴宵柝，無復雞人報曉籌』如親
扈明皇，寫出當時物色意味也。『此日六軍同駐馬，他時七夕
笑牽牛』，益奇。義山詩世人但稱其巧麗，至與溫庭筠齊名。
蓋俗學祇見其皮膚，其高情遠意，皆不識也。」（《叢話》前
集卷二十二，頁148）

以上透過《古今詩話》、《蔡寬夫詩話》、釋惠洪《冷齋夜話》、范溫《詩
眼》幾則詩話徵引，可知「西崑體」的代表人物——楊億、錢惟演、晏

殊、劉筠等，及其所崇拜的前代詩人——李商隱、唐彥謙，及其「西崑體」用事特色，及其對後世的影響。甚至連宋朝王安石這樣的大家，都推崇李商隱詩歌的「字字有根蒂」及其「用事琢句」的功力。〔註56〕黃庭堅的學生范溫，在其《詩眼》中亦推崇李商隱的〈籌筆驛〉〔註57〕，「屬對親切，又自有議論，他人亦不及」。〈馬嵬〉詩〔註58〕則用字「親切高雅」又能傳達深刻的情感、描摹當時的情狀景物，如在目前，以一幅幅的畫面，對比今昔之異，言在意外，其議論在於言外，予人深刻的印象。

談論「半夜鐘」者，可見於《叢話》前集卷二十三及《叢話》後集卷十五，共五則：

> 《王直方詩話》云：「歐公言唐人有『姑蘇城下寒山寺，半夜鐘聲到客舡』之句，說者云，句則佳也，其如三更不是撞鐘時。余觀于鵠〈送宮人入道詩〉云：『定知別往宮中伴，遙聽緱山半夜鐘。』而白樂天亦云：『新秋松影下，半夜鐘聲後。』豈唐人多用此語也？儻非遞相沿襲，恐必有說耳。溫庭筠詩亦云：『悠然逆旅頻回首，無復松窗半夜鐘。』庭筠詩多纘在白樂天詩後。」（《叢話》前集卷二十三，頁155～156）

〔註56〕《冷齋夜話》後面所引的二詩為王安石的〈次韻酬府推仲通學士雪中見寄〉：「朝來看雪詠君詩，想見朱衣在赤墀。為問火城將策試，何如雲屋聽窗知。曲牆稍覺吹來密，窮巷終憐掃去遲。欲訪故人非興盡，自緣無號得傳厄。」〈次韻酬朱昌叔五首〉其一：「點也自殊由與求，既成春服更何憂。拙於人合且天合，靜與道謀非食謀。未愛京師傳谷口，但知鄉里勝壺頭。嗟予老矣無一事，復得此君相與遊。」（《王文公文集》，上海：人民出版社，1974年9月第一版，頁605、609）

〔註57〕〈籌筆驛〉：「猿鳥猶疑畏簡書，風雲長為護儲胥。徒令上將揮神筆，終見降王走傳車。管樂有才真不忝，關張無命欲何如？他年錦里經祠廟，梁父吟成恨有餘。」（《全唐詩》卷539，頁6161）

〔註58〕〈馬嵬〉：「海外徒聞更九州，他生未卜生休。空聞虎旅傳宵柝，無復雞人報曉籌。此日六軍同駐馬，當時七夕笑牽牛。如何四紀為天子，不及盧家有莫愁。」（《全唐詩》，清聖祖御製，台北：明倫出版社，中華民國60年5月初版，頁6177）

《石林詩話》云：「此唐張繼〈題姑蘇城西楓橋寺詩〉也。歐公嘗病其半夜非打鐘時，蓋未嘗至吳中，今吳中寺實夜半打鐘。繼詩三十餘篇，余家有之，往往多佳句。」（《叢話》前集卷二十三，頁156）

《詩眼》云：「歐公以『夜半鐘聲到客舡』為語病，《南史》載齊武帝景陽樓有三更五更鐘。丘仲孚讀書，以中宵鐘為限。阮景仲為吳興守，禁半夜鐘。至唐詩人如于鵠、白樂天、溫庭筠，尤多言之。今佛宮一夜鳴鈴，俗謂之定夜鐘。不知唐人所謂半夜鐘者，景陽三更鐘邪？今之定夜鐘邪？然於義皆無害，文忠偶不考耳。」（《叢話》前集卷二十三，頁156）

《學林新編》云：「世疑半夜非聲鐘時，某案《南史‧文學傳》：『丘仲孚，吳興烏程人，少好學，讀書常以中宵鐘鳴為限。』然則半夜鐘固有之矣。丘仲孚，吳興人，而庭筠言姑蘇城外寺，則半夜鐘，乃吳中舊事也。」（《叢話》前集卷二十三，頁156）

《復齋漫錄》云：「《遯齋閑覽》記歐陽文忠公《詩話》，譏唐人『夜半鐘聲到客船』之句，云：『半夜非鳴鐘時，疑詩人偶聞此而。』且云：『渠嘗過蘇州，宿一寺，夜半聞鐘聲，因問寺僧，皆云：分夜鐘，曷足怪乎？尋聞他寺皆然。始知夜半鐘，惟姑蘇有之。』此皆《閑覽》所載也。余考唐詩，知歐公所記，乃張繼〈楓橋夜泊〉詩，全篇云：『月落烏啼霜滿天，江楓漁火對愁眠，姑蘇城外寒山寺，夜半鐘聲到客船。』此歐公所譏也。然唐詩人皇甫冉有〈秋夜宿嚴維宅詩〉云：『昔聞玄度宅，門向會稽峰，君住東湖下，清風製舊蹤。秋深臨水月，夜半隔山鐘，世故多離別，良宵詎可逢。』且維所居在會稽，鐘聲亦鳴於半夜，遂知張繼詩不為誤，歐公不察，

　　而半夜鐘亦不止於姑蘇，有如陳正敏說也。又陳羽〈梓州與
　　溫商夜別詩〉：『隔水悠揚午夜鐘。』乃知唐人多如此。」（《叢
　　話》後集卷十五，頁 113）

以上胡仔分別徵引《王直方詩話》、葉夢得《石林詩話》、范溫《詩眼》、
王觀國《學林新編》、佚名《復齋漫錄》五本詩話，以論證有關「半夜
鐘」之事是否屬實。

　　「半夜鐘」之主題乃針對歐陽脩《六一詩話》譏張繼〈楓橋夜
泊〉「半夜鐘聲到客船」，奈何三更不是打鐘時、而認為有語病之說法
〔註59〕，所提出的辨證。《王直方詩話》引于鵠、白樂天、溫庭筠詩，
均有「半夜鐘」之敘述。《石林詩話》則云：「吳中寺實夜半打鐘」；《詩
眼》以《南史》所載確有丘仲孚讀書以中宵鐘為限、阮景仲為吳興守，
禁半夜鐘、及佛寺的定夜鐘，且認為張繼之詩「於義皆無害」，乃歐公
之一時不察耳。《復齋漫錄》則引皇甫冉、陳羽之詩亦有半夜鐘之描
述，乃知歐公不察，張繼之詩不為誤也。

　　此外，有關「茶」事，在《叢話》前集卷四十六「東坡」第4則
至15則，《叢話》後集卷十一「盧全」，有很多關於茶的主題，限於篇
幅，當留待將來續成。

第三節　《苕溪漁隱叢話》的編輯理念

一、編輯宗旨

　　胡仔在《叢話》前集卷四十九曾開宗明義地說明其編輯《叢話》
的旨義為希望學詩者「師少陵而友江西」：

　　苕溪漁隱曰：「近時學詩者，率宗江西，然殊不知江西本亦
　　學少陵者也。故陳無己曰：『豫章之學博矣，而得法於少

〔註59〕《六一詩話》第十八則：「詩人貪求好句，而理有不通，亦語病也。……
　　　　唐人有云：『姑蘇臺下寒山寺，半夜鐘聲到客船。』說者亦云，句則佳
　　　　矣，其如三更不是打鐘時！……」（收錄於《歷代詩話》，清・何文煥，
　　　　台北：漢京文化事業有限公司，頁169）

陵，故其詩近之。』今少陵之詩，後生少年不復過目，抑亦
失江西之意乎？江西平日語學者為詩旨趣，亦獨宗少陵一人
而已。余為是說，蓋欲學詩者師少陵而友江西，則兩得之
矣。」〔註60〕

　　胡仔不但網羅各家詩話對杜甫詩的評論，《叢話》前、後集對杜詩
的評論，總共有 259 則〔註61〕，可以有效提供後學研究杜甫詩。另
外，胡仔本人對杜詩的注解、評論、考證亦多至 80 多首。

　　胡仔的詩歌理論，在詩歌創作上，主張以杜甫為師，學習其飽讀
詩書「無一字無來處」〔註62〕，從文化中汲取養份再造；學習其「破
棄聲律」的「拗句」、「拗律」〔註63〕的生新不俗的詩歌形式；學習其
「別託意其中」的含蓄委婉的詩歌旨趣〔註64〕；及其「攄實」而沒有

〔註60〕《苕溪漁隱叢話》前後集，宋‧胡仔纂集，廖德明校點，台北：長安
　　　　出版社，前集卷四十九，頁 332。
〔註61〕此乃個人所統計《叢話》前集「杜少陵」共九卷 183 則，《叢話》後集
　　　　「杜子美」共四卷有 76 則，的統計結果。尚未包括散論在其他各卷數
　　　　中的評論。
〔註62〕山谷云：「老杜作詩，退之作文，無一字無來處，蓋後人讀書少，故謂
　　　　韓、杜自作此語耳。古人能為文章，真能陶冶萬物，雖取古人陳言入
　　　　翰墨，如靈丹一粒，點鐵成金也。」（《叢話》前集卷九，頁 56）
〔註63〕《禁臠》云：「魯直換字對句法……其法於當下平字處以仄字易之，欲
　　　　其氣挺然不群，前此未有人作此體，獨魯直變之。」苕溪漁隱曰：「此
　　　　體本出於老杜……非獨魯直變之也。余嘗效此體作一聯云：『天連風色
　　　　共高運，秋與物華俱老成。』今俗謂之拗句者是也。」（《叢話》前集
　　　　卷四十七，頁 319）
　　　　張文潛云：「以聲律作詩，其末流也，而唐至今詩人謹守之。獨魯直一
　　　　掃古今，出胸臆，破棄聲律，作五七言，如金石未作，鐘磬聲和，渾
　　　　然有律呂外意。近來作詩者，頗有此體，然自吾魯直始也。」苕溪漁
　　　　隱曰：「古詩不拘聲律，自唐至今詩人皆然，初不待破棄聲律。詩破棄
　　　　聲律，老杜自有此體，……文潛不細考老杜詩，便謂此體自吾魯直始，
　　　　非也。魯直詩本得法於杜少陵，其用老杜此體何疑。老杜自我作古，
　　　　其詩體不一，在人所喜取而用之……」（《叢話》前集卷四十七，頁 319
　　　　～320）
〔註64〕〈戲作花卿歌〉胡仔云：「子美不欲顯言之，但云『人道我卿絕世無，
　　　　既稱絕世無，天子何不喚取守京都』既歌頌花敬定平定叛亂勇猛剽悍
　　　　的能力，卻又說朝廷為什麼不把他調到中原平定安史之亂，卻在這裡

鑿空造語的詩歌創作態度。〔註65〕

除了強調「以杜甫之詩為宗」之外，胡仔其他有關詩歌的創作理論，幾乎不脫江西詩派的主張。

今人蔡鎮楚先生指出江西詩派詩話創作，具有以下論詩特點：

第一，尊杜宗黃。

第二，提倡「點鐵成金」、「奪胎換骨」、「無一字無來處」。

第三，重在「造語鍊字」。

第四，強調「悟入」。作詩必須「自立」、「自得」。〔註66〕

以上所舉之特點，與胡仔所主張的詩歌創作論，幾乎毫無二致。胡仔在《叢話》中引陳師道《後山詩話》：

> 《後山詩話》云：「學詩當要子美為師，有規矩，故可學。退之於詩本無解處，以才高而好耳。淵明不為詩，寫其胸中之妙耳。學杜無成，不失為功；無韓之才與陶之妙，而學其詩，終樂天耳。」（《叢話》前集卷四十九，頁332）

胡仔自己很明確地標榜《叢話》的編輯是「欲學詩者師少陵」〔註67〕的主張，提出「以子美為師」的論點。試比較胡仔詩論與江西詩派詩話的主張如下：

（一）就第一點而言，胡仔與江西詩派詩論的差別在於：胡仔「尊杜」，卻沒有那麼「宗黃」，並未將黃庭堅置於最崇高的地位。從

守成都？杜甫在詩歌中所表現的含蓄諷刺之意，見於言外。（《叢話》前集卷十四，頁90）、〈題蜀相廟詩〉胡仔云：「映階碧草自春色，隔葉黃鸝空好音。」是亦自「別託意在其中」的作品。（《叢話》前集卷三十六，頁242）

〔註65〕胡仔云：「老杜〈寄李十二白〉詩云：『詩成泣鬼神。』元和范傳正誌白墓云：『賀公知章吟公（烏棲曲）』云：此詩可以哭鬼神矣。」肯定杜甫〈寄李十二白〉「詩成泣鬼神」的詩句，是出自於范傳正誌李白墓誌銘，賀知章讚美李白〈烏棲曲〉的評語，並非杜甫自己憑空撰寫。（《叢話》前集卷五，頁32）

〔註66〕蔡鎮楚，《中國詩話史》，湖南：湖南文藝出版社，1988年5月第一版，頁64～75。

〔註67〕《叢話》前集卷四十九，頁332。

《叢話》前後集一百卷中,黃庭堅只佔五卷〔註 68〕,即可見出端倪,又針對惠洪在《禁臠》中推崇「魯直換字對句法」、張耒推崇黃庭堅的「破棄聲律」等拗句、拗律的創建,皆予以否定,認為此法始於杜甫〔註 69〕。對於呂居仁〈宗派圖序〉所云「惟豫章始大出而力振之,抑揚反復,盡兼眾體……」〔註 70〕的說法亦予以否定,只肯定黃庭堅作詩「自出機杼,別成一家,清新奇巧」,但否定其「抑揚反復,盡兼眾體」的說法。〔註 71〕

（二）就第二點,黃庭堅所主張的「點鐵成金」、「奪胎換骨」,後為江西詩派奉為圭臬的詩歌創作手法,胡仔在《叢話》中雖沒有用「奪胎」或「換骨」等詞彙,但卻首先將釋惠洪《冷齋夜話》詮釋「奪胎換骨」的涵義引入自己在《叢話》中〔註 72〕,而胡仔自己則使用「用……之詩」、「體……詩」、「用……詩意」、「用……語」、「與……詩相類」、「語意全然相類」等詞彙,表達的卻是「奪胎換骨」的詩歌創作手法,且在《叢話》中,所佔的篇幅比例不少。有關「奪胎換骨」的創作方法,請參看本文在第四章第二節「奪胎換骨」。另外,「無一字無來處」對於用事出處的考證,在《叢話》中,亦佔了許多篇幅,請參看第四章第三節「用事」,此節從略。

（三）關於第三點的「造語鍊字」。胡仔在《叢話》中,亦搜羅了許多有關「造語」、「鍊字」的例子,請參看本論文在第四章第四節「鍊字」,此節從略。

（四）關於第四點的強調「悟入」,強調作詩必須「自立」、「自得」。《叢話》中除了引呂本中《呂氏童蒙訓》「作文必要悟入處。悟入

〔註 68〕《叢話》前集卷四十七、四十八、四十九,《叢話》後集卷三十一、三十二。

〔註 69〕見注 63。胡仔對黃庭堅的評論,見於第六章第三節「論宋代重要詩人」,此不贅敘。

〔註 70〕《叢話》前集卷四十八,頁 327。

〔註 71〕《叢話》前集卷四十八,頁 328。

〔註 72〕《叢話》前集卷三十五,頁 235～236。

必自工夫中來，非僥倖可得也。如老蘇之於文，魯直之於詩，蓋盡此理也。」〔註73〕胡仔自己亦強調獨創的精神——「（苕溪漁隱曰）學詩亦然，若循習陳言，規摹舊作，不能變化，自出新意，亦何以名家。魯直詩云：『隨人作計終後人。』又云：『文章最忌隨人後。』誠至論也。」〔註74〕「（苕溪漁隱曰）……所謂屋下架屋者，非不經人道語，不足貴也。」〔註75〕

由以上比較可見，胡仔的詩論與江西詩派的詩論，除了對黃庭堅的推崇有一點差異之外，其他的詩論主張，可說完全相似。

今人蔡鎮楚先生歸納以下詩話為江西詩派詩話：

陳師道《後山詩話》〔註76〕、范溫《潛溪詩眼》〔註77〕、李錞《李希聲詩話》〔註78〕、潘淳《潘子真詩話》〔註79〕、洪芻《洪駒父詩話》〔註80〕、《王直方詩話》〔註81〕、許顗《彥周詩話》〔註82〕、唐庚述、強行父記《唐子西文錄》〔註83〕、吳开《優古堂詩話》〔註84〕、周紫芝《竹坡詩話》、呂本中《紫微詩話》、張表臣《珊瑚鉤詩話》、吳可《藏海詩話》、曾季貍《艇齋詩話》、葛立方《韻語陽秋》

以上蔡鎮楚先生所列江西詩派詩話，除了最後七本詩話之外，其餘皆

〔註73〕《叢話》後集卷三十一，頁232。
〔註74〕《叢話》前集卷四十九，頁333。
〔註75〕《叢話》前集卷五十七，頁395。
〔註76〕《叢話》前後集收有68則。
〔註77〕《叢話》前後集收有24則。
〔註78〕《叢話》前集卷十五，收有1則。
〔註79〕《叢話》前後集收有29則。
〔註80〕《叢話》前後集收有29則。
〔註81〕《叢話》前後集收有124則。
〔註82〕《叢話》前後集收有69則。
〔註83〕《叢話》作《唐子西語錄》，前後集收有30則。
〔註84〕此書內容多見於《王直方詩話》、《高齋詩話》、《復齋漫錄》，頗有問題。而《高齋詩話》在《叢話》前後書共收有24則。《復齋漫錄》在《叢話》後集收有214則。

見大量搜集於《叢話》之中，由此亦可見胡仔詩論的取向。

雖然，蔡鎮楚先生也提出：

> 宋代詩話史上，首先對蘇黃詩風進行反思的詩話家，恐怕
> 要數北宋末年的魏泰。……有《東軒雜錄》、《臨漢隱居詩
> 話》。〔註85〕

> 北宋之末和南北宋之交，批評蘇黃詩風和江西詩派最力的，還
> 是葉夢得的《石林詩話》和張戒的《歲寒堂詩話》。〔註86〕

這些反蘇黃詩風及對「江西格」的批評的詩話，在《叢話》中亦收有魏泰的《東軒雜錄》〔註87〕、《臨漢隱居詩話》〔註88〕、葉夢得《石林詩話》〔註89〕，但所引的內容多不是反蘇黃詩風及對「江西格」的批評語，胡仔的詩歌創作論與批評觀點，也都跳不出江西詩派的詩歌理論範疇，所以若將《叢話》歸納為江西詩派的詩話，也不為過。

二、編輯內容

胡仔《叢話》前集六十卷、後集四十卷，共一百卷，以人物為主，依照時代先後排列，其內容自詩經、楚辭、漢魏六朝，唐、五代、北宋，到南宋為止。

其中搜集有關先秦、漢魏六朝的資料有七卷〔註90〕，唐、五代的資料三十五卷〔註91〕，北宋朝至南宋初年則佔了五十八卷〔註92〕。由

〔註85〕蔡鎮楚，《中國詩話史》，湖南文藝出版社，1988 年 5 月第一版，頁 76。

〔註86〕蔡鎮楚，《中國詩話史》，湖南文藝出版社，1988 年 5 月第一版，頁 78。

〔註87〕《叢話》作《東軒筆錄》，《叢話》前後集共收有 21 則。

〔註88〕《叢話》作《隱居詩話》，《叢話》前集共收有 49 則。

〔註89〕《叢話》前後集共收有 84 則。

〔註90〕《叢話》前集有四卷，包括兩卷國風漢魏六朝、兩卷五柳先生。《叢話》後集有三卷，包括兩卷楚漢魏六朝，一卷陶靖節。

〔註91〕《叢話》前集有二十卷，包括一卷李謫仙、九卷杜少陵、三卷韓吏部、一卷香山居士、其他唐人合卷及五紀雜記共六卷。《叢話》後集有十五卷，包括一卷李太白、四卷杜子美、一卷韓退之、一卷醉吟先生、其他唐人合卷及五紀雜記共有八卷。

〔註92〕《叢話》前集有三十六卷，包括兩卷六一居士、一卷梅聖俞、四卷半

以上的各代所佔的篇幅比重，可見胡仔的《叢話》偏重在有宋一朝的詩學成就。

胡仔《叢話》雖自云「取元祐以來諸公詩話，及史傳小說所載事實，可以發現詩句，及增益見聞者，纂為一集……」（〈前集序〉），但與其他詩話類編，只是編排資料，而不加辯證考據不同。〔註93〕

在先秦漢魏六朝的七卷中，《詩經》、《楚辭》、漢魏古詩佔四卷，唯一單列的名家只有陶潛，佔了三卷。可見六朝前的名家，胡仔只推重陶潛。

唐、五代的三十五卷中，單列的名家只有四家：杜甫十三卷、李白兩卷、韓愈四卷、白居易兩卷，其餘作家皆為合卷。

宋朝的五十八卷中，單列的名家只有六家：歐陽脩三卷、梅聖俞一卷、王安石四卷、東坡十四卷、山谷五卷、秦少游一卷，其餘為合卷。

由上可見《叢話》所列的名家總共十一家，六朝以前只有陶潛，唐朝只有杜甫、李白、韓愈、白居易四人，宋朝則是對宋詩有開創之功的歐陽脩與梅聖俞，拓展之功的王安石、東坡、山谷、秦少游。

在《叢話》中佔的比例最重的是東坡十四卷，其次是杜甫十三卷，再者是山谷五卷，王安石、韓愈各四卷，陶潛、歐陽脩各三卷，李白、白居易各兩卷。

《叢話》中光是東坡、杜甫就佔了四分之一強，可見兩人在胡仔心中的比重。表面上東坡的卷數比杜甫多了一卷，但東坡卷中的「烏臺詩案」〔註94〕就佔了近四卷，而在其他卷數中，引用討論杜甫詩的比

山老人、九卷東坡、三卷山谷、一卷秦少游、四卷歷代僧道神仙、一卷長短句、一卷麗人雜記、其他宋人合集十卷。《叢話》後集有二十二卷，包括一卷六一居士、五卷東坡、兩卷山谷、兩卷歷代僧道神仙、一卷長短句、一卷麗山雜記、其他宋人合集十卷。

〔註93〕《苕溪漁隱叢話》與阮閱《詩話總龜》（原名《詩總》的優劣，已在緒論及，此不贅敘）。

〔註94〕《叢話》前集卷四十二後半卷到卷四十五，共33則。《苕溪漁隱叢話》，宋・胡仔纂集，廖德明校點，台北：長安出版社，頁288～311。

例最多，此外，在《叢話》前集卷四十九中，胡仔很明確地標舉其編纂宗旨：「余為是說，蓋欲學詩者師少陵而友江西，則兩得之矣。」故在胡仔心目中，前賢詩人中，杜甫仍是最重要的典範，至於當代詩人，蘇軾（佔十四卷）在其心中的份量，恐怕要比江西詩派宗主黃庭堅（佔五卷）重要的多。

各朝除了少數重要而單列的名家之外，還有一些是合卷的作家，如《叢話》前集卷十五合駱賓王、王維、韋應物、孟浩然四人為一卷；前集卷十九合柳宗元、孟郊、賈島、盧全四人為一卷；前集卷二十六合晏殊、宋庠、宋祁、王琪四人為一卷；前集卷三十二合蘇舜欽、石曼卿兩人為一卷；前集卷五十一合陳師道、晁補之、張耒三人為一卷……。此外，有唐人雜記、五季雜記（前集卷二十四）；宋朝雜記（前集卷五十四、五十五），專門記載一些資料較少的詩人。

此外，尚有專門記載僧、道〈緇黃雜記〉（《叢話》前集卷五十七、《叢話》後集卷三十七），專門記載修鍊成仙的〈神仙雜記〉（《叢話》前集卷五十八、《叢話》後集卷三十七），專門記載傳說中的神仙呂洞賓〈回仙〉（《叢話》前集卷五十八、《叢話》後集卷三十八），甚至牽涉怪力亂神的〈鬼詩〉（《叢話》前集卷五十八、《叢話》後集卷三十八），專門記載婦女的作品的〈麗人雜記〉兩卷（《叢話》前集卷六十、《叢話》後集卷四十），保存了當時不受重視女子的珍貴文獻。有專門記載當時還不甚受重視的詞論詞作〈長短句〉兩卷（《叢話》前集卷五十九、《叢話》後集卷三十九），集中有關詞的論述。

《叢話》內容兼容並蓄，不免有駁雜之處，如《叢話》前集卷五十八，《叢話》後集卷三十九，的「鬼詩」頗涉怪力亂神，姑舉二例：

> 惠洪《冷齋夜話》云：「魯直自黔安出峽，登荊州江亭，柱間有詞曰：『簾卷曲闌獨倚，江展暮天無際，淚眼不曾晴，家在吳頭楚尾。數點雪花亂委，撲擁沙鷗驚起，詩句恰成時，沒入蒼煙叢裏。』魯直讀之，淒然曰：『似為余發也。不知何人所作，所題筆勢妍軟欹斜類女子，而有淚痕不曾晴之句，不

　　然，則是鬼詩也。』是夕，有女子絕豔，夢於魯直曰：『我家
　　豫章吳城山，附客舟至此，墮水死，不得歸，登江亭有感而
　　作，不意公能識之。』魯直驚寤，謂所親曰：『此必吳城小龍
　　女也。』」（《叢話》前集卷五十八，頁405）

　　苕溪漁隱曰：「《雲齋廣錄》載司馬櫃官於錢塘，夢蘇小小歌
　　〈蝶戀花〉詞一闋，其詞頗佳，詞云：『妾在錢塘江上住，花
　　開花落，不記流年度。燕子啣將春色去，黃昏幾度瀟瀟雨，
　　蟬鬢犀梳雲半吐。檀板新聲，唱徹黃金縷。酒醒夢回無處覓，
　　凄涼明月生秋浦。』」（《叢話》後集卷三十九，頁315）

以上兩則，一則引惠洪《冷齋夜話》所言黃庭堅在荊州江亭的柱間所見
摻雜異夢的女鬼之詞。一則為引《雲齋廣錄》記載司馬櫃官於錢塘，夢
蘇小小歌〈蝶戀花〉詞一闋。

三、編輯方法

　　宋詩話在成長初期，並非嚴謹的文學批評，有些詩話被列入「集
部」，有些詩話被列入「子部」，但和一般隨筆、筆記不同的是，所記的
都是有關詩人、詩作的軼聞瑣事。如第一本宋詩話的代表作，歐陽脩的
《六一詩話》：

　　孟郊、賈島皆以詩窮至死，而平生尤自喜為窮苦之句。孟有
　　〈移居詩〉云：「借車載家具，家具少於車。」乃是都無一物
　　耳。又〈謝人惠炭〉云：「暖得曲身成直身。」人謂非其身備
　　嘗之不能道此句也。賈云：「鬢邊雖有絲，不堪織寒衣。」就
　　令織得，能得幾何？又其〈朝飢詩〉云：坐聞西床琴，凍折
　　兩三絃。」人謂其不止忍饑而已，其寒亦何可忍也。（第10
　　則）〔註95〕

　　唐之晚年，詩人無復李、杜豪放之格，然亦務以精意相高。

〔註95〕《歷代詩話・六一詩話》，清・何文煥輯，台北：漢京文化事業有限公
　　　　司，中華民國72年1月初版，頁266～267。

如周朴者，構思尤艱，每有所得，必極其雕琢，故時人稱朴
詩「月鍛季煉，未及成篇，已播人口」。其名重當時如此，而
今不復傳矣。余少時猶見其集，其句有云：「風暖鳥聲碎，日
高花影重。」又云：「曉來山鳥鬧，雨過杏花稀。」誠佳句也。
（第 11 則）〔註96〕

聖俞嘗語余曰：「詩家雖率意，而造語亦難。若意新語工，得
前人所未道者，斯為善也。必能狀難寫之景，如在目前，含
不盡之意，見於言外，然後為至矣。賈島云：『竹籠拾山果，
瓦瓶擔石泉。』姚合云：『馬隨山鹿放，雞逐野禽棲。』等是
山邑荒僻，官況蕭條，不如『縣古槐根出，官清馬骨高』為
工也。」余曰：「語之工者固如是。狀難寫之景，含不盡之意，
何詩為然？」聖俞曰：「作者得於心，覽者會以意，殆難指陳
以言也。雖然，亦可略道其髣髴：若嚴維『柳塘春水漫，花
塢夕陽遲』，則天容時態，融和駘蕩，豈不如在目前乎？又若
溫庭筠『雞聲茅店月，人跡板橋霜』，賈島『怪禽啼曠野，落
日恐行人』，則道路辛苦，羈愁旅思，豈不見於言外乎？」（第
12 則）〔註97〕

以上三則，談論的都是有關詩人與詩作。第一則談中唐孟郊、賈島「窮
苦」的詩風與詩句；第二則談論晚唐詩風「無復李、杜豪放之格」，極
其雕琢，「月鍛季煉」頗有「苦吟」之風，並舉周朴之詩為例〔註98〕；
第三則引梅聖俞之言，談論詩歌的創作，標榜「意新語工」的詩歌，詩
人必須具備「前人所未道」的獨創精神，造語須具「狀難寫之景，如在
目前，含不盡之意，見於言外」的功力，才算佳作，並舉嚴維、溫庭筠、

〔註96〕《歷代詩話・六一詩話》，頁 267。
〔註97〕《歷代詩話・六一詩話》，清・何文煥輯，台北：漢京文化事業有限公
　　　　司，中華民國 72 年 1 月初版，頁 267。
〔註98〕「風暖鳥聲碎，日高花影重。」乃杜荀鶴之詩非周朴之詩，歐陽脩誤
　　　　記也。

賈島之詩為例。由上例可見，歐陽脩《六一詩話》的編輯是輕鬆閒散
的，僅就自己記憶所及，隨記隨筆，則與則之間沒有關聯，不引他書，
不涉考證，但所論的都是與詩人及詩作有關的記述。接下去的幾本詩
話——司馬光《續詩話》、劉攽《中山詩話》等，亦皆承襲歐陽脩《六
一詩話》的模式。

由於詩話討論範圍不斷擴大，論詩的形式也有了改變。除了原本
記載軼聞遺事之外，又陸續增加了考訂辨證、談論句法之類的內容。因
為論詩的著作既多，則詩話之叢書類書與輯本自然因應而起。

宋代彙編的詩話之叢書與輯集，較為重要的有三本詩話：一為阮
閱《詩總》，二為胡仔《叢話》；三為魏慶之《詩人玉屑》。

阮閱的《詩總》，分門編集，已採取「以類相從」的編輯形式，其
序曰：

> 余平昔與士大夫遊，聞古今詩句，膾炙人口，多未見全本，
> 及誰氏所作也。宣和癸卯春，（『春』宋本作『冬』。）來官郴
> 江，因取所藏諸家小史、別傳、雜記、野錄讀之，遂盡見前
> 所未見者。至癸卯秋，得一千四百餘事，共二千四百餘詩，
> 分四十六門而類之……類而總之，以便觀閱，故名曰《詩
> 總》。〔註99〕

由阮閱之序，可見此書卷帙龐大，記錄一千四百餘事，二千四百多首
詩，分四十六門，為「以類相從」的編纂形式。但此書在南宋高宗時
期，福建已出現盜版偽書〔註100〕，故早期可以確信的宋代彙編的詩話

〔註99〕見《叢話》後集卷三十六所徵引，頁287。
〔註100〕《叢話》前集序於高宗紹興十八年（1148），而胡仔在《叢話》前集
卷十一已論證：「……閩中近時又刊《詩話總龜》，此集即阮閱所編《詩
總》也，余於〈漁隱叢話序〉中已備言之。阮字閎休，官至中大夫，
嘗作監司郡守，廬州舒州人，其《詩總》十卷，分門編集，今乃為人
易其舊序，去其姓名，略加以蘇黃門詩說，更號曰《詩話總龜》，以
欺世盜名耳。……」（頁75）又因為盜版之《詩話總龜》為人易其舊
序，去其姓名，而不載阮閱之原序，故胡仔在《叢話》後集卷三十六，
特別將其家中所藏之《詩總》原序，記錄保在其《叢話》之中。

之叢書，首推胡仔《叢話》。胡仔在其前集序中自敘其纂集之緣由云：

> 紹興丙辰〔註101〕，余侍親赴官嶺右，道過湘中，聞舒城阮閱
> 昔為郴江守，嘗編《詩總》，頗為詳備。行役匆匆，不暇從知
> 識間借觀。後十三年，余居苕水，友生洪慶遠，從宗子彥章，
> 獲傳此集。余取讀之，蓋阮因古今詩話，附以諸家小說，分
> 門增廣，獨元祐以來諸公詩話不載焉。考編此《詩總》，乃宣
> 和癸卯〔註102〕，是時元祐文章，禁而弗用，故阮因以略之。
> 余今遂取元祐以來諸公詩話，及史傳小說所載事實，可以發
> 明詩句，及增益見聞者，纂為一集。凡《詩總》所有，此不
> 復纂集，庶免重複；一詩而二三其說者，則類次為一，間為
> 折衷之；又因以余舊所聞見，為說以附益之。……余今但以
> 年代人物之先後次第纂集，則古今詩話，不待撿尋，已粲然
> 畢陳於前，顧不佳哉！……
>
> 戊辰春三月〔註103〕上巳，苕溪漁隱胡仔元任序。（〈序漁隱
> 詩評叢話前集〉，頁1）

胡仔說明自己編纂《叢話》之由，乃因阮閱《詩總》未能搜集「元祐以
來諸公詩話」，又不同意《詩總》分門纂集的編纂方式：

> 或者謂余不能分明纂集，（元本「明」作「門」。）如阮之《詩
> 總》，是未知詩之旨矣。昔有詩客，嘗以神聖工巧四品，分類
> 古今詩句，為說以獻半山老人，半山老人得之，未及觀，遽
> 問客曰：「如老杜『勳業頻看鏡，行藏獨倚樓』之句，當入何
> 品？」客無以對，遂以其說還之，曰：「嘗鼎一臠，他可知矣。」
> 則知詩之不可分門纂集，蓋出此意也。（〈序漁隱詩評叢話前
> 集〉，頁1）

所以，胡仔的《叢話》乃是繼《詩總》將詩話輯為類書體例之後，又一

〔註101〕紹興六年，西元1136年。
〔註102〕宋徽宗宣和五年，西元1123年。
〔註103〕高宗紹興十八年，西元1148年。

部將詩話輯為叢書的著作。但它的纂集，與《詩總》分門纂集的編纂方式不同，而是「以年代人物之先後次第纂集」──以人物為主，按照時代先後為序，先將以前所有詩話內容打散分出大類，然後採取以類相從、連類而及的方式，再將打散的材料，一條一條聯繫到各類別下，讓作家與作品、作品與本事緊密的結合在一起。全書體例嚴謹，結構清楚，檢索方便。在他為材料進行分類的同時，其實就是在從事一種比較科學的研究。這種詩話的纂集方法，比起前一階段，向前躍進一大步。因為之前的詩話，常是有聞則錄，兼容並收，但是胡仔的《叢話》，在材料的揀擇上，有一套自己的原則，就詩話的編撰方式而言，是一種向前的大躍進。〔註104〕

張思齊先生肯定胡仔《叢話》的編纂方法云：

> 胡仔對材料進行嚴格的篩選，並且加以自己的評論，人們將認識對象進行分類的時候，實際上是在進行比較，而比較則是科學研究中最基本的環節之一，以類相從，連類而及的編撰辦法把詩話的編撰方法向前發展了一步。〔註105〕

胡仔《叢話》以「人物」為綱的編纂方式，可以提供詩人的材料系統而集中，方便後學研究某位特定詩人。如欲研究陶潛者，則《叢話》前集卷三、卷四、《叢話》後集卷三，共三卷，集中提供各種詩話對陶潛作品、人品、軼事的記錄文字。欲研究李白者，則《叢話》前集卷五、《叢話》後集卷四，共兩卷，集中提供各種詩話對李白的評論文字。

《叢話》除了集中提供專門作家的系統資料，並將不同詩話談論同一作品的詩論彙集在一起。如《叢話》前集卷三「五柳先生上」，討論陶淵明「採菊東籬下，悠然見南山。」（〈飲酒詩二十首〉其五）連續徵引東坡、晁補之《雞肋集》、《蔡寬夫詩話》各家說法：

〔註104〕歐陽美慧，《歐陽脩詩文理論及實踐》，中山大學中國語文研究所碩士論文，中華民國93年，頁59～60。
〔註105〕張思齊，《宋代詩學》，長沙：湖南人民，2000年出版，頁13。

東坡云：「陶潛詩『採菊東籬下，悠然見南山。』採菊之次，偶然見山，初不用意，而景與意會，故可喜也。今皆作『望南山。』杜子美云：『白鷗沒浩蕩，萬里誰能馴。』蓋滅沒於煙波間耳，而宋敏求謂予云『鷗不解沒，改作波字。』二詩改此兩字，覺一篇神氣索然也。」（《叢話》前集卷三，頁15〜16）

《難肋集》云：「詩以一字論工拙，如『身輕一鳥過』，『身輕一鳥下』，過與下，與疾與落，每變而每不及，易較也。如魯直之言，猶碔砆之於美玉是也。然此猶在工拙精粗之間，其致思未失也。記在廣陵日，見東坡云：『陶淵明意不在詩，詩以寄其意耳。採菊東籬下，悠然望南山，則既采菊又望山，意盡於此，無餘蘊矣，非淵明意也。採菊東籬下，悠然見南山，則本自采菊，無意望山，適舉首而見之，故悠然忘情，趣閑而景遠，此未可於文字精粗間求之，以比碔砆美玉不類。」（《叢話》前集卷三，頁16）

《蔡寬夫詩話》云：「『採菊東籬下，悠然見南山。』此其閑遠自得之意，直若超然邈出宇宙之外。俗本多以見字為望字，若爾便有褰裳濡足之態矣。乃知一字之誤，害理有如是者。《淵明集》世既多本，校之不勝其異，有一字而數十不同者，不可概舉，若『隻雞招近局』，或以局為屬，雖於理似不通，然恐是當時語。『我土日以廣』，或以土為志，於義亦兩通，未甚相遠。若此等類，縱誤，不過一字之失，如見與望，則併其全篇佳意敗之，此校書者不可不謹也。」（《叢話》前集卷三，頁16）

如此，讀者可以一次看完各家對陶淵明「採菊東籬下，悠然見南山。」的看法與評論。

論及杜甫「家家養烏鬼」（〈戲作俳諧體遣悶二首〉其一）之義，

胡仔連續徵引《漫叟詩話》、《蔡寬夫詩話》、《冷齋夜話》、沈存中《筆談》、《緗素雜記》、《東齋記事》的說法，最後，加上自己的親身體驗及考據論證，歸納為「烏鬼」為鸕鷀的論點：

> 苕溪漁隱曰：「『家家養烏鬼』之句，余觀諸公詩話，其說蓋有四焉。《漫叟詩話》以豬為烏鬼，《蔡寬夫詩話》以烏野神為烏鬼，《冷齋夜話》以烏蠻鬼為烏鬼，沈存中《筆談》、《緗素雜記》以鸕鷀為烏鬼，今具載其說焉。《漫叟詩話》云：『家家養烏鬼，頓頓食黃魚。世以烏鬼為鸕鷀，言川人養此取魚。予崇寧間往興國軍，太守楊鼎臣字漢傑，一日約飯鄉味，作蒸豬頭肉，因謂予曰：川人嗜此肉，家家養豬，杜詩所謂家家養烏鬼是也。每呼豬則作烏鬼聲，故號豬為烏鬼。』《蔡寬夫詩話》云：『或言老杜詩家家養烏鬼，頓頓食黃魚。烏鬼乃鸕鷀，謂養之以捕魚。予少時至巴中，雖見有以鸕鷀捕魚者，不聞以為烏鬼也，不知《夔州圖經》何以得之。然元微之〈江陵詩〉云：病賽烏稱鬼，巫占瓦代龜。注云：南人染病則賽烏鬼。則烏鬼之名，自見於此。巴楚間嘗有捕得殺人祭鬼者，問其神明，曰烏野七頭神。則烏鬼乃所事神名爾。或云養字乃賽字之訛，理亦當然。蓋為其殺人而祭之，故詩首言異俗吁可怪，斯人難並居。若養鸕鷀捕魚而食，有何吁怪不可並居之理。則鸕鷀決非烏鬼，宜當從元注也。』《冷齋夜話》云：『川峽路民多供事烏蠻鬼，以臨江，故頓頓食黃魚耳。俗人不解，便作養畜字讀，遂使沈存中白差烏鬼為鸕鷀也。』沈存中《筆談》云：『士人劉克博觀異書，杜詩有家家養烏鬼，頓頓食黃魚，世之說者，皆謂夔、峽間至今有鬼戶，乃夷人也，其主謂之鬼。然不聞有烏鬼之說。又鬼戶者，夷人所稱，又非人家所養。克乃按《夔州圖經》，稱峽中人以鸕鷀繫其頸，使之捕魚，得魚則倒提出之，至今如此。予在蜀中見人家養鸕鷀，使捕魚信然。但不知謂之烏鬼耳。』《緗素雜記》

云：『《筆談》嘗論杜詩家家養烏鬼，頓頓食黃魚，峽中人謂
鸕鷀為烏鬼，養之以取魚也。』又按《東齋記事》云：『蜀之
魚家養鸕鷀十數者，日得魚可數十斤，以繩約其吭，纔通小
魚，大魚則不可食，時呼而取出之，乃復遣去。甚馴狎，指
顧如人意，有得魚而不以歸者，則押群者啄而使歸。比之放
鷹鶻，無馳走之勞，得利又差厚。』所載止此而已。然范蜀
公亦不知鸕鷀乃杜詩所謂烏鬼也。按《夷貊傳》云：『倭國水
多陸少，以小環掛鸕鷀項，令入水捕魚，日得百餘頭。』則
此事信然。余嘗細考四說，謂鸕鷀為烏鬼是也，其謂豬與烏
野神、烏蠻鬼為烏鬼者，非也。余官建安，因事至北苑焙茶，
扁舟而歸，中途見數漁舟，每舟用鸕鷀五六，以繩繫其足，
放入水底捕魚，徐引出，取其魚。目睹其事，益可驗矣。」
（《叢話》前集卷十二，頁 81～82）

此外，胡仔有意識地將同一類之主題並排在一起，如「西崑體」、
「半夜鐘」、「茶」等。談論「西崑體」者，可見於《叢話》前集卷二十
二唐彥謙、「西崑體」，及《叢話》後集卷十四唐彥謙及玉谿生，共 26
則。談論「半夜鐘」者，可見於《叢話》前集卷二十三「半夜鐘」4 則，
及《叢話》後集卷十五有 1 則，共 5 則。有關「茶」事者，在《叢話》
前集卷四十六「東坡」有 12 則（第 4 至 15 則），《叢話》後集卷十一
「盧仝」有 13 則，有關茶的主題共有 25 則。

第四節 《苕溪漁隱叢話》的文獻運用

胡仔《叢話》的編纂，以人物為主，除了搜集許多詩話、文集之
外，為了考據查證，亦引用許多經書、正史、本傳等，較為正式的文
獻。由於內容駁雜，亦有許多各式專門典籍，旁及各種野史、筆記小說
等，所引之各式文獻，約有八百種左右。〔註106〕

〔註106〕請參第三章第二節「《苕溪漁隱話》的創新」，頁 46。

所徵引之書籍，有些只出現於《叢話》前集，如《隱居詩話》49則、《漫叟詩話》52則、《類苑》7則；有些只出現於《叢話》後集，如《復齋漫錄》214則；有些則重複出現於《叢話》前、後集，按所引則數多寡如下：《王直方詩話》124則（122／2）、《西清詩話》104則（92／12）、《冷齋夜話》105則（92／13）、《石林詩話》84則（81／3）、《後山詩話》68則（66／2）、《雪浪齋日記》44則（39／5）、《邇齋閑覽》38則（31／7）、《湘素雜記》32則（21／11）、《呂氏童蒙訓》32則（21／11）、《三山老人語錄》24則（19／5）、《詩眼》24則（22／2）、《古今詩話》24則（11／13）、《高齋詩話》23則（22／1）、《桐江詩話》23則（21／2）、《學林新編》22則（18／4）、《東軒筆錄》21則（20／1）、《洪駒父詩話》20則（18／2）、《迂叟詩話》13則（10／3）、《夷堅志》11則（10／1）、《傳燈錄》11則（7／4）、《酉陽雜俎》10則（4／6）、《歸田錄》8則（5／3）、《嘉話》8則（5／3）、《六一居士詩話》6則（2／4）、《倦遊雜錄》6則（5／1）《鍾山語錄》6則（5／1）。〔註107〕

有一些當代名家，胡仔未引書名，只引人名，如「東坡云」155則（116／39）、「山谷云」82則（61／21）、「山谷言」7則（5／2）、「荊公云」9則（前集）、「張文潛云」9則（8／1）、「少游云」9則（前集）、「韓子蒼云」9則（7／2）、「蘇子由云」8則（6／2）……等。

《叢話》引文方式，有直錄原文，有稍加刪節，有略引，舉例如下：

> 《六一居士詩話》云：「唐之晚年，詩人無復李、杜豪放之格，然亦務以精意相高。如周朴者，杼思尤艱，每有所得，必極雕琢，故詩人稱朴詩月鍛季煉，未及成篇，已播人口，其名重當時如此，而今不復傳矣。余少時猶見其集，其句有云：『風暖鳥聲碎，日高花影重。』又云：『曉來山鳥鬧，雨

〔註107〕以上統計數字為個人所統計。前後集皆有徵引者，前面為統計總數，括弧內分別為前集及後集徵引則數。

過杏花稀。』誠佳句也。」（《叢話》前集卷二十三，頁 153
～154）

此則為直錄《六一詩話》原文第 11 則。〔註108〕

　　《六一居士詩話》云：「聖俞謂予曰：『嚴維詩：柳塘春水漫，
　　花塢夕陽遲。則天容時態，融和駘蕩，如在目前。』……」

　　（《叢話》前集卷二十，頁 133）

此則為節引《六一詩話》第 12 則〔註109〕其中一小段，為使文義完
整，胡仔加上「聖俞謂予曰」，引言在不影響文義下，少了「豈不」
二字。

　　苕溪漁隱曰：「呂居仁近時以詩得名，自言傳衣江西，嘗作
　　《宗派圖》，自豫章以降，列陳師道、潘大臨、謝逸、洪芻、
　　饒節、僧祖可、徐俯、洪朋、林敏修、洪炎、汪革、李錞、
　　韓駒、李彭、晁沖之、江端本、楊符、謝薖、夏倪、林敏功、
　　潘大觀、何覬、王直方、僧善權、高荷，合二十五人以為法
　　嗣，謂其源流皆出豫章也。其〈宗派圖序〉數百言，大略云：
　　『唐自李杜之出，焜耀一世，後之言詩者，皆莫能及。至韓、
　　柳、孟郊、張籍諸人，激昂奮厲，終不能與前作者並。元和
　　以後至國朝，歌詩之作或傳者，多依效舊文，未盡所趣。惟

<hr>

〔註108〕《歷代詩話‧六一詩話》，清‧何文煥輯，台北：漢京文化事業有限
　　　　公司，中華民國 72 年 1 月初版，頁 267。

〔註109〕聖俞嘗語余曰：「詩家雖率意，而造語亦難。若意新語工，得前人所
　　　　未道者，斯為善也。必能狀難寫之景，如在目前，含不盡之意，見於
　　　　言外，然後為至矣。賈島云：『竹籠拾山果，瓦瓶擔石泉。』姚合云：
　　　　『馬隨山鹿放，雞逐野禽棲。』等是山邑荒僻，官況蕭條，不如『縣
　　　　古槐根出，官清馬骨高』為工也。」余曰：「語之工者固如是。狀難
　　　　寫之景，含不盡之意，何詩為然？」聖俞曰：「作者得於心，覽者會
　　　　以意，殆難指陳以言也。雖然，亦可略道其髣髴：若嚴維『柳塘春水
　　　　漫，花塢夕陽遲』，則天容時態，融和駘蕩，豈不如在目前乎？又若
　　　　溫庭筠『雞聲茅店月，人跡板橋霜』，賈島『怪禽啼曠野，落日恐行
　　　　人』，則道路辛苦，羈愁旅思，豈不見於言外乎？」（《六一詩話》第
　　　　12 則，頁 267）

> 豫章始大出而力振之，抑揚反復，盡兼眾體，而後學者同作
> 並和，雖體制或異，要皆所傳者一，予故錄其名字，以遺來
> 者。』……」（《叢話》前集卷四十八，頁 327～328）

此則胡仔自言「大略云」，則是大略將呂本中江西社〈宗派圖序〉數百字刪為一百多字。

胡仔除了搜羅資料之外，尚有六百五十四則自撰的考證論辨的按語「苕溪漁隱曰」，皆為胡仔苦心孤詣的學術研究成果。

小結

胡仔《叢話》，和早期歐陽脩《六一詩話》、司馬光的《續詩話》、劉攽《中山詩話》等輕鬆閒散的詩話，只就自己記憶所及，隨記隨筆，不引他書，不涉考證的編輯方法有很大的不同。

《叢話》在詩歌體制上的創新，為採取「以類相從」的編輯方法，將前人的詩話，分類加以搜集，注明出處，對材料進行嚴格的篩選，不再像前期詩話多就印象所及的記錄方式。而胡仔則又加上自己的評論，成為後人寶貴的文學批評資料。

胡仔對於資料來源，不像之前的詩話不論資料正確否隨意選用。胡仔採取嚴謹考證態度，對所選用的資料仔細考查辨證。

《叢話》在資料的編排上，有意識地將同一作者或同一主題的資料集中在一起，如：陶潛、杜甫、李白、韓愈、白居易、歐陽脩、王安石、蘇軾、黃庭堅等，同一主題如「烏臺詩案」、「西崑體」、「半夜鐘」、「茶」等，方便後學研究參考。

《叢話》除了搜集許多詩話、文集、經書、正史、本傳、墓誌銘等文獻，還有各式專書、筆記小說，《叢話》所引之書，約有八百種左右。胡仔《叢話》對於資料來源，多能引其書本出處，只有幾位宋代大家如王安石、蘇軾、黃庭堅、秦觀、韓駒、張耒、蘇轍等則直引其名。引文的方式，有直錄原文、有稍加刪節、也有略引。

《叢話》的編輯理念為「欲學詩者師少陵而友江西」，希望學習詩

歌的後學，能以杜甫詩作為楷模，而輔以江西詩派詩歌創作的理論，故《叢話》中有許多借用前人詩意、詩語、格式的詩例，即後人所謂「奪胎換骨」的實例，又有許多關於「造語」、「鍊字」等詩例，胡仔強調詩歌創作貴獨創的精神，這些創作主張，皆不出江西詩派的範疇。

第四章　《苕溪漁隱叢話》論創作

第一節　以杜甫之詩為宗

　　《叢話》前後集一百卷，其中杜甫就佔了十三卷，雖然蘇軾也佔了十四卷，但其中四卷乃是「烏臺詩案」[註1] 的卷宗，所以，杜甫可以說是全書中所佔篇幅最多的作家。

　　《叢話》前集卷十四，胡仔曾明確表示自己纂集《叢話》的宗旨：

　　　　余纂集《叢話》，蓋以子美之詩為宗，凡諸公之說，悉以采摭，

　　　　仍存標目，各誌所出。[註2]（《叢話》前集卷十四，頁93）

可見胡仔的詩學，是以杜甫為主要的學習典範。

　　胡仔網羅歷來各家對杜甫詩歌的評論，《叢話》前集共有183則，《叢話》後集共有76則，《叢話》前後集加起來，對杜詩的評論總共有259則[註3]，尚有許多散在其他卷帙的則數，可以有效提供後學研究杜甫詩的參考。其中胡仔自己對杜詩的注解評論考證的亦有34則，

〔註1〕乃胡仔之父在靖康期間任侍御史，所錄東坡烏臺詩案。從《叢話》前
　　　　集卷四十二後半至卷四十五，共33則。
〔註2〕《苕溪漁隱叢話》前集，宋·胡仔編纂，台北：長安出版社，中華民
　　　　國67年12月初版，頁93。
〔註3〕此統計乃個人統計《叢話》前「杜少陵」九卷，《叢話》後集「杜子美」
　　　　四卷的結果。未包括散論在其他各卷數中的則數。

其中有的則數一則即包括注解、考證、評論 20 首杜詩〔註4〕，共計胡仔對杜詩的注解評論考證多至 80 多首。

胡仔的評論詩歌時，以杜甫為最高典範，除了費心尋找杜詩用語、用事出處以證杜詩——「無一字無來處」的博學。此外，推崇其開創之功——以「方語」、「歇後語」入詩，這種「以俗為雅」的手法；再者聲律上「拗句」、「拗律」的創始。另外，胡仔在考證杜甫詩歌版本，辨偽詩、搜尋佚詩等，亦花費不少心力。

一、無一字無來處

胡仔在《叢話》前集卷九「杜少陵四」中引黃庭堅的話云：

> 山谷云：「老杜作詩，退之作文，無一字無來處，蓋後人讀書少，故謂韓、杜自作此語耳。古人能為文章，真能陶冶萬物，雖取古人陳言入翰墨，如靈丹一粒，點鐵成金也。」〔註5〕
> （《叢話》前集第九卷，頁 56）

胡仔雖然沒有列名江西詩派，但受到北宋、南宋詩壇大環境影響，仍不免陷入大時代的氛圍中，胡仔的詩論並未擺脫江西詩派詩論的巨大影響，尤其對杜詩的「無一字無來處」——用字用事的出處，費盡心力，孜孜不倦地搜尋。

如《叢話》前集卷十一，補充王原叔〔註6〕注《杜工部集》所未注解的詩，共 20 首詩：

> 苕溪漁隱曰：「余讀史傳，及舊聞於知識間，得少陵詩事甚

〔註4〕如《叢話》前集卷十一補充王叔原所未注解的杜詩 20 首，頁 70～72。
　　　《叢話》前集卷十四，亦論杜詩 20 首，頁 93～95。

〔註5〕胡仔此處「山谷云」乃是引自黃庭堅《山谷集》卷十九〈答洪駒父書〉三首其三，見《影印摛藻堂四庫全書》384 冊，集部 37 冊，台北：世界書局，中華民國 77 年 2 月台初版，頁 384～207、384～208。

〔註6〕王洙（997～1057）字原叔、源叔、尚汶，應天宋城（今河南商丘）人。北宋藏書家、目錄學家。幼年聰穎，博學強記，遍覽方技、術數、陰陽、五行、音韻、訓詁、書法等；寶元二年（1039）王洙輯杜詩，題為《分門集注杜工部詩》。

多，皆王原叔所不注者，如〈冬狩行〉云：『自從獻寶朝河宗』，《穆天子傳》：『天子西征，至陽紆山，河伯馮夷之所居，是為河宗。天子乃沉璧禮焉。河伯乃與天子披圖視典，以觀天下寶器。』〈秋日夔府詠懷〉云：『穰多粟過拳』，《西京雜記》：『上林苑嶧陽粟大如拳。』又云：『門求七祖禪』，《傳燈錄》：『北宗神秀門人普寂立其師為第六祖，而自稱七祖。』〈秋日題鄭監湖上亭〉云：『高唐寒浪減，髣髴識昭丘也。』《荊州圖記》：『當陽東南七十里有楚昭王墓，登樓即見，所謂昭丘也。』〈夔府書懷〉云：『藻繪憶游睢』，魏文帝〈與曹洪書〉：『游睢渙者，學藻繢之彩。』注云：『睢、渙之間出文章。』〈枯栭詩〉：『凍雨落流膠』，《楚詞》：『使凍雨兮灑塵』，注云：『江東呼夏月暴雨為凍雨，音東。』〈八哀·張九齡〉詩：『仙鶴下人間，獨立霜毛整。』《張九齡家傳》：『九齡初生，母夢九鶴從天而下』，恐少陵用此事。《西京雜記》：『元封中，雪大寒，牛馬皆蜷縮如蝟。』故〈前苦寒行〉云：『漢時長安雪一丈，牛馬毛寒縮如蝟。』〈述古詩〉：『邪贏無乃勞』，張平子《西京賦》：『邪贏優而足恃』，注云：『邪偽之利，自饒足恃也。』一作嬴，一作羸，非是。〈臘日〉云：『口脂面樂隨恩澤，翠管銀罌下九霄』，唐制，臘日賜北門學士口脂，盛以碧鏤牙筒，《酉陽雜俎》亦云。〈灩澦堆〉云：『如馬戒舟航』，《水經》：『白帝山城門西江有孤石，冬出二十餘丈，夏即沒，有時才出。』又《十道志》：『灩澦大如馬，瞿塘不可下。』〈秋興〉云：『昆吾御宿自逶迤』，事見《揚雄傳》：『武帝開廣上林，南至宜春、鼎湖、御宿、昆吾。』《舊唐書》：『郭子儀上言，吐蕃、黨項不可忽，宜早為備。廣德元年，遣李之芳等使於吐蕃，為虜所留，二年乃得歸。』故〈哭李之芳〉詩云：『奉使失張騫』，蓋此事也。代宗自楚王徙封成王，〈洗兵馬〉云：『成王功大心轉小』，代宗時為元帥故也。

〈自京赴奉先縣詠懷〉云：『司臣留歡娛，樂動殷樛嶱』，半山老人刊作膠葛，未詳其事所出，後讀〈上林賦〉：『張樂乎膠葛之㝢』，㝢，屋也，膠葛，曠遠深貌。乃出此也。〈梅雨〉云：『南京犀浦道，四月熟黃梅』，今本犀作西，非是，犀浦在成都府二十五里，太守李冰作五石犀沉江以壓水怪，因以名縣，出《成都記》。〈贈射洪李四丈〉云：『丈人屋上烏，人好烏亦好』，《六韜》：『武王登夏台以臨殷民，周公曰：愛人者，愛其屋上烏；憎人者，憎其餘胥。』〈和賈至舍人早大明宮〉云：『五夜漏聲催曉箭』，《顏氏家訓》：『或問一夜五更何所訓？答云：漢、魏以來，謂甲夜乙夜丙夜丁夜戊夜，又謂之五鼓，亦謂之五更，皆以五為節也。』〈風疾舟中伏枕書懷〉云：『疑惑樽中弩』，樂廣乃弓影，此云弩影，事見《風俗通》：『應郴為汲令，夏至日，賜主簿杜宣酒，北壁上有懸赤弩，照杯中，形如蛇，因得疾。郴知之，使宣於舊處設酒，猶有蛇。郴指曰：此弩影耳。』〈解悶〉云：『復憶襄陽孟浩然，清詩句句盡堪傳，即今耆舊無新語，漫釣槎頭縮項鯿。』《襄陽耆舊傳》：『峴山下漢水中出鯿魚，味極肥美，常禁人採捕，以槎斷水，因謂之槎頭鯿。宋張敬兒為刺史，作六檣船獻齊高帝曰：奉槎頭縮項鯿一千八百頭。孟浩然嘗有詩云：試垂竹竿釣，果得槎頭鯿。用此事也。』〈飲中八仙歌〉云：『天子呼來不上舡』，按范傳正〈李太白墓碑〉云：『明皇泛白蓮池，召公作序，公已被酒，命高將軍扶以登舟。』恐少陵用此事。或云蜀人呼衣襟紐為舡，有以見太白醉甚，雖見天子，披襟自若，其真率之至也。」（《叢話》前集卷十一，頁 70～72）

以上這則「苕溪漁隱曰」（胡仔的按語），即包括了胡仔考證二十首杜詩的用事、用語出處：

    1.〈冬狩行〉「自從獻寶朝河宗」中「河宗」的用語出處為《穆

天子傳》「天子西征，至陽紆山，河伯馮夷之所居，是為河宗。……」
〔註7〕

2.〈秋日夔府詠懷〉一詩：「釀多栗過拳」中「栗過拳」的用語出
處為《西京雜記》「上林苑嶧陽栗大如拳。」〔註8〕

3.〈秋日題鄭監湖上亭〉「高唐寒浪減，髣髴識昭丘。」指出「昭
丘」的地理位置，引《荆州圖記》在當陽東南七十里的楚昭王墓。

4.〈夔府書懷〉「藻繪憶游睢」的用語出處乃魏文帝曹植〈與曹洪
書〉：「蓋聞過高唐者，效王豹之謳；游睢渙者，學藻繢之彩。」〔註9〕
其義乃路過高唐的人，要模仿王豹美妙的歌聲；漫遊睢水、渙水的人，
要學習紡織華美的彩絹。胡仔引傳注云：「睢渙之間出文章，故其黼黻
絺繡，日月華蟲，以奉於宗廟御服焉。」

5.〈枯柟詩〉「凍雨落流膠」中「凍雨」的用語出處為《楚詞》「使
凍雨兮灑塵」而其義為：「江東呼夏月暴雨為凍雨，音東。」〔註10〕

6.〈八哀‧張九齡〉：「仙鶴下人間，獨立霜毛整。」中有關張九齡
身世的用事出處為《張九齡家傳》中所云：「九齡初生，母夢九鶴從天
而下」。

7.〈前苦寒行〉云：「漢時長安雪一丈，牛馬毛寒縮如蝟。」的用
事用語出處為《西京雜記》云：「元封中，雪大寒，牛馬皆蜷縮如蝟。」

8.〈述古詩〉「邪贏無乃勞」乃出自張衡《西京賦》「邪贏優而足
恃」又其注云：「邪偽之利，自饒足恃也。」有些版本「贏」作「嬴」、
作「羸」，錯誤。

9.〈臘日〉云：「口脂面藥隨恩澤，翠管銀罌下九霄」的用事典故

〔註7〕此詩之詩題應為〈韋諷錄事宅觀曹將軍畫馬圖〉。
〔註8〕「門求七祖禪」中的「七祖」胡仔以為是《傳燈錄》所載北宋神秀門
　　　人普寂。但楊倫《杜詩鏡銓》則引《舊唐書》認為南宗七祖乃為荷澤。
〔註9〕「游睢渙者，學藻繢之彩。」乃陳琳〈為曹洪與魏文帝書〉，非魏文帝
　　　〈與曹洪書〉，胡仔弄錯作者。見《增補六臣注文選》卷四十一「書」，
　　　台北：華正書局，中華民國70年5月版，頁777。
〔註10〕此詩詩名詩名應為〈枯楠〉。《杜詩鏡銓》，清‧楊倫，台北：華正書局，
　　　中華民國67年12月初版，頁372。

乃唐代制度在臘日賜北門學士口脂，盛以碧鏤牙筩，並以《酉陽雜俎》一書為證。〔註11〕

10.「灩澦堆」「如馬戒舟航」。胡仔引《水經》：「白帝山城門西江有孤石，冬出二十餘丈，夏即沒，有時才出。」及《十道志》：「灩澦大如馬，瞿塘不可下。」之語，指出杜詩用語出處。

11.〈秋興〉云：「昆吾御宿自逶迤」，用事出處為《揚雄傳》：「武帝開廣上林，南至宜春、鼎湖、御宿、昆吾。」

12.〈哭李之芳〉詩「奉使失張騫」，胡仔引《舊唐書》：「郭子儀上言，吐蕃、黨項不可忽，宜早為備。廣德元年，遣李之芳等使於吐蕃，為虜所留，二年乃得歸。」證明李之芳等使於吐蕃，為虜所留，猶如漢朝張騫被匈奴所拘禁。良玉按：此處胡仔的注解比清‧楊倫《杜詩鏡銓》還清楚詳細。

13.〈洗兵馬〉云：「成王功大心轉小」，胡仔注解「成王」所指為「代宗」，代宗自楚王徙封成王，代宗當時為元帥。

14.〈自京赴奉先縣詠懷〉云：「君臣留歡娛，樂動殷膠嶱」，的用語出處為〈上林賦〉：「張樂手膠葛之寓」，寓，屋也，膠葛，曠遠深貌。」

15.〈梅雨〉云：「南京犀浦道，四月熟黃梅」，胡仔指出犀浦在成都府二十五里，太守李冰作五石犀沉江以壓水怪，因以名縣，出《成都記》。又當時的版本犀作西，非是。

16.〈贈射洪李四丈〉云：「丈人屋上鳥，人好鳥亦好」出於《六韜》：「武王登夏台要臨殷民，周公曰：愛人者，愛其屋上鳥；憎人者，憎其餘胥。」

17.〈和賈至舍人早朝大明宮〉云：「五夜漏聲催曉箭」，胡仔引《顏氏家訓》解釋「五夜」之義。《顏氏家訓》：「或問一夜五更何所訓？答云：漢、魏以來，謂甲夜乙夜丙夜丁夜戊夜，又謂之五鼓，亦謂之五

〔註11〕《杜詩鏡銓》，清‧楊倫的版本為「口脂面藥隨恩澤」。胡仔可能筆誤，台北：華正書局，中華民國67年12月初版，頁173。

更，皆以五為節也。」

18.〈風疾舟中伏枕書懷〉云：「疑惑樽中弩」的用事出處乃《風俗通》。《風俗通》：「應郴為汲令，夏至日，賜主簿杜宣酒，北壁上有懸赤弩，照杯中，形如蛇，因得疾。郴知之，使宣於舊處設酒，猶有蛇。郴指曰：此弩影耳。」

19.〈解悶〉云：「復憶襄陽孟浩然，清詩句句盡堪傳，即今耆舊無新語，漫釣槎頭縮項鯿。」的用事出處乃《襄陽耆舊傳》：「峴山下漢水中出鯿魚，味極肥美，常禁人採捕，以槎斷水，因謂之槎頭鯿。宋張敬兒為刺史，作六櫓船獻齊高帝曰：奉槎頭縮項鯿一千八百頭。孟浩然嘗有詩云：「試垂竹竿釣，果得槎頭鯿。」

20.〈飲中八仙歌〉「天子呼來不上舡」，歌咏李白的用事出處。胡仔引范傳正〈李太白墓碑〉云「明皇泛白蓮池，召公作序，公已被酒，命高將軍扶以登舟。」恐少陵用此事。或云蜀人呼衣襟紐為舡，有以見太白醉甚，雖見天子，披襟自若，其真率之至也。」

由以上這則「苕溪漁隱曰」可見，胡仔對杜詩等閒一字不放過的搜尋探索的態度。

> 苕溪漁隱曰：「余聞洪慶善云：『老杜欲往城南忘南北之句，
> 《楚詞》云：中心瞀亂兮迷惑，王逸注云：思念煩惑忘南北
> 也。』子美蓋用此語也。」（《叢話》前集卷三十五，頁238）

此則按語亦是胡仔找出杜甫〈哀江頭〉「欲往城南忘南北」的用語出處，乃是出自於《楚詞・九辯》「中瞀亂兮迷惑」時王逸注。〔註12〕

南宋陸游《老學庵筆記》曾對這種「無一字無來處」解詩法，提出了批評：

> 今杜詩，但尋出處，不知少陵之意，……縱使字字尋得出處，
> 去少陵之意益遠矣。……〔註13〕

〔註12〕《楚辭補注》，宋・洪興祖撰，台北：漢京文化事業有限公司，中華民國72年9月初版，頁185。

〔註13〕宋・陸游，《老學庵筆記》卷七，木鐸，1982年，頁95。

今人郭紹虞先生亦曾批評這種「無一字無來處」的注解，批評說：

> 自詩史之說興，而注杜者遂多附會史事之論；自杜詩無一字
> 無來處之說興，而注杜者又多徵引典實之作；杜詩反映了當
> 時的現實，以史證詩，當然無可非議，但強加附會，則失之
> 鑿，甚至捏造史實，則更近於妄，杜甫「讀書破萬卷」，沒有
> 杜甫之學當然也不易理解杜甫之詩，但字字求解，都要找出
> 來處，甚至搜羅僻典而與詩義無關，則將以炫博，也適形其
> 陋而已。所以浦起龍謂「杜之禍，一烈於宋人之注，再烈於
> 近人之解」，也不是無因的。〔註14〕

今人謝佩芬先生對黃庭堅詩論中的「無一字無來處」，提出與眾人
不同的看法：

> 「無一字無來處」對創作者而言，是從文化中汲取養份再造
> 的方法；對讀者而言，藉由語言所營造的廣袤空間，能夠提
> 供「意」不斷生新的可能，增加再創造、詮釋的可能性，使
> 得作品更耐讀有趣。……「無一字無來處」背後蘊藏的另層
> 深意，才是它的價值所在，否則，若只停留在文字表層，……
> 有何可貴？不過，黃庭堅的這番深意，學者顯然沒有完全明
> 瞭，……一字一句地考據杜詩出處，藉以印證黃庭堅「無一
> 字無來處」說，未免太過拘泥形跡，落於下乘。〔註15〕

並批評有些學者追索黃庭堅「來處」一詞的來源，以之解釋「無一字無
來處」的意涵……著重由「僻字」之有無「來處」，來理解「無一字無
來處」，窄化了黃庭堅原本豐富的意味，……學者對黃庭堅「無一字無
來處」的誤解，泰半是由於他們執著在字詞來處的問題上，而未能真正
掘發「來處」背後所蘊涵的深意〔註16〕。認為「無一字無來處」確實

〔註14〕〈前言〉，《杜詩鏡銓》，清・楊倫，台北：華正書局，中華民國 67 年
　　　　12 月初版，頁 1。
〔註15〕謝佩芬，《北宋詩學中「寫意」課題研究》，國立台灣大學出版委員會，
　　　　1998 年 6 月初版，〈第六章　黃庭堅對寫意課題的深入〉，頁 393～394。
〔註16〕謝佩芬，《北宋詩學中「寫意」課題研究》，頁 396～397。

是從「文字」的相同為出發點，……。黃庭堅早已明言「作文字須摹古人」（〈論作詩文〉），他是希望由字詞的擬用承繼，訓練學者掌握寫作技巧。另一方面，以相同字詞開創出異於前人的意涵與境界，更能凸顯詩人獨創的功力，以及自成一家的成就，也就是說，要求語文的「無一字無來處」，其實最終目的是為了達到「意」的新變。……〔註17〕

　　誠然，胡仔在南、北宋之交的時代氛圍裡，的確有陷入窄化黃庭堅詩論的作法，停留在文字的表層，落於形跡地字字尋其出處，有時也的確有穿鑿附會之嫌，也有可能所尋出的出處與詩義完全無關。以上則為例，如〈秋日夔府詠懷〉一詩：「穰多栗過拳」中「栗過拳」的用語出處為《西京雜記》「上林苑嶧陽栗大如拳。」又〈前苦寒行〉云：「漢時長安雪一丈，牛馬毛寒縮如蝟。」的用事用語出處為《西京雜記》云：「元封中，雪大寒，牛馬皆蜷縮如蝟。」這種用語用事「字字有來處」的上天上地搜尋，對詩義的了解，完全沒幫助。只求出處有時詩人只是隨意下筆，並無特別的典故背景，而注者這種注解精神，有時未免矯枉過正，故而引來後人炫博矜奇之譏。

　　即使如此，但亦不可一概而論，完全抹殺宋人筆記詩話的注解考證之功，後學在理解探索詩歌之時，乃是站在前人注釋考證的肩膀上，借助前人之功，省卻許多理解的時間與力氣，前人這種孜孜矻矻的精神，直接或間接幫助後學對詩歌本身的理解與認識，亦自有其不可抹滅之功。

二、「老杜體」──拗律、以俗為雅、別託意其中、摭實的創作態度

　　胡仔以杜詩為詩歌典範，並有所謂「老杜體」的稱呼。但胡仔並未明言「老杜體」為何？個人只能按《叢話》所論者歸納整理，胡仔所謂的「老杜體」有以下的特色：

　　1.「近體詩」中的絕句或律詩，「當下平字處，以仄字易之，欲其

〔註17〕謝佩芬，《北宋詩學中「寫意」課題研究》，頁398。

氣挺然不群」的「拗律」。而古詩「終篇對屬精切，語意貫穿，此亦是「老杜體」。

2.「以俗為雅」的創作手法。

3.「別託意其中」的言外之意。

4. 摭實而不憑空造語的創作態度。

以下分別論之。

（一）破棄聲律——拗句、拗律的運用

胡仔《叢話》引釋惠洪《禁臠》與張耒的說法，以黃庭堅為「換字對句法」與詩歌「破棄聲律」的首創者，提出異議。

> 《禁臠》云：「魯直換字對句法，如『只今滿坐且尊酒，後夜此堂空月明』，『清談落筆一萬字，白眼舉觴三百盃』，『甲中誰問不納履，坐上適來何處蠅』，『鞦韆門巷火新改，桑柘田園春向分』，『忽乘舟去值花雨，寄得書來應麥秋』。其法於當下平字處以仄字易之，欲其氣挺然不群，前此未有人作此體，獨魯直變之。」苕溪漁隱曰：「此體本出於老杜，如『寵光蕙業與多碧，點注桃花舒小紅』，『一雙白魚不受釣，三寸黃柑猶自青』，『外江三峽且相接，斗酒新詩終日踈』，『負鹽出井此溪女，打鼓發舡何郡郎』，『沙上草閣柳新暗，城邊野池蓮欲紅』。似此體甚多，聊舉此數聯，非獨魯直變之也。余嘗效此體作一聯云：『天連風色共高運，秋與物華俱老成。』今俗謂之拗句者是也。」（《叢話》前集卷四十七，頁 319）

此則釋惠洪《禁臠》以為「換字對句法」——「當下平字處以仄字易之」，始於黃庭堅之首創，胡仔糾正這種說法，並指出此體乃是出於杜甫。並連續舉出五首杜甫詩：〈江雨有懷鄭典設〉「寵光蕙業與多碧，點注桃花舒小紅」[註18]、〈即事〉「一雙白魚不受釣，三寸黃柑

〔註18〕〈江雨有懷鄭典設〉「春雨暗暗塞峽中，早晚來自楚王宮。亂波分披已打岸，弱雲狼藉不禁風。寵光蕙葉與多碧，點注桃花舒小紅。穀口子真正憶汝，岸高瀼滑限西東。」（收錄於《杜詩鏡銓》，清・楊倫，台

猶自青」〔註19〕、〈寄岑嘉州〉「外江三峽且相接,斗酒新詩終日踈」
〔註20〕、〈十二月一日〉(三首其二)「負鹽出井此溪女,打鼓發舡何郡
郎」〔註21〕、〈暮春〉「沙上草閣柳新暗,城邊野池蓮欲紅」〔註22〕等
詩為例,胡仔並指出《禁臠》所謂的「換字對句法」即為當時世俗所謂
的「拗句」。

　　《叢話》另一則,胡仔亦否定張耒推崇黃庭堅首創「破棄聲律」
之非。

　　　　張文潛云:「以聲律作詩,其末流也,而唐至今詩人謹守之。
　　　　獨魯直一掃古今,出胸臆,破棄聲律,作五七言,如金石未
　　　　作,鐘磬聲和,渾然有律呂外意。近來作詩者,頗有此體,
　　　　然自吾魯直始也。」苕溪漁隱曰:「古詩不拘聲律,自唐至今
　　　　詩人皆然,初不待破棄聲律。詩破棄聲律,老杜自有此體,
　　　　如〈絕句漫興〉〈黃河〉、〈江畔獨步尋花〉、〈夔州歌〉、〈春水
　　　　生〉,皆不拘聲律,渾然成章,新奇可愛,故魯直效之作〈病
　　　　起荊州江亭即事〉、〈謁李材叟兄弟〉、〈謝答聞善絕句〉之類
　　　　是也。老杜七言如〈題省中院壁〉、〈望岳〉、〈江雨有懷鄭典

<hr>

　　　　　　北:華正書局,中華民國 67 年 12 月初版,頁 747)
〔註19〕〈即事(一作天畔)〉「天畔群山孤草亭,江中風浪雨冥冥。一雙白魚不
　　　　受釣,三寸黃甘猶自青。多病馬卿無日起,窮途阮籍幾時醒。未聞細柳
　　　　散金甲,腸斷秦川流濁涇。」(收錄於《杜詩鏡銓》,頁 853~854)
〔註20〕〈寄岑嘉州(州據蜀江外)〉「不見故人十年餘,不道故人無素書。願
　　　　逢顏色關塞遠,豈意出守江城居。外江三峽且相接,門酒新詩終日疏。
　　　　謝朓每篇堪諷誦,馮唐已老聽吹噓。泊船秋夜經春草,伏枕青楓限玉
　　　　除。眼前所寄選何物,贈子雲安雙鯉魚。」(收錄於《杜詩鏡銓》,頁
　　　　590)
〔註21〕〈十二月一日〉三首其二,「寒輕市上山煙碧,日滿樓前江霧黃。負鹽
　　　　出井此溪女,打鼓發船何郡郎。新亭舉目風景切,茂陵著書消渴長。
　　　　春花不愁不爛漫,楚客唯聽棹相將。」(收錄於《杜詩鏡銓》,清·楊
　　　　倫,台北:華正書局,中華民國 67 年 12 月初版,頁 578)
〔註22〕〈暮春〉「臥病擁塞在峽中,瀟湘洞庭虛映空。楚天不斷四時雨,巫峽
　　　　常吹千里風。沙上草閣柳新暗,城邊野池蓮欲紅。暮春鴛鷺立洲渚,
　　　　挾子翻飛還一叢。」(收錄於《杜詩鏡銓》,頁 740)

設〉、〈晝夢〉、〈愁疆戲為吳體〉、〈十二月一日〉三首。魯直
七言如〈寄上叔父夷仲〉、〈次韻李任道晚飲鎮江亭〉、〈兼簡
履中南玉〉、〈廖致平送綠荔支〉(『廖』原作『寥』,今據本集
改。)〈贈鄭郊〉之類是也。此聊舉其二三,覽者當自知之。
文潛不細考老杜詩,便詩此體自吾魯直始,非也。魯直詩本
得法於杜少陵,其用老杜此體何疑。老杜自我作古,其詩體
不一,在人所喜取而用之,如東坡〈在嶺外遊博羅香積寺〉、
〈同正輔遊白水山〉、〈聞正輔將至以詩迎之〉,皆古詩,而終
篇對屬精切,語意貫穿,此亦是老杜體,如〈岳麓山道林二
寺行〉、〈追酬故高蜀州人日見寄〉、〈入衡州〉、〈奉贈李八丈
判官〉、〈晚登瀼上堂〉之類,概可見矣。」(《叢話》前集卷
四十七,頁 319～320)

此處胡仔仍然極力維護杜甫才是「拗律」的首創者,而不是張文潛所
推崇的黃庭堅。胡仔同時提出他對「古體詩」與「近體詩」之異的
看法:

「古體詩」乃唐朝以前的古詩,原本就不拘於聲律。直至詩歌成
熟的唐代,才產生了有嚴格的平仄與押韻限制的「近體詩」(絕句、律
詩)。故胡仔認為「古體詩」根本沒有「破棄聲律」的問題,唐代的
「近體詩」才有「破棄聲律」可言。胡仔並一連舉出杜甫「破棄聲律」
的七言絕句:〈絕句漫興〉〔註23〕、〈黃河〉〔註24〕、〈江畔獨步尋花〉
〔註25〕、〈夔州歌〉、〈春水生〉〔註26〕,以及七言律詩〈題省中院壁〉

〔註23〕此詩名應為〈絕句漫興〉,共有九首:「眼見客愁愁不醒,無賴春色到江
亭。即遣花開深造次,便覺鶯語太丁寧。……」(收錄於《杜詩鏡銓》,
清‧楊倫,台北:華正書局,中華民國 67 年 12 月初版,頁 355)

〔註24〕〈黃河〉二首:「黃河北岸海西軍,椎鼓鳴鐘天下聞。鐵馬長鳴不知
數,胡人高鼻動成群。……」(收錄於《杜詩鏡銓》,頁 526)

〔註25〕〈江畔獨步尋花〉共有七首絕句:「江上被花惱不徹,無處告訴只顛狂。
走覓南鄰愛酒伴,經旬出飲獨空床。……」(《杜詩鏡銓》,頁 354)

〔註26〕〈春水生〉二絕:「二月六夜春水生,門前小灘渾欲平。鸕鷀鸂鶒莫漫
喜,吾與汝曹俱眼明。……」(收錄於《杜詩鏡銓》,頁 344)

〔註27〕、〈望岳〉〔註28〕、〈江雨有懷鄭典設〉〔註29〕、〈畫夢〉〔註30〕、
〈愁彊戲為吳體〉〔註31〕、〈十二月一日〉三首。〔註32〕

　　胡仔並認為「魯直詩本得法於杜少陵」，學此體「拗律」於杜甫。
又胡仔認為若是古詩，「而終篇對屬精切，語意貫穿，此亦是老杜體」，
並舉了五首杜甫這類的古詩，例如〈岳麓山道林二寺行〉〔註33〕、〈追
酬故高蜀州人日見寄〉〔註34〕、〈入衡州〉〔註35〕、〈奉贈李八丈判官〉

〔註27〕　〈題省中院壁〉「掖垣竹埤梧十尋，洞門對霤常陰陰。落花遊絲白日
　　　　　靜，鳴鳩乳燕青春深。腐儒衰晚謬通籍，退食遲回違寸心。袞職曾無
　　　　　一字補，許身愧比雙南金。」（收錄於《杜詩鏡銓》，頁747）
〔註28〕　〈望岳〉「西嶽崚嶒竦處尊，諸峰羅立如兒孫。安得仙人九節杖，拄到
　　　　　玉女洗頭盆。車箱入谷無歸路，箭栝通天有一門。稍待西風涼冷後，
　　　　　高尋白帝問真源。」（收錄於《杜詩鏡銓》，頁198）
〔註29〕　〈江與有懷鄭典設〉「春雨暗暗塞峽中，早晚來自楚王宮。亂波分披已
　　　　　打岸。弱雲狼藉不禁風。寵光蕙葉與多碧，點注桃花舒小紅。谷口子
　　　　　真正憶汝，岸高瀼滑限西東。」（收錄於《杜詩鏡銓》，頁747）
〔註30〕　〈畫夢〉「二月饒睡昏昏然，不獨夜短晝分眠。桃花氣暖眼自醉，春渚
　　　　　日落夢相牽。故鄉門巷荊棘底，中原君臣豺虎邊。安得務農息戰鬥，
　　　　　普天無吏橫索錢。」（收錄於《杜詩鏡銓》，頁739）
〔註31〕　〈愁（強戲為吳體）〉「江草日日喚愁生，巫峽冷冷非世情。盤渦鷺浴
　　　　　底心性，獨樹花發自分明。十年戎馬暗萬國，異域賓客老孤城。渭水
　　　　　秦山得見否，人經罷病虎縱橫。」（收錄於《杜詩鏡銓》，頁739）
〔註32〕　〈十二月一日〉三首「今朝臘月春意動，雲安縣前江可憐。一聲何處
　　　　　送書雁。百丈誰家上水船。未將梅蕊驚愁眼，要取愀花媚遠天。明光起
　　　　　草人所羨，肺病幾時朝日邊。……」（收錄於《杜詩鏡銓》，頁578）
〔註33〕　〈岳麓山道林二寺行〉「玉泉之南麓山殊，道林林壑爭盤紆。寺門高開
　　　　　洞庭野，殿腳插入赤沙湖。五月寒風冷佛骨，六時天樂朝香爐。……
　　　　　一重一掩吾肺腑，山鳥山花吾友于。宋公放逐曾題壁，物色分留與老
　　　　　夫。」（收錄於《杜詩鏡銓》，頁966）
〔註34〕　〈追酬故高蜀州人日見寄〉「自蒙蜀州人日作，不意清詩久零落。今晨
　　　　　散帙眼忽開，迸淚幽吟事如昨。嗚呼壯士多慷慨，合沓高名動寥廓。
　　　　　歎我淒淒求友篇，感時鬱鬱匡君略。……文章曹植波瀾闊，服食劉安
　　　　　德業尊。長笛誰能亂愁思，昭州詞翰與招魂。」（收錄於《杜詩鏡銓》，
　　　　　頁1005）
〔註35〕　〈入衡州〉「兵革自久遠，興衰看帝王。漢儀甚照耀，胡馬何倡狂。老
　　　　　將一失律，清邊生戰場。君臣忍瑕垢，河嶽空金湯。重鎮如割據，輕
　　　　　權絕紀綱。……江總外家養，謝安乘輿長。下流匪珠玉，擇木羞鸞皇。
　　　　　我師嵇叔夜，世賢張子房。柴荊寄樂土，鵬路觀翱翔。」（收錄於《杜

〔註36〕、〈晚登瀼上堂〉〔註37〕等。

　　關於「拗體詩」，元朝方回在其《瀛奎律髓》曰：

　　　拗字詩，在老杜七言律詩中謂之吳體，老杜七言律一百五十

　　　九首，而此體凡十九出，不止句中拗一字，往往神出鬼沒；

　　　雖拗字甚多，而骨格愈峻峭。〔註38〕

可知「拗體」詩，直至杜甫的七律方才受到注意。由方回的統計看來，

杜甫的一百五十九首七律，「拗體」詩十首中佔九首，數量不少，但杜

甫的「拗體」詩，在當代並沒有造成太大的影體，直到黃庭堅與江西詩

派，才特別著力於此種詩歌體裁。

　　黃師啟方於〈論江西詩派〉一文中，曾分析「拗體」詩曰：

　　　所謂「拗體」，又可分為拗律與拗句兩種，拗律是把詩中的平

　　　仄交換，使詩的音調反常；拗句是句法組織的改變，使文氣

　　　反常。在杜甫之後，以韓最好用之，尤其在句法方面，常使

　　　用一些新的形式，列如通常五言句是上二下三的組合，他卻

　　　要用上三下二或上一下四的句式；通常七言句大都是上四下

　　　三的形式，他卻要以上三下四或上二下五的形式，有時甚至

　　　造成七字全是名詞或全是動詞的形式。這無非是想推陳出

　　　詩鏡銓》，頁 1020）

〔註36〕〈奉贈李八丈判官〉「我丈時英特，宗枝神堯後。珊瑚市則無，駃騠人

　　　得有。早年見標格，秀氣沖星斗。……真成窮轍鮒，或似喪家狗。愁

　　　枯洞庭石，風颯長沙柳。高興激荊衡，知音為回首。」（收錄於《杜詩

　　　鏡銓》，頁 995）

〔註37〕〈晚登瀼上堂〉「故躋瀼岸高，頗免崖石擁。開襟野堂豁，繫馬林花動。

　　　雉堞粉如雲，山田麥無壟。春氣晚更生，江流靜猶湧。四序嬰我懷，

　　　群盜久相踵。黎民困逆節，天子渴垂拱。所思注東北，深峽轉修聳。

　　　衰老自成病，郎官未為冗。淒其望呂葛，不復夢周孔。濟世數向時，

　　　斯人各枯塚。楚星南天黑，蜀月西霧重。安得隨鳥翎，迫此懼將恐。」

　　　（收錄於《杜詩鏡銓》，頁 752）

〔註38〕《瀛奎律髓刊誤》，元·方回撰，清·紀曉嵐批點，卷25「拗字類」，

　　　收錄於《叢書集成續編》第 114 冊，台北：新文豐，中華民國 78 年初

　　　版，頁 273。

新，標新立異，想藉此取別於人。在杜、韓的作品裏，只是
偶而一見，畢竟仍不普遍，但到了黃庭堅手上，他就把這兩
種方法，大量的用在詩的創作上，於是拗體成為黃詩的一大
特色，也自然的成為江西詩派的作風之一了。而江西門人更
由此衍成所謂「出句中平仄二字互換者」的單拗體，及兩句
中平仄二字對換者的雙拗體，以及「大拗大救，於每對句之
第五字以平聲諧轉者的吳體」，巧立名目，分列體格，似乎欲
使江西詩派的作品真正成為一種反常體的作品了。〔註39〕

黃師區分「拗體」詩為「拗律」與「拗句」。並指出「拗律」是詩歌中
的平聲與仄聲交換，使詩歌的音調反常；「拗句」則是句法組織的改
變，使文氣反常。杜甫之後，以韓愈最喜好使用「拗句」，改變一般五
言句上二下三、七言句上四下三的詩歌形式，為五言句上三下二、七
言句上四下三的形式。這種「拗句」詩的音調，使詩歌唸起來不太順
口，造成一種特殊的效果，使讀者在讀詩的時候不太順暢，可以緩慢下
來，有一點思考的空間。

又「七字全是名詞或全是動詞的形式」的句法，如山谷的「桃李
春風一杯酒，江湖夜雨十年燈。」黃師以為此乃黃庭堅想「推陳出新，
標新立異，想藉此取別於人。」的方法。龔鵬程先生認為黃庭堅這種詩
歌形式：

> 這種詩歌形式與唐詩不同之處，在於整首詩沒有一個虛字，
> 純用實字、健句的表現方式。……實字在句子中多，這句話
> 密度就比較大，句子就顯得比較堅實。〔註40〕

「拗體」詩在杜甫、韓愈的詩作中，只是詩歌創作中的一小部分，但
是到了北宋的黃庭堅，「拗律」與「拗句」卻是大量的運用在詩歌的

〔註39〕黃師啟方，〈論江西詩派〉，收錄於《兩宋文史論叢》，台北：學海出版
社，中華民國74年10月初版，頁349。
〔註40〕龔鵬程，〈江西詩社宗派〉，收錄於《宋詩論文選輯》（一），黃永武、
張高評編著，高雄：復文書局，中華民國77年5月初版，頁536。

創作上，「拗體」詩成了黃庭堅詩歌的一大特色，也成為江西詩派詩歌的風格之一，而江西門人更是變本加厲、巧立名目地將「拗體」詩又發展為「單拗體」、「雙拗體」、「吳體」……等，各種體格。

（二）「以俗為雅」——以「歇後語」「方言」入詩

莫礪鋒先生在〈論宋詩的「以俗為雅」及其文化背景〉中從蘇、黃及其他宋代詩人的作品中發現「以俗為雅」的兩種涵義：

> 一種是詩歌語言的「以俗為雅」。從漢魏六朝到隋唐五代，除了杜甫等少數人之外，詩人是不允許俗字俚語進入詩歌。到了宋代詩人們不再受這種觀點束縛。蘇、黃、陳師道詩中都有俚語俗字。……一種是詩歌題材方面的「以俗為雅」，唐代詩歌題材大體上被局限於以宮廷為中心的狹小範圍之內，除了杜甫、韓愈少數人的少量作品外，唐代詩壇對那些平凡、瑣屑的題材是不甚注意的。入宋以後，詩歌風氣有了很大的轉變。從歐陽脩、梅堯臣開始，詩人們把審美的目光投向生活的各個角落。〔註41〕

胡仔《叢話》前集有兩則有關杜甫以「歇後語」、「方言」入詩的「以俗為雅」的詩歌創作手法，乃是屬於詩歌語言上的「以俗為雅」。

> 《洪駒父詩話》云：「世謂兄弟為友于，謂子孫為詒厥者，歇後語也。子美詩曰：『山鳥山花皆友于』，退之詩：『誰謂詒厥無基址』，韓、杜亦不能免俗，何也？」苕溪漁隱曰：「老杜詩云：『六月曠搏扶』，案《莊子》：『摶扶搖而上者九萬里。』疏頁：『摶，團；扶搖，旋風也。』今云摶扶，亦是歇後語耳。」（《叢話》前集卷十二，頁77）

《洪駒父詩話》云杜甫〈岳麓山道林二寺行〉詩「山鳥山花皆友于」〔註42〕及韓愈詩「誰謂詒厥無基址」的「友于」、「詒厥」皆用了歇後

〔註41〕莫礪鋒，《以俗為雅——推陳出新的宋詩》，遼海出版社，2001年1月初版，頁269～271。

〔註42〕此詩句應為「山鳥山花吾友于」才對。見《杜詩鏡銓》，頁966～968。

語的不當。胡仔則補充杜甫〈大曆三年春白帝城放船出瞿塘峽久居夔府將適……凡四十韻〉〔註43〕中的「搏扶」亦是用歇後語入詩，但胡仔並未說明他自己是否贊成此種引俗語入詩之創作手法。

歇後語是熟語的一種，相對於成語、諺語而言，用字比較通俗、口語化，富有鮮明、生動、活潑的特點。在形式上是半截話，故意把後半截隱藏不說，讓人從前面的詩語推測後半詩語，有時語帶相關，更添幾分幽默。

　　《蔡寬夫詩話》云：「詩人用事，有乘語意到處，輒從其方言為之者，亦自一體，但不可為常耳。吳人以作為佐音，淮、楚之間以十為忱音，不通四方。然退之『非閣復非橋，可居兼可過，君欲問方橋，方橋如此作』。樂天『綠浪東西南北水，紅欄三百九十橋』，乃皆用二音，不知當時所呼通爾，或是姑為戲也。呼兒為囝，音蹇。父為郎罷，此閩人語也。顧況作〈補亡訓傳〉十三章，其哀閩之詞曰：『囝別郎罷心摧血』，況善諧謔，故特取其方言為戲，至今觀者，為之發笑。……世俗常情，不能無貴遠鄙近耳。……」苕溪漁隱曰：「老杜詩有『主人送客無所作，音佐。行酒賦詩殊未央』之句，則老杜固已先用此方言矣。」（《叢話》前集卷二十一，頁138～139）

此則胡仔引《蔡寬夫詩話》談論詩人以「方言」入詩「亦自一體，但不可為常」的看法。並引韓愈〈奉和虢州劉給事使君三堂新題二十一詠‧方橋〉〔註44〕、白居易〈正月三日閒行〉〔註45〕二詩以「方言」

〔註43〕〈大曆三年春白帝城放船出瞿塘峽久居夔府將適……凡四十韻〉「老向巴人裏，今辭楚塞隅。入舟翻不樂，解纜獨長籲。……五雲高太甲，六月曠搏扶。回首黎元病，爭權將帥誅。山林托疲苶，未必免崎嶇。」（收錄於《杜詩鏡銓》，頁903～907）

〔註44〕此詩首句應為「非閣復非船」。
韓愈〈奉和虢州劉給事使君三堂新題二十一詠，方橋〉「非閣復非船，可居兼可過。君欲問方橋，方橋如此作。」（收錄於《韓昌黎詩繫年集釋》，錢仲聯編，台北：學海出版社，中華民國74年1月初版，頁888）

〔註45〕白居易〈正月三日閒行〉「黃鸝巷口鶯欲語，烏鵲河頭冰欲銷。綠浪東

入詩的例子，乃是偶一為之。至於顧況〈上古之什補亡訓傳十三章。囝，哀閩〉〔註46〕亦取福建方言入詩，只是「世俗常情，不能無貴遠鄙近」，而招致譏笑。可見當時以「方言」入詩的手法，並不為世人普遍接受。

此則胡仔對於《蔡寬夫詩話》談論詩人以「方言」入詩，只提到韓愈、白居易、顧況，顯然頗為不滿，並提出早在杜甫〈章梓州橘亭餞成都竇少尹〉一詩，「主人送客無所作，行酒賦詩殊未央」〔註47〕中，早就有以「方言」入詩的先例，但胡仔同樣亦未提出他對以「方言」入詩的看法如何？

以上兩則，可見胡仔將以「歇後語」及「方言」入詩的首創之功，歸於杜甫。惜未進一步說明他對這種「以俗為雅」——以俗字俚語進入詩歌的創作手法的看法如何。

（三）別託意其中：〈花卿〉、〈題蜀相廟〉

胡仔的詩觀，仍未脫離宋代文學界，傳統的儒家詩教觀。《禮記‧經解》：「孔子曰：入其國，其教可知也。其為人也，溫柔敦厚，詩教也。」〔註48〕胡仔肯定詩歌的教化與諷諫的功能，也特別肯定杜甫詩

西南北水，紅欄三百九十橋。鴛鴦蕩漾雙雙翅，楊柳交加萬萬條。借問春風來早晚，只從前日到今朝。」（收錄於《全唐詩》卷447，清‧聖祖御制，台北：明倫出版社，中華民國60年5月初版，頁5026）

〔註46〕顧況〈上古之什補亡訓傳十三章。囝一章〉（囝，哀閩也。）「囝生閩方，閩吏得之，乃絕其陽。為臧為獲，致金滿屋。為髠為鉗，如視草木。天道無知，我罹其毒。神道無知，彼受其福。郎罷別囝，吾悔生汝。及汝既生，人勸不舉。不從人言，果獲是苦，囝別郎罷，心摧血下。隔地絕天，乃至黃泉，不得在郎罷前。」（收錄於《全唐詩》卷264，頁2930）

〔註47〕「主人送客無所作」應為「主人送客何所作」。
〈章梓州橘亭餞成都竇少尹（得涼字）〉「秋日野亭千橘香，玉盤錦席高雲涼。主人送客何所作，行酒賦詩殊未央。衰老應為難離別，賢聲此去有輝光。預傳籍籍新京尹，青史無勞數趙張。」（見《杜詩鏡銓》，頁459）

〔註48〕《禮記正義》，十三經注疏整理委員會整理，北京大學出版社，2000年12月第一版，頁1597。

歌中所隱藏的溫柔敦厚，含蓄而諷刺的詩歌作法。

　　苕溪漁隱曰：「〈戲作花卿歌〉云：『成都猛將有花卿，學語小
　　兒知姓名。用如快鶻風火生，見賊唯多身始輕。綿州副使著
　　柘黃，我卿掃除即日平。子章髑髏血模糊，手提擲還崔大夫。
　　李侯重有此節度，人道我卿絕世無，天子何不喚取守京都？』
　　細考此歌，想花卿當時在蜀中，雖有一時平賊之功，然驕恣
　　不法。人甚苦之。故子美不欲顯言之，但云『人道我卿絕世
　　無，既稱絕世無，天子何不喚取守京都』，語句含蓄，蓋可知
　　矣。山谷云：『花卿冢（『冢』原作『家』，今據元本、徐鈔本、
　　明鈔本校改。）在丹棱之東館鎮，至今有英氣，血食其鄉。』」
　　（《叢話》前集卷十四，頁90）

此則胡仔分析杜甫〈戲作花卿歌〉[註49]乃是含蓄地諷刺當時在四川
成都的武將花敬定。花敬定是成都尹崔光遠的部將，曾在平定梓州刺
史段子璋叛亂中立過功。但他居功自傲，驕恣不法，又放縱士卒大掠東
蜀；且目無朝廷，僭用天子音樂。杜甫曾有〈贈花卿〉[註50]一詩予
以委婉的諷勸。此詩〈戲作花卿歌〉，杜甫既歌頌花敬定平定叛亂勇猛
剽悍的能力，卻又說朝廷為什麼不把他調到中原平定安史之亂，「既稱
絕世無，天子何不喚取守東都」，卻在這裡守成都？杜甫在詩歌中所表
現的含蓄諷刺之意，見於言外。

　　苕溪漁隱曰：「……如老杜〈題蜀相廟詩〉云：『映堦碧草自
　　春色，隔葉黃鸝空好音。』亦自別託意在其中矣。」（《叢話》
　　前集卷三十六，頁242）

此則胡仔指出杜詩〈題蜀相廟詩〉「映堦碧草自春色，隔葉黃鸝空好

〔註49〕此詩詩名為〈戲作花卿歌〉，《杜詩鏡銓》，頁368。在前面所引的全
　　　　詩中，「人道我卿絕世無」之後，少了一句「既稱絕世無」，之後才是
　　　　「天子何不喚取守京都」。接下來胡仔的賞析則有引此句，疑誤少抄
　　　　一句。
〔註50〕〈贈花卿〉「錦城絲管日紛紛，半入江風半入雲。此曲只應天上有，人
　　　　間能得幾回聞？」（見《杜詩鏡銓》，頁369）

音。」〔註 51〕並非只是表面上描寫風景，而是寓意其中。別託意在其中。此詩歷來即受到很多關注與評論。此詩中所指的〈蜀相〉指三國時蜀國丞相諸葛亮。這首詩是上元元年（760）春天，杜甫初到成都遊武侯祠所作。當時安史之亂未平，而杜甫仕途失意，棄官入蜀。他在詩中對鞠躬盡瘁、死而後已的諸葛亮推崇備至，有著深刻的寓意。

「映堦碧草自春色，隔葉黃鸝空好音。」胡仔推崇此詩，以為「別託意在其中」，至於所託何意，胡仔並未進一步析論。不脫當時詩論「摘句式批評」〔註52〕的形態。

胡仔所摘之兩句「映堦碧草自春色，隔葉黃鸝空好音。」正是杜甫借景抒情，寓情於景的詩句。「自」、「空」兩虛字，說明了草雖綠，鳥鳴聲雖美妙，但是卻無人欣賞，情況一如杜甫，雖有滿腹經綸，卻懷才不遇的窘態。

當然，這兩句詩也襯托出了武侯祠堂的荒涼冷落，台階雜草叢生，祠堂缺人管理和修葺的蒼桑和淒涼。並含有詩人感物思人、追懷先哲的情味。同時還可能包涵碧草與黃鸝並不理解人事的變遷和朝代的更替，猶如劉禹錫〈烏衣巷〉「舊時王謝堂前燕，飛入尋常百姓家。」一詩中，不知人事變化的燕子一樣的這一層意思在內。

（四）攄實的創作態度

胡仔在《叢話》中曾引蔡條《西清詩話》評論唐詩人王建的《宮詞》，多言唐宮中之事，推崇「（王）建詩皆攄實，非鑿空語也。」〔註53〕

〔註51〕此詩為〈蜀相〉「丞相祠堂何處尋，錦官城外柏森森。映階碧草自春色，隔葉黃鸝空好音。三顧頻煩天下計，兩朝開濟老臣心！出師未捷身先死，長使英雄淚滿襟！」（收錄於《杜詩鏡銓》，頁 316）

〔註52〕有關「摘句式批評」，請參考附錄〈胡舜陟詩論〉，頁 418～419。

〔註53〕《西清詩話》云：「歐陽永叔《歸田錄》言：『王建《宮詞》，多言唐宮中事，群書闕記者，往往見其詩。如內中數日無呼喚，傳得勝王蛺蝶圖，勝王元嬰，高祖子，史不著所能，獨《名畫記》言善畫，亦不云工蛺蝶。』所書止此，殊不知《名畫記》自紀嗣滕王、湛然善花鳥蜂蝶，又段成式《酉陽雜俎》亦云：『嘗見勝王蝶圖，有名江夏班，大海眼，小海眼，菜花子。』蓋湛然非元嬰，孰謂張彥遠不載邪？又建《宮

胡仔本人則推崇杜甫詩歌的摭實而不妄發。

胡仔用嚴謹的學術著作態度撰寫《叢話》，不管是引用別人的著作，或自己嘔心瀝血的考證糾謬，皆嚴肅不苟，在詩歌的創作態度上，亦是實事求是，不能接受太誇張的修辭，或是不符事實的詩歌描寫。〔註 54〕

> 《隱居詩話》云：「……老杜……〈北征詩〉曰：『……不聞夏商衰，中自誅褒、妲。』乃見明皇鑒夏、商之敗，畏天悔過，賜妃子以死，官軍何預焉。……」苕溪漁隱曰：「……老杜謂夏、商衰，誅褒、妲，褒姒，周幽王后也，疑夏字為誤，當云商、周可也。」(《叢話》前集卷十二，頁 77～78)

胡仔以摭實的觀點，用「符合用事史實」的學術態度，要求杜甫的〈北征詩〉詩中「不聞夏、商衰，中自誅褒、妲。」為不合史實，前句宜改為「不聞商、周衰」才對。因為胡仔認為「褒姒，周幽王后」，故應改「夏」為「周」才正確。〔註 55〕

> 苕溪漁隱曰：「老杜〈寄李十二白〉詩云：『詩成泣鬼神。』元和范傳正誌白墓云：『賀公知章吟公〈烏棲曲〉云：此詩可以哭鬼神矣。』李德裕〈述夢詩〉云：『荷靜蓬池膾，冰寒郢水醪。』唐學士初夏上賜食，悉是蓬萊池魚膾，夏至頒冰及酒，以酒味濃，和冰而飲，禁中有郢酒坊。古人作詩，類皆摭

詞》云：『魚藻宮中鏁翠娥，先皇行處不曾過，如今池底休鋪錦，菱角雞頭積漸多。』事見李石《開成承詔錄》，文宗論德宗奢靡云：『聞得禁中老宮人每引流泉，先於池底鋪錦。』則知建詩皆摭實，非鑿空語也。」(《叢話》前集卷二十二，頁 149)

〔註 54〕如《叢話》後集卷四有胡仔（苕溪漁隱）曰：「太白〈宮詞〉云：『梨花白雪香。』子美〈詠竹〉云：『風吹細細香。』二物初無香，二公皆以香言之，何也？……」(頁 26) 胡仔認為梨花與竹子皆無香，但李白、杜甫卻以香言之，不符事實。胡仔以摭實的學術態度評詩，有的顯得太過理性。

〔註 55〕清．楊倫，《杜詩鏡銓》，注解採胡仔說法，台北：華正書局，中華民國 67 年 12 月初版，頁 162。

實，豈若今人憑空造語耶？」（《叢話》前集卷五，頁32）
此則胡仔肯定杜甫〈寄李十二白〉「詩成泣鬼神」〔註56〕句，乃是出自
於范傳正誌李白墓誌銘引賀知章之語，並非憑空撰寫，而李德裕〈述
夢詩〉「荷靜蓬池膾，冰寒郢水醪。」反映的是唐代皇帝在皇宮中，賜
食學士的宴會盛況——蓬萊池魚膾及和冰而飲的禁中郢酒。

> 苕溪漁隱曰：「《唐史》：『張垍尚寧親公主，明皇眷垍厚，即
> 禁中置內宅。』故子美贈之詩云：『天上張公子，宮中漢客
> 星。』又《長安志》：『拾翠殿在大明宮翰林門外，望雲亭在
> 太極宮景福殿西。』故次聯云：『賦詩拾翠殿，佐酒望雲亭』，
> 皆禁中事也。」（《叢話》前集卷十三，頁88）

胡仔反對「憑空造語」的詩歌，強調「古人作詩，類皆摭實」的態度，
胡仔深信杜甫的詩歌，皆為摭實不妄的作品，所以對杜甫贈張垍〈贈
翰林張四學士〉〔註57〕詩，既以《唐史》輔證，又以《長安志》補證杜
甫詩歌用事，皆為真實反映唐朝禁中之事。

> 山谷云：「〈戲題山水圖歌〉：『十日畫一水，五日畫一石。
> 能事不受相促迫，王宰始肯留真跡。壯哉昆侖方壺圖，掛
> 君高堂之素壁。巴陵洞庭日本東，赤岸水與銀河通，中有
> 雲氣隨飛龍。舟人漁子入浦漵，山水盡亞洪濤風。尤工遠勢
> 古莫比，咫尺應須論萬里。焉得并州快翦刀，翦取吳松半江
> 水。』王宰丹青絕倫，如老杜此作，決不虛發，而世遂無宰
> 畫，……」苕溪漁隱曰：「予讀《益州畫記》云：『王宰，大
> 曆中家於蜀川，能畫山水，意出象外。』老杜與宰同時，此
> 歌又居成都時作，其許與益知不妄發矣。」〔註58〕（《叢話》

〔註56〕〈寄李十二白20韻〉，《杜詩鏡銓》，頁281～283。
〔註57〕〈贈翰林張四學士垍〉：「翰林逼華蓋，鯨力破滄溟。天上張公子，宮
中漢客星。賦詩拾翠殿，佐酒望雲亭。……悲歌在一聽。」（《杜詩鏡
銓》，頁29～30）
〔註58〕此處「山谷云」出處，個人以國家圖書館的電子資料庫《四庫全書》
搜尋，未找到資料。

前集卷八，頁 47～48）

胡仔推崇杜甫題王宰山水圖畫詩〈戲題山水圖歌〉，亦以學術態度的精神，找出《益州畫記》對王宰的論述，以證明山谷肯定杜甫對王宰的山水畫的評論是摭實不妄發之論。

小結

　　胡仔纂集《叢話》，標舉「以子美之詩為宗」為宗旨，主張詩歌創作以杜甫為師，學習其飽讀詩書「無一字無來處」，從文化中汲取養份再造，對於杜甫詩歌再字、用事的出處，無不孜孜不倦地搜查找尋。

　　胡仔推崇杜甫為拗體詩的首創者，並舉其〈江雨有懷鄭典設〉「寵光蕙葉與多碧，點注桃花舒小紅」、〈即事〉「一雙白魚不受釣，三寸黃柑猶自青」、〈寄岑嘉州〉「外江三峽且相接，斗酒新詩終日踈」、〈十二月一日〉（三首其二）「負鹽出井此溪女，打鼓發舡何郡郎」、〈暮春〉「沙上草閣柳新暗，城邊野池蓮欲紅」、〈絕句漫興〉、〈黃河〉、〈江畔獨步尋花〉、〈夔州歌〉、〈春水生〉等，皆是「當下平字處以仄字易之」的拗體詩。

　　胡仔並肯定杜甫以「歇後語」、「方言」入詩的首創之功；推崇〈花卿〉、〈題蜀相廟〉等「別託意其中」，含蓄委婉的詩歌旨趣；及其〈寄李十二白〉〈贈翰林張四學士〉、〈戲題山水圖歌〉等詩歌，「摭實」而不憑空造語的創作態度。

第二節　奪胎換骨

　　胡仔《叢話》前、後集一百卷中，論及詩歌創作技巧中，有許多「學其意」或「用其語」或「襲其格」的論述（即前人以為有關「奪胎換骨」的說法），《叢話》雖未標舉「奪胎換骨」四字，但在宋代詩論的氛圍中，胡仔的詩論顯然未能置身其外，以下試以《叢話》所論有關前人所體認的「奪胎換骨」的詩法，作一整理論述。

胡仔在《叢話》前集引用釋惠洪《冷齋夜話》中有關「奪胎換骨」的論述：

> 《冷齋夜話》云：「山谷言詩意無窮，而人才有限，以有限之才，追無窮之意，雖淵明、少陵不得工也。不易其意，而造其語，謂之換骨法。規摹其意形容之，謂之奪胎法。如鄭谷詩：『自緣今日人心別，未必秋香一夜衰。』此意甚佳，而病在氣不長；西漢文章，雄深雅健，其氣長故也。曾子固曰：『詩當使人一覽語盡，卻意有餘，乃古人用心處。』荊公〈菊詩〉曰：『千花百卉彫零後，始見閑人把一枝。』東坡曰：『萬事到頭都是夢，休休，明日黃花蝶也愁。』又李翰林曰：『鳥飛不盡暮天碧。』又曰：『青天盡處沒孤鴻。』其病如前所論。山谷〈遠觀台詩〉曰：『瘦藤挂到風煙上，乞與遊人眼豁開，不知眼界闊多少，白鳥去盡青天回。』凡此之類，皆換骨法也。顧況詩曰：『一別二十年，人堪幾回別。』其詩簡緩而意精確。荊公〈與故人詩〉曰：『一日君家把酒杯，六年波浪與塵埃，不知烏石江頭路，到老相尋得幾回。』樂天詩：『臨風杪秋樹，對酒長年身，醉貌如霜葉，雖紅不是春。』東坡詩：『兒童悞喜朱顏在，一笑那知是酒紅。』凡此之類，皆奪胎法也。學者不可不知。」苕溪漁隱曰：「『飛鳥不盡暮天碧』之句，乃郭功甫〈金山行〉，《冷齋》以為李翰林詩，何也？」
>
> （《叢話》前集卷三十五，頁235～236）

惠洪《冷齋夜話》引黃庭堅之語詮釋有關「奪胎換骨」的論述，《叢話》保存了最早有關「奪胎換骨」的論述。

雖然，關於釋惠洪的這一段話，有人直指其誤，今人張健先生批評惠洪「是一個頭腦不甚清晰的詩話家」：

> 鄭谷詩〈十日菊〉：「自緣今日人心別，未必秋香一夜衰。」
> 荊公〈菊詩〉曰：「千花百卉彫零後，始則閑人把一枝。」此乃「奪胎法」卻被惠洪說成「換骨法」。樂天詩：「臨風杪秋

樹，對酒長年身，醉貌如霜葉，雖紅不是春。」東坡〈南中
詩〉：「兒童恌喜朱顏在，一笑那知是酒紅。」乃「換骨法」
卻被惠洪說成「奪胎法」。〔註59〕

惠洪在《冷齋夜話》有關「奪胎換骨」的舉例，雖然錯誤，但是
他自己在其文集《石門文字禪》的詩歌創作中有：

> 「古詩云：蘆花白間蓼花紅，一日秋江慘淡中，兩箇鷺鷥相
> 對立，幾人喚作水屏風。然其理可取，而其詞鄙野，余為改
> 之曰換骨法」
>
> 蘆花蓼花能白紅，數曲秋江慘澹中，好是飛來雙白鷺，為誰
> 粧點水屏風。〔註60〕

此則惠洪用古詩之意，嫌其詞鄙野而不用其語，為「換骨法」。用
實際的創作，說明「奪胎換骨」的方法，亦可補充《冷齋夜話》有關
「奪胎換骨」的論述。

也有人懷疑是惠洪自己捏造出來的話，黃師啟方對山谷是否曾有
「奪胎換骨」的說法存疑：

> 惠洪《夜話》所記多捏造，則「奪胎換骨」之語，既不見於
> 庭堅詩文集中，是亦未必可信。〔註61〕

並列舉宋代的吳曾《能改齋漫錄》、陳善《捫蝨新語》、朱熹之語，以佐
證惠洪之妄誕。〔註62〕

〔註59〕《詩話與詩評》，張健，臺北：文津出版社有限公司，2006 年 6 月一
　　　　刷，頁 52～53。
〔註60〕《景印文淵閣四庫全書・石門文字禪》集部 55，第 1116 冊，台灣：商
　　　　務出版社，頁 1116～357。
〔註61〕黃師啟方，〈黃庭堅詩的三個問題——詩作分期、詩體變異及詩論的建
　　　　立〉，收錄於《宋詩論文選輯》（三），高雄復文圖書出版社，中華民國
　　　　77 年 5 月初版，頁 484。
〔註62〕吳曾《能改齋漫錄》卷十三：「覺範不學，故每為妄語。」陳善《捫蝨
　　　　新語》僧惠洪詞條，謂讀曾公（慥《皇宋百家詩選》，乃云惠洪多誕，
　　　　夜話中數事皆妄。洪嘗詐學山谷作贈洪詩云：「韻勝不減秦少游，氣爽
　　　　絕類徐師川」云云。朱熹亦云：「《山谷集》中覺詩，乃覺範自作。」
　　　　（《全集》八十二）見黃師啟方，〈黃庭堅詩的三個問題——詩作分期、

雖然，胡仔在《叢話》中亦指出惠洪多妄，並糾出《冷齋夜話》之謬誤多達十則〔註63〕。但是此則，胡仔只糾正惠洪誤將郭功甫〈金山行〉的詩句「飛鳥不盡暮天碧」當成李白的詩句，並未否認「奪胎換骨」的說法。

雖然，在黃庭堅的文集中，沒有「奪胎換骨」一詞，但在若干宋代詩話中，卻有「奪胎」或「換骨」的論述。胡仔的《叢話》除了引《冷齋夜話》有關黃庭堅「奪胎」、「換骨」之說外，另一則引嚴有翼《藝苑雌黃》的資料，亦有「奪胎換骨」的論述：

> 前輩云：『詩有奪胎換骨之說』，信有之也。杜陵謁玄元廟，其一聯云：『五聖聯龍袞，千官列雁行。』蓋紀吳道子廟中所畫者。徽宗嘗制哲廟挽詩，用此意作一聯云：『北極聯龍袞，秋風折雁行。』亦以雁行對龍袞。然語中的，其親切過於本詩，茲不謂之奪胎可乎？……」（《叢話》後集卷十九，頁133）

《藝苑雌黃》此則舉宋徽宗的「北極聯龍袞，秋風折雁行。」用杜甫「五聖聯龍袞，千官列雁行。」即是用「奪胎換骨」的創作方法，而親切過於杜詩。

胡仔於《叢話》中，並未採用「奪胎」或「換骨」之語，只云「用……之詩」、「體……詩」、「用……詩意」、「用……語」、「與……詩相類」、「語意全然相類」、「詩語甚相似」……，但其意等同於江西詩派「奪胎」、「換骨」的詩歌創作手法。

王源娥先生云：

> 雖然有人懷疑黃山谷並無「奪胎換骨」之說，……然而宋代詩話中常用此語，而且山谷詩中摹擬的例子又特別多，故山谷本人應該是提倡並實踐此一理論的。〔註64〕

詩體變異及詩論的建立〉，頁495注。

〔註63〕此乃個人的統計結果，當待專文論述。

〔註64〕王源娥，《黃庭堅詩論探微》，東吳大學72年碩士論文，頁32。

　　本章試從胡仔指導後學詩歌創作的角度，去分析解釋胡仔所評論的類似後人所謂「奪胎換骨」的創作方法。由於「奪胎」或「換骨」的解釋爭議太多，誠如郭玉雯先生所云：

> 「奪胎換骨」法就表面上似乎可分，但是在實際上卻有其困
> 難，問題是言意是否可以判然而分？像「換骨法」是否在更
> 換語詞之後，即可完全保留其原來之意？而「奪胎法」既基
> 於前人作品之立意，在造語上是否也受其影響？〔註65〕

由上文可見，「奪胎」、「換骨」的意義與語言，是否能夠完全區分？個人以為，與其強分為「奪胎」、「換骨」為兩類，不如像莫礪鋒先生區分為「師古人之意」，與「師古人之辭」來得簡單明瞭〔註66〕。但還有一種只是外在形式句式上的模仿，無法歸納為以上兩者，於是個人將按照王源娥先生將「奪胎換骨」分為的「語襲」、「意襲」、「格襲」、「引發」四種而將之簡約為前三種。〔註67〕

　　「語襲」是指全詩或全句的抄錄，只更改一字或數字，即「師古人之辭」。「意襲」為意義上摹擬，即「師古人之意」。「格襲」則為取用原詩的格律形式，但描寫的對象及所用的辭藻頗有不同。至於「引發」──指那些引伸、擴充甚至翻新原詩意義而產的詩作，則歸於「意襲」中的「反其意」，個人以為這樣分類法或許較明白易懂，為人接受。

〔註65〕郭玉雯，〈有關奪胎換骨法若干問題的探討〉，收錄於《宋代文學與思想》，台灣學生書局，中華民國78年8月初版，頁184。

〔註66〕莫礪鋒，〈黃庭堅「奪胎換骨」辨〉，收錄於《江西詩派研究》附錄二，1986年10月第1版，頁283～305。

〔註67〕王源娥，《黃庭堅詩論探微》，東吳大學72年碩士論文，頁25～29。事實上，王先生還有第四層次的摹擬──「引發」，也就是指那些引伸、擴充甚至翻新原詩意義而產的新作。但個人以為「引發」的名稱，一般不太熟悉，引伸、擴充甚至翻新原詩意義的，依惠洪的解釋為「規模其意而形容之」稱為「奪胎」，至於意義完全相反的，胡仔稱為「反其意」，今人稱為「翻案」。

一、語襲（師古人之辭）

「語襲」即「師古人之辭」，指全詩或全句的抄錄，只更改一字或數字。這種「奪胎換骨」法，最容易被指為「剽竊」。《叢話》中有關「語襲」之例如下：

> 苕溪漁隱曰：「……東坡自黃移汝，別雪堂鄰里，有詞云：『百年強半少，來日苦無多。』蓋用退之詩『年皆過半百，來日苦無多』之語。……」（《叢話》前集卷四十，頁275）

此則胡仔指出東坡〈滿庭芳〉詞「百年強半，來日苦無多。」〔註68〕脫胎於韓愈詩〈除官赴闕至江州寄鄂嶽李大夫〉「年皆過半百，來日苦無多」〔註69〕之語，雖然兩者文體不同，但兩者意義相同，語詞也只更改三個字而已。

> 《藝苑雌黃》云：「程公闢守會稽，少游客焉，館之蓬萊閣。一日，席上有所悅，自爾眷眷，不能忘情，因賦長短句，所謂『多少蓬萊舊事，空回首煙靄紛紛』是也。其詞極為東坡所稱道，取其首句，呼之為山抹微雲君。中間有『寒鴉萬點，流水遶孤村』之句，人皆以為少游自造此語，殊不知亦有所

〔註68〕此句應為「百年強半」才對，胡仔多了一個「少」字。
〈滿庭芳〉（元豐七年四月一日，余將去黃移汝，留別雪堂鄰里二三君子。會李仲覽自江東來別，遂書以遺之）：「歸去來兮，吾歸何處？萬里家在岷峨。百年強半，來日苦無多。坐見黃州再閏，兒童盡楚語吳歌。山中友，雞豚社酒，相勸老東坡。云何！當此去，人生底事，來往如梭！待閒看秋風，洛水清波。好在堂前細柳，應念我、莫翦柔柯。仍傳語，江南父老，時與曬漁蓑。」（《蘇詞彙評》，曾棗莊、曾濤編，台北：文史哲出版社，中華民國87年5月初版，頁16～17）
〔註69〕《全唐詩》卷341_16，〈除官赴闕至江州寄鄂岳李大夫（李程也）〉韓愈
盆城去鄂渚，風便一日耳。不枉故人書，無因帆江水。故人辭禮闈，旌節鎮江圻。而我竄逐者，龍鍾初得歸。別來已三歲，望望長迢遞。咫尺不相聞，平生那可計。我齒落且盡，君鬢白幾何。年皆過半百，來日苦無多。少年樂新知，衰暮思故友。譬如親骨肉，寧免相可不。我昔實愚蠢，不能降色辭。子犯亦有言，臣猶自知之。公其務貰過，我亦請改事。桑榆倘可收，願寄相思字。

本；予在臨安，見平江梅知錄云：『隋煬帝詩云：寒鴉千萬點，
流水遶孤村。少游用此語也。』予又嘗讀李義山〈效徐陵體
贈更衣〉云：『輕寒衣省夜，金斗熨沉香。』乃知少游詞『玉
籠金斗，時熨沉香』，與夫『睡起熨沉香，玉腕不勝金斗』，
其語亦有來歷處。乃知名人，必無杜撰語。」苕溪漁隱曰：
「晁無咎云：『少游如〈寒景詞〉云：斜陽外，寒鴉萬點，流
水遶孤村。雖不識字人，亦知是天生好言語。』其褒之如此，
蓋不曾見煬帝詩耳。（《叢話》後集卷三十三，頁248）

此則胡仔引《藝苑雌黃》之語，指出秦觀〈滿庭芳〉詞「寒鴉萬點，流
水遶孤村」〔註70〕乃是引用隋煬帝楊廣的詩「寒鴉千萬點，流水遶孤
村。」只少了一個「千」字。秦觀〈沁園春〉「玉籠金斗，時熨沉香」
〔註71〕及〈如夢令〉「睡起熨沉香，玉腕不勝金斗」〔註72〕皆用李商隱
〈效徐陵體贈更衣〉：「輕寒衣省夜，金斗熨沉香。」〔註73〕之詩語。

〔註70〕此詞牌名為〈滿庭芳〉「山抹微雲，天粘衰草，畫角聲斷譙門。暫停征
　　　棹，聊共引離尊。多少蓬萊舊事，空回首、煙靄紛紛。斜陽外，寒鴉
　　　萬點，流水繞孤村。銷魂。當此際，香囊暗解，羅帶輕分。謾贏得青
　　　樓，薄倖名存。此去何時見也？襟袖上、空惹啼痕。傷情處，高城望
　　　斷，燈火已黃昏。」（《全宋詞》，唐圭璋編輯，台北：明倫出版社，中
　　　華民國59年12月初版，頁458）
〔註71〕此詞牌名為〈沁園春〉「宿靄迷空，膩雲籠日，晝景漸長。正蘭皋泥潤，
　　　誰家燕喜，蜜脾香少，觸處蜂忙。盡日無人簾幕掛，更風遞游絲時過
　　　牆。微雨後，有桃愁杏怨，紅淚淋浪。風流寸心易感，但依依佇立，
　　　回盡柔腸。念小奩瑤鑒，重匀絳蠟；玉籠金斗，時熨沉香。柳下相將
　　　遊冶處，便回首、青樓成異鄉。相憶事，縱蠻牋萬疊，難寫微茫。」
　　　（《全宋詞》，頁454）
〔註72〕此詞牌名為〈如夢令〉「門外鴉啼楊柳，春色著人如酒，睡起熨沉香，
　　　玉腕不勝金斗。消瘦，消瘦，還是褪花時候。遙夜沉沉如水，風緊驛
　　　亭深閉。夢破鼠窺燈，霜送曉寒侵被。無寐，無寐，門外馬嘶人起。
　　　幽夢匆匆破後，妝粉亂痕沾袖。遙想酒醒來，無奈玉消花瘦。回首，
　　　回首，繞岸夕陽疏柳。」（《全宋詞》，頁462）
〔註73〕李商隱〈效徐陵體贈更衣〉「密帳真珠絡，溫幃翡翠裝。楚腰知便寵，
　　　宮眉正鬥強。結帶懸梔子，繡領刺鴛鴦。輕寒衣省夜，金斗熨沈香。」
　　　（收錄於《全唐詩》卷540，頁6204～6205）

　　苕溪漁隱曰：「《正法眼藏》云：『石頭一日問藥山，曰：子近
日作麼生？山曰：皮膚脫落盡，惟有真實在。』魯直〈別楊
明叔詩〉云：『皮毛剝落盡，惟有真實在。』全用藥山禪語也。」
（《叢話》前集卷四十八，頁329）

此則胡仔指出黃庭堅的〈別楊明叔詩〉「皮毛剝落盡，惟有真實在。」
〔註74〕乃是用《正法眼藏》藥山「皮膚脫落盡，惟有真實在。」之語，
只相差兩字。但胡仔只云「全用藥山禪語」而並未指責山谷「剽竊」或
「蹈襲」。

　　苕溪漁隱曰：「予先君嘗秉燭賞梅，有絕句云：『蠟烟青繞雪
培堆，神女疑乘香霧來，綽約仙姿明醉眼，橫斜疎影入樽
罍。』」（《叢話》後集卷二十一，頁146）

胡仔之父胡舜陟的梅詩「橫斜疎影入樽罍」亦直接襲用林逋「疎影橫
斜水清淺」詩語──「語襲」。

　　用前人詩語作詩者，容易被指為「剽竊」，如唐代皎然《詩式》有
「偷語最為鈍賊」之語。〔註75〕

　　金，王若虛《滹南詩話》亦云：

　　魯直論詩，有「奪胎換骨」、「點鐵成金」之喻，世以為名言。

　　以予觀之，特剽竊之黠者耳。〔註76〕

　　如果不是學力、才力大的詩人，如王安石、東坡、山谷者，很容
易就被胡仔直接指為「剽竊」，如唐代的福州僧（可朋）〔註77〕，宋代

〔註74〕此詩名為〈次韻楊明叔見餞十首〉其八，全詩如下：「虛心觀萬物，險
　　　　易極變態。皮毛剝落盡，惟有真實在。侍中乃珥貂，御史則冠豸。照
　　　　影或可羞，短簑釣寒瀨。」（《山谷詩集注》，任淵、史容、史季溫注，
　　　　上海：古籍出版社，2003年12月第一版，頁342）

〔註75〕「三不同語意勢」條，收錄於《歷代詩話》，清·何文煥輯，台北：漢
　　　　京文化事業有限公司，中華民國72年初版，頁34。

〔註76〕《歷代詩話續編·滹南詩話》，丁仲祜輯，台北：木鐸出版社，中華民
　　　　國70年3月初版，頁523。

〔註77〕《叢話》前集卷五十七：《古今詩話》云：「南方浮圖能詩者多，士大
　　　　夫鮮有汲引，多汩沒不顯。福州僧有詩百餘篇，其中佳句，如『虹收

顏持約、釋惠崇，甚至連唐代詩佛王維亦未能倖免。〔註78〕

二、意襲（師古人之意）

　　「意襲」即是「師古人之意」，指學習前人之詩意或文意，化為自己作品的基礎，因為「詩意無窮，而人才有限，以有限之才，追無窮之意，雖淵明、少陵不得工也。」〔註79〕個人的閱歷、經驗、思想畢竟有限，借由前代或當代學者文人之文思，給自己的作品一些靈感。

（一）襲其意

　　「師古人之意」，有直接承襲點化其意者。歷代之大詩人，莫不在古典傳統中汲取營養，而推陳出新。如唐代的詩仙李白、詩聖杜甫、詩佛王維……，宋代的王安石、蘇軾、黃庭堅……等。

> 苕溪漁隱曰：「退之〈赤藤杖〉詩：『空堂晝眠倚牖戶，飛電
> 著壁搜蛟螭。』故東坡〈鐵柱杖詩〉云：『入懷冰雪生秋思，
> 倚壁蛟龍護晝眠。』山谷〈筇竹杖贊〉：『涪翁晝寢，蒼龍掛
> 壁。』皆用退之詩也。」（《叢話》前集卷十八，頁117）

此則胡仔云東坡、山谷「用退之詩」，但並未說明「用其意」或「用其語」，「奪胎」或「換骨」。此則所引可見蘇東坡〈鐵柱杖詩〉〔註80〕與

　　　千障雨，潮展半江天。』不減古人也。」苕溪漁隱曰：「此一聯乃體李
　　　義山詩『虹收青障雨，鳥沒夕陽天』，所謂屋下架屋者，非不經人道語，
　　　不足貴也。」（頁395）
〔註78〕苕溪漁隱曰：「余舊見顏持約所畫淡墨杏花，題小詩於後，仍題持約二
　　　字，意謂此詩必持約所作也；比因閱《唐宋類詩》，方知是羅隱作，乃
　　　持約竊之耳。詩云：『暖氣潛催次第春，梅花已謝杏花新，半開半落閑
　　　園裏，何異榮枯世上人。』古之詩人，如王維猶竊李嘉祐『水田飛白
　　　鷺，夏木囀黃鸝』。僧惠崇為其徒所嘲云：『河分岡勢司空曙，春入燒
　　　痕劉長卿，不是師兄多犯古，古人詩句犯師兄。』皆可軒渠一笑也。」
　　　（《叢話》後集卷十八，頁127）
〔註79〕《叢話》前集卷三十五引《冷齋夜話》所引的「山谷言」，頁235。此
　　　語歷來有人認為是惠洪所捏造，請參本節注62。
〔註80〕〈樂全先生生日，以鐵拄杖為壽〉二首其一「先生真是地行仙，住世
　　　因循五百年。每向銅人話疇昔，故教鐵杖鬥清堅。入懷冰雪生秋思，
　　　倚壁蛟龍護晝眠。遙想人天會方丈，眾中驚倒野狐禪。三年相伴影隨

黃庭堅〈筇竹杖贊〉〔註81〕皆用韓退之〈赤藤杖〉詩〔註82〕之詩意。韓愈將手杖比喻為掛在牆壁上快如閃電的蛟龍，陪伴著在大堂上晝寢的自己。雖然，東坡與黃庭堅皆為當代大詩人，但在寫作有關同類主題之詩歌——手杖，仍不免借用前人（韓愈）之詩意，加以變化組織，為其所用。

　　東坡所詠的鐵柱杖雖然也是手杖，但質地顯然和韓愈所詠的藤杖不同，所以東坡由鐵柱杖握在手中冰冷的質地令人不覺產生秋天的寒涼之意敘述起——「入懷冰雪生秋思」，再運用韓愈〈赤藤杖〉的兩句句意，融為一句，說明掛在牆壁上的手杖猶如蛟龍一般，保護著晝寢的自己。黃庭堅則是在詠竹杖的贊文中，運用韓愈之詩意，說明自己晝寢，竹杖像蛟龍般掛在牆壁上。由此則可見東坡與山谷皆能善用前人之資，而有所創作。此則若按照惠洪《冷齋夜話》所引山谷的說法：「不易其意而造其語，謂之換骨法」，則東坡、山谷之作皆屬之。

　　苕溪漁隱曰：「樂天〈次楞伽寺〉詩云：『照水姿容雖已老，上山筋力未全衰。』陳子高〈病起詩〉云：『照水姿容非復我，上樓腰腳不如人。』時稱為佳句，殊不知乃體樂天詩也。」（《叢話》前集卷二十一，頁143）

　　　　身，踏遍江湖草木春。摑石舊痕猶作眼，閉門高節欲生鱗。畏途自衛真無敵，捷徑爭先卻累人。遠寄知公不嫌重，筆端猶自斡千鈞。」（《蘇文忠公詩編註集成》，清・王文誥，台北：學生書局，頁2520）

〔註81〕〈筇竹杖贊〉「屬廉隅而不劌，故竊比於彭耽之壽。屈曲而有直體，能獨立於雪霜之後。伯夷食薇而清，陳仲咽李而瘦。涪翁晝寢，蒼龍掛壁。涪翁履危，心如鐵石。窮山獨行，解兩虎爭。終不使卞莊乘間，而孺子成名。」

〔註82〕〈和虞部盧四酬翰林錢七赤藤杖歌（元和四年作）〉「赤藤為杖世未窺，台郎始攜自滇池。滇王掃宮避使者，跪進再拜語嘔咿。繩橋挂過免傾墮，性命造次蒙扶持。途經百國皆莫識，君臣聚觀逐旌麾。共傳滇神出水獻，赤龍拔鬚血淋漓。又雲義和操火鞭，瞑到西極睡所遺。幾重包裹自題署，不以珍怪誇荒夷。歸來捧贈同舍子，浮光照手欲把疑。空堂晝眠倚牖戶，飛電著壁搜蛟螭。南宮清深禁闈密，唱和有類吹塤篪。妍辭麗句不可繼，見寄聊且慰分司。」（見《韓昌黎詩繫年集釋》，錢仲聯編，台北：學海出版社，中華民國74年1月初版，頁711）

此則胡仔云宋陳子高〔註83〕〈病起詩〉的佳句乃是「體樂天詩」。

陳子高〈病起詩〉借用白居易〈次楞伽寺〉〔註84〕的詩意，來形容自己病後的容貌已非昔日神采飛揚的我，而且上樓時，腰力腳力已大不如人，來感歎自己的衰老。顯然，這兩句詩的詩意，雖有沿襲的部分辭語，但詩意略有不同。白詩中，顯然有些不服老、不服輸的意味，而陳子高則在病後，顯然身虛體衰，力不從心，不得不服老、服輸，感嘆時光的不留情。此則按照惠洪《冷齋夜話》所引山谷的說法：「規模其意而形容之，謂之奪胎法」，則陳子高之作屬之。

> 苕溪漁隱曰：「鄭谷〈海棠詩〉云：『穠麗最宜新著雨，妖饒全在欲開時。』前輩以謂此兩句說盡海棠好處。今持國『柔豔著雨更相宜』之句，乃用鄭谷語也。」（《叢話》前集卷二十八，頁197）

此則胡仔云宋朝韓維〔註85〕歌詠海棠的詩，全用唐末詩人鄭谷〈海棠詩〉〔註86〕之詩語——「用鄭谷語」。

鄭詩形容海棠花——「剛沾上雨點的海棠花，洗盡塵垢，花色格

〔註83〕陳克（1081～1137）字子高，自號赤城居士。臨海（今屬浙江）人。陳振孫《直齋書錄解題》稱其「詞格高麗，晏（殊）周（邦彥）流亞」。清人陳廷焯說：「陳子高詞婉雅閑麗，暗合溫、韋之旨」。《直齋書錄解題》卷二十著錄陳克《天臺集》第10卷。又單行《赤城詞》第1卷。今均不傳。《全宋詞》輯其詞51首。《全宋詞補輯》陳克詞4首。陳克之詩集已佚，部分作品僅見於《宋詩紀事》等書中。（網路資料，詩詞在線，http://www.chinapoesy.com/SongCi_chenke.html）

〔註84〕〈自思益寺次楞伽寺作〉「朝從益峰遊後，晚到楞伽寺歌時。照水姿容雖已老，上山筋力未全衰。行逢禪客多相問，坐倚漁舟一自思，猶去懸車十五載，休官非早亦非遲。」（見《全唐詩》卷447_75，頁5533）

〔註85〕韓維（1017～1098），字持國，潁昌（今河南許昌（人。與韓絳、韓縝等為兄弟。以父蔭為官。神宗熙寧二年（1069）遷翰林學士、知開封府。因與王安石議論不合，出知許州。哲宗即位，加為門下侍郎，一年餘出知鄧州，改汝州，以太子少傅致仕。紹聖二年（1095）定為元祐黨人，再次貶謫。有《南陽集》三十卷。《宋史》卷三一五有傳。

〔註86〕鄭谷〈海棠〉「春風用意勻顏色，銷得攜觴與賦詩。穠麗最宜新著雨，嬌饒全在欲開時。莫愁粉黛臨窗懶，梁廣丹青點筆遲。朝醉暮吟看不足，羨他蝴蝶宿深枝。」（《全唐詩》卷675_81，頁7738）

外的亮麗動人，而剛綻放的淡紅色海棠花，猶如羞澀的少女粉臉上之紅暈，顯得嫵媚動人。」韓維於杜君章聽堂後小亭柱間所題的兩首有關海棠花的詩歌〔註87〕，胡仔指出其中一句「柔豔著雨更相宜」的詩語承襲鄭谷的〈海棠詩〉。實則不僅詩語，詩意亦是。按照「不易其意而造其語」的分類法，此則屬於「換骨法」。

> 《西清詩話》云：「陳傳道嘗於彭門壁間見書一聯云：『一鳩鳴午寂，雙燕話春愁。』後以語東坡：『世謂公作，然否？』坡笑曰：『此唐人得意句，僕安能道此！』」苕溪漁隱曰：「余嘗用此語作〈春日〉一聯云：『語盡春愁雙紫燕，喚回午夢一黃鸝。』」（《叢話》前集卷二十四，頁 161）

此則胡仔用唐人得意句「一鳩鳴午寂，雙燕話春愁。」創作〈春日〉一聯：「話盡春愁雙紫燕，喚回午夢一黃鸝。」兩者的詩意，可說完全一樣，胡仔只是將鳩鳥換為黃鸝罷了。此則按照惠洪「不易其意而造其語」的分類法，屬於「換骨法」。

> 苕溪漁隱曰：「〈美人梳頭歌〉云：『西施曉夢綃帳寒，香鬟墮髻半枕檀。轆轤咿啞轉鳴玉，驚起芙蓉睡新足。雙鸞開鏡秋水光，解鬟臨鏡立象床。一編香絲雲撒地，玉梳落處無聲膩。纖手卻盤老鴉色，翠滑寶釵簪不得。香風爛熳惱嬌慵，十八鬟多無氣力。妝成髻斜歌不斜，雲裾數步踏雁沙。背人不語向何處，下階自折櫻桃花。』余嘗以此歌填入〈水龍吟詞〉云：『夢寒綃帳春風曉，檀枕半堆香髻。轆轤初轉，欄杆鳴玉，咿啞驚起。眠鴨凝煙，舞鸞翻鏡，影開秋水。解低鬟

〔註87〕此則乃胡仔引《石林詩話》云：「韓持國雖剛果特立，風節凜然，而情致風流，絕出時輩。許昌崔象之侍郎舊第，今為杜君章所有，廳後小亭僅丈余，有海棠兩株，持國每花開，輒載酒日飲其下，竟，謝而去，歲以為常。至今故吏猶能言之。余嘗於小亭柱間得公二絕句，其一云：『濯錦江頭千萬枝，當年未解惜芳菲，而今得向君家見，不怕春寒雨濕衣。』尚可想見當時氣味。韓忠獻公嘗帥蜀，持國兄弟皆侍行，尚少，故前句云爾。其二云：『長條無風亦自動，柔豔著雨更相宜。』漫其後句。」（《叢話》前集卷28，頁 196～197）而加以按語。

試整，牙床對立，香絲亂，雲撒地。纖手犀梳落處，膩無聲，重盤鴉翠。蘭膏勻漬，冷光欲溜，鸞釵易墜。年少偏嬌，髻多無力，惱人風味。理雲裾下堦，含情不語，笑折花枝戲。』」

（《叢話》後集卷十二，頁 88～89）

胡仔取李賀〈美人梳頭歌〉[註88]一詩詩意填入〈水龍吟詞〉。

　　李賀此詩，選擇了美人生活中的一個片段——梳頭，如工筆般地細細描繪，來表現美人生活中的一個片面。詩的前四句描寫梳頭前的情狀。天色微明，美人仍躺在羅帳裏慵懶地做著美夢，枕孤衾寒，美人的髮髻雖凌亂鬆散，卻帶著一股檀香氣味。此刻房外傳來咿咿啞啞的汲水聲，吵醒了睡夢中的美人。接下去八句，則描繪美人梳頭的畫面。美人打開裝飾著雙鸞的秋水般明鏡，自己站立在象牙床上，美人濃密如雲的長髮，披散一地。玉梳不小心從柔細光滑的長髮上無聲地滑落下地，卻悄然無聲。纖纖細手梳理著像烏鴉羽毛般烏黑亮麗的長髮，盤得又結實又光滑的髮髻，竟然連寶釵也無法簪上。一陣春風爛熳地吹拂而來，使得柔弱且慵懶的美人惱怒（無人可以分享良辰美景），而美人將所有的精神力氣全都花在梳理頭髮上，此刻顯得柔弱無力。美人梳理後的髮髻不偏不倚地盤在頭上，裙裾搖動生姿，背對著人，從容緩慢而步履輕盈地走下臺階，百般無聊地採摘著滿樹的櫻花。

　　李賀此詩堪稱專門描繪貴婦生活的「豔詩」，用筆穠艷，內容空虛，描寫女子的惱、嬌、慵，整日除了梳妝打扮，無所事事的空虛生活，可歸類為六朝「宮體詩」[註89]一族。

〔註88〕李賀〈美人梳頭歌〉，「玉梳」作「玉釵」。「香風」作「春風」，「妝成髮髻」作「髮髻妝成」。《全唐詩》卷 393_42，清聖祖御製，台北：明倫出版社，中華民國 60 年 5 月初版，頁 4434。

〔註89〕宮體詩，指以南朝梁簡文帝蕭綱為太子時的東宮，以及陳後主、隋煬帝、唐太宗等幾個宮廷為中心的詩歌。「宮體」就指一種描寫宮廷生活的詩體，又指在宮廷所形成的一種詩風，始於簡文帝蕭綱。蕭綱為太子時，常與文人墨客在東宮相互唱和。其內容多是宮廷生活及男女私情，形式上則追求詞藻靡麗，時稱「宮體」。後來因稱豔情詩為宮體詩。「宮體」之名，始見於《梁書·簡文帝紀》對蕭綱的評語：「傷於

　　胡仔取李賀此詩的內容，填了一闋內容完全相同的〈水龍吟〉詞。
此則可見胡仔運用「奪胎換骨」的方法創作，取前人詩意而填詞。

　　由以上兩則可見，胡仔在詩歌創作上，不排斥模仿前人之意的
「奪胎換骨」的創作手法。不僅胡仔運用此法寫詩填詞，其父胡舜陟也
使用此法寫詩：

　　　　苕溪漁隱曰：「樂天有句云：『放眼看青山，任頭生白髮。』
　　　　其超放如此。先君亦嘗有句云：『人有悲歡頭易白，山無今古
　　　　色長青。』」（《叢話》後集卷十三，頁98）

胡舜陟潤飾白居易〈洛陽有愚叟〉〔註90〕中「放眼看青山，任頭生白
髮。」一聯的詩意而成「人有悲歡頭易白，山無今古色長青。」說明人
們的頭髮被摧白乃是因悲歡等外在因素的影響，山色卻無古今之別，
萬古長青。

（二）反其意（翻案）

　　「師古人之意」有時不免被指為抄襲。在宋人眼裏，「反其意」的

　　　　輕艷，當時號曰宮體」。但這種風格的詩歌，自梁武帝及吳均、何遜、
　　　　劉孝綽已開其端。宮體詩的主要作者就是蕭綱、蕭繹以及聚集于他們
　　　　周圍的一些文人如徐幹、庾肩吾、徐陵等，陳後主陳叔寶及其侍從文
　　　　人也可歸入此類。歷來對宮體詩的批評，多以為其中有不少以寫婦女
　　　　生活及體態為內容，……總的來說，宮體詩的情調流於輕艷，詩風比
　　　　較柔靡緩弱。至於被稱為宮體詩人的蕭綱、蕭繹等人，也寫過不少清
　　　　麗可讀之作，至於庾肩吾、徐陵等，更有一些比較優秀的詩篇。從詩
　　　　歌發展史上看，宮體詩起的作用有兩個方面。一方面，隋及唐初詩風
　　　　流於靡弱，……另一方面，它在形式上比永明體更趨格律化。……據
　　　　學者統計，宮體詩中符合律詩格律的約占百分之四十左右，說明了
　　　　「宮體詩」對後來律詩的形成，有著重要的推動作用。至於它用典
　　　　多、辭藻穠麗的特點，對後世唐代的李賀和李商隱的詩，顯然皆曾受
　　　　其影響。
〔註90〕白居易〈洛陽有愚叟〉「洛陽有愚叟，白黑無分別。浪跡雖似狂，謀身
　　　　亦不拙。點檢盤中飯，非精亦非糲。點檢身上衣，無餘亦無闕。天時
　　　　方得所，不寒復不熱。體氣正調和，不饑仍不渴。閑將酒壺出，醉向
　　　　人家歌。野食或烹鮮，寓眠多擁褐。抱琴榮啟樂，荷鍤劉伶達。放眼
　　　　看青山，任頭生白髮。不知天地內，更得幾年活。從此到終身，盡為
　　　　閑日月。」（見《全唐詩》卷453_2，頁5152～5122）

翻案法是避免「奪胎換骨」流於沿襲的有效手段。在宋代文學領域，尤其是詩歌領域，翻案意識是貫穿於各類題材作品中的重要創作思潮，在詠史、詠物、題畫、諷諭、抒懷等各類詩中，均能找出大量的翻案實例，以致成為宋詩的重要特色之一。當然，宋詩好翻案尚有其他各種複雜的原因，如禪宗呵佛罵祖的精神，無疑對宋詩翻案詩風的形成有直接的影響與作用。

　　胡仔在《叢話》中並無「奪胎換骨」的詞彙，對於意義的翻新，胡仔稱為「反其意」，即今人所說的「翻案」，宋人詩文多翻案之作，良由宋人貴於創新，不欲沿襲的性格。

　　　　苕溪漁隱曰：「山谷詞云：『春歸何處，寂寞無行路。若有人
　　　　知春去處，喚取歸來同住。』王逐客云：『若到江南趕上春，
　　　　和春住。』體山谷語也。」（《叢話》後集卷三十九，頁325
　　　　～326）

此則言王觀（逐客）〈卜算子（送鮑浩然之浙東長短句）〉「若到江南趕上春，和春住。」〔註91〕乃是體黃庭堅〈清平樂〉「春歸何處，寂寞無行路。若有人知春去處，喚取歸來同住。」〔註92〕的詞意，這裡的「體山谷語」，應是「規模其意而形容之」的「奪胎法」。

　　個人細味此兩詞，王觀〈卜算子〉的趕上春，和春同住，顯得較主動積極；黃庭堅〈清平樂〉所呈現的則是消極地詢問：是否有人知道春的去處？喚他回來同住。顯得較被動消極。王觀之詞應是翻新黃庭堅之詞意的創作。

　　　　苕溪漁隱曰：「《才調集》有無名氏絕句云：『春光冉冉歸何

〔註91〕王觀〈卜算子〉（送鮑浩然之浙東）「水是眼波橫，山是眉峰聚。欲問
　　　　行人去那邊，眉眼盈盈處。才始送春歸，又送春歸去。若到江南趕上
　　　　春，千萬和春住。」（收錄於《全宋詞》，唐圭璋編，台北：明倫出版
　　　　社，中華民國59年12月初版，頁260～261）
〔註92〕黃庭堅〈清平樂〉「春歸何處，寂寞無行路。若有人知春去處，喚取歸
　　　　來同住。春無蹤跡誰知。除非問取黃鸝。百囀無人能解，因風飛過薔
　　　　薇。」（收錄於《全宋詞》，頁393）

處，更向樽前把一杯，盡日問花花不語，為誰零落為誰開？』
東坡〈吉祥寺花詩〉云：『太守問花花有語，為君零落為君開。』
遂與前詩略同，豈偶然邪。《古今詩話》載，太上隱者，人莫
知其本末，好事者從之問姓名，不答，留詩一絕云：『偶來松
樹下，高枕石頭眠，山中無曆日，寒盡不知年。』東坡〈贈
梁道人詩〉云：『寒盡山中無曆日。』用此事也。」（《叢話》
前集卷四十二，頁286）

胡仔云東坡詩與無名氏絕句「略同」。個人以為東坡此詩乃是反嚴惲

〔註93〕詩之意而為之，所謂「翻案」的作品。試排比二詩比較之：

嚴惲〈落花〉：「盡日問花花不語，為誰零落為誰開？」〔註94〕

東坡〈吉祥寺花詩〉〔註95〕：「太守問花花有語，為君零落為
君開。」〔註96〕

其中，文字上有「語襲」之處，但在意義方面，則是完全反前詩之意而
為之。

　　此外，東坡〈贈梁道人詩〉「寒盡山中無曆日」〔註97〕也是仿效唐
代太上隱者「山中無曆日，寒盡不知年」的詩語、詩意，乃全詩或全句

〔註93〕《才調集》無名氏絕句，作者為唐代嚴惲，詩名〈落花〉。又第二句
　　　　胡仔為「更向樽前把一杯」，《全唐詩》則為「更向花前把一杯」，文字
　　　　稍異。

〔註94〕嚴惲，字子重，吳興人，舉進士不第，與杜牧游。《全唐詩》錄其詩一
　　　　首。〈落花〉「春光冉冉歸何處，更向花前把一杯。盡日問花花不語，
　　　　為誰零落為誰開。」（見《全唐詩》卷546_5，頁6308）

〔註95〕此詩名應為〈述古聞之明日即來坐上復用前韻同賦〉，此詩乃承接前
　　　　詩〈吉祥寺花將落而述古不至〉而作「今歲東風巧剪裁，含情只待使
　　　　君來。對花無信花應恨，直恐明年便不開。」（《蘇文忠公詩編註集
　　　　成》，頁1952）

〔註96〕〈述古聞之明日即來坐上復用前韻同賦〉「仙衣不用剪刀裁，國色初酣
　　　　卯酒來。太守問花花有語，為君零落為君開。」（見《蘇文忠公詩編註
　　　　集成》，頁1953）

〔註97〕〈贈梁道人〉「采藥壺公處處過，笑看金狄手摩挲。老人大父識君久，
　　　　造物小兒如子何。寒盡山中無曆日，雨斜江上一漁簑。神仙護短多官
　　　　府，未厭人間醉踏歌。」（《蘇文忠公詩編註集成》，頁2701）

的抄錄，可謂「語襲」。

　　以上二詩，可見就算是大詩人的蘇軾，也得向前人借用其詩意或詩句，或引伸、或擴充，甚至翻新原詩意，但必需要有鎔鑄之功，方能物為我用，「以故為新」，產生新意，才不會落入偷竊之譏。

　　　　苕溪漁隱曰：「呂居仁〈詠秋後竹夫人詩〉云：『與君宿昔尚
　　　　同牀，正坐西風一夜涼，便學短檠牆角棄，不如團扇篋中藏。
　　　　人情易變乃如此，世事多虞祇自傷，卻笑班姬與陳后，一生
　　　　辛苦望專房。』晁無咎詩：『不見班姬與陳后，寧聞衰落尚專
　　　　房。』居仁用此語也。」（《叢話》前集卷四十七，頁318）
胡仔云呂居仁詩乃用晁無咎詩之語──「用此語」也。

　　良玉按：呂居仁〈詠秋後竹夫人詩〉「卻笑班姬與陳后，一生辛苦望專房。」乃是反用晁補之（無咎）〈行路難〉[註98]「不見班姬與陳后，寧聞衰落尚專房。」[註99]詩語與詩意，所謂「翻案」的作品。

　　晁無咎詩談到班婕妤[註100]與陳皇后[註101]，即使被打入冷宮，受皇帝冷落，仍日夜盼望著，有朝一日，能夠再一次地受到皇帝的寵幸眷愛。而呂居仁則反其意地表達出班婕妤與陳皇后的可笑，因為──「人情易變乃如此，世事多虞祇自傷」，人情反覆多變，乃是常

〔註98〕此詩詩名為〈行路難〉。
〔註99〕《叢話》前集卷51，引晁補之〈行路難〉云：「贈君珊瑚夜光之角枕，
　　　　玳瑁明月之雕床，一蘭秋蟬之麗轂，百和更生之寶香。穠華紛紛白日
　　　　暮，紅顏寂寂無留芳。人生失意十八九，君心美惡誰能量？願君虛懷
　　　　廣末照，聽我一曲關山長。不見班姬與陳后，寧聞衰落尚專房。」（頁
　　　　348）
〔註100〕班婕妤為漢成帝的妃嬪。有〈團扇歌〉留世。漢成帝後來迷戀趙飛燕
　　　　姊妹，班婕妤為遠離宮中的是非鬥爭，自願到長信宮侍奉王太后。〈團
　　　　扇歌〉：「新裂齊紈素，皎潔如霜雪。裁為合歡扇，團團似明月。出入
　　　　君懷袖，動搖微風發。常恐秋節至，涼飆奪炎熱。棄捐篋笥中，恩情
　　　　中道絕。」
〔註101〕陳阿嬌為漢武帝的皇后。漢武帝劉徹小時候曾對其姑姑（長公主）
　　　　說，如果長大娶阿嬌，將把她安置在黃金屋中，因而後世有「金屋藏
　　　　嬌」的典故。因為無子失寵，最後被打發到長門宮中長住，過著幽禁
　　　　的「冷宮」生活。

態，而班婕妤與陳皇后，竟然仍沈迷在昔日的海誓山盟，至死不渝的神話，實乃自找苦吃，如此自欺欺人地日思夜盼，等待皇帝終有回心轉意的一天的期待，終究會落空。

> 苕溪漁隱曰：「太白云：『解道澄江靜如練，令人還憶謝玄
> 暉。』至魯直則云：『憑誰說與謝玄暉，休道澄江靜如練。』
> 王文海云：『鳥鳴山更幽。』至介甫則云：『茅簷相對坐終日，
> 一鳥不鳴山更幽。』皆反其意而用之，蓋不欲沿襲之耳。」
> （《叢話》後集卷四，頁 25）

此則胡仔舉出黃庭堅、王安石以「反其意」（**翻案**）的手法作詩。並認為以此種手法作詩，最主要的原因是「不欲沿襲」。

李白的〈金陵城西樓月下吟〉有「解道澄江淨如練，令人還憶謝玄暉。」〔註 102〕之句，李白完全襲用謝眺（玄暉）〈晚登三山還望京邑〉「澄江淨如練」〔註 103〕的全句，並將之引入詩篇，表示自己能夠穿越時代，深刻體會南齊謝眺登樓遠眺的心情。而黃庭堅則反李白之意云「憑誰說與謝玄暉，休道澄清淨如練。」〔註 104〕要託誰告訴謝玄暉，不要再說什麼「澄清淨如練。」的話了。

至於王籍〈入若耶溪〉云：「鳥鳴山更幽」〔註 105〕，王安石〈鍾

〔註 102〕李白〈金陵城西樓月下吟〉「金陵夜靜涼風發，獨上江樓望吳越，白雲映水搖空城，白露垂珠低秋月，月下空吟久不歸，古來相接眼中稀，解道『澄江淨如練』，令人長憶謝玄暉。」（《李太白詩歌全集》，清·王琦注，劉建新校勘，北京：今日中國出版社，1997 年 11 月第一版，頁 250）

〔註 103〕謝眺〈晚登三山還望京邑〉「灞涘望長安，河陽視京縣。白日麗飛甍，參差皆可見。餘霞散成綺，澄江淨如練。喧鳥覆春洲，雜英滿芳甸。去矣方帶淫，懷哉罷歡宴。佳期悵何許，淚下如流霰。有情知望鄉，誰能鬒不變。」（《中國歷代詩選》，台北：源流文化事業有限公司，中華民國 71 年 9 月初版，頁 231）

〔註 104〕黃庭堅〈題晁以道雪雁圖〉「飛雪酒蘆如銀箭，前雁驚飛後回盼。憑誰說與謝玄暉，休道澄江淨如練。」（《山谷詩集注》，任淵、史容、史季溫注，上海：古籍出版社，2003 年 12 月第一版，頁 180）

〔註 105〕南朝梁·王籍〈入若耶溪〉「艅艎何泛泛，空水共悠悠。陰霞生遠岫，陽景逐回流。蟬噪林逾靜，鳥鳴山更幽。此地動歸念，長年悲倦遊。」

山即事〉則反其意而云「一鳥不鳴山更幽」〔註106〕，胡仔認為這種反其意的作法，主因乃是「不欲沿襲」。

> 陳子高云：「庚辰三月十日，與關聖淵、陳明信集太平寺，明信誦介甫〈三品石〉句，以為介甫善論古今，如『國亡今日頑無恥，自謂當年不與謀』，後之詩人，不復措詞矣。聖淵云：『介甫但是融化〈石筍行〉舊語，且陳亡，江總輩皆北面讎仇，豈如此石之耐久邪？』聖淵及余作詩以反介甫，明信終守己說，爭論紛然，日暮罷去，詩竟不就。後十四年，當癸巳寒食，重尋昔游，群石巉然固在，聖淵、明信死已久矣。」苕溪漁隱曰：「子高〈三品石詩〉云：『臨春結綺今何在，屹立巉巉終不改，可憐江總負君恩，白頭仍作北朝臣。』此反介甫詩意也。」（《叢話》後集卷二十五，頁180）

「三品石」是南朝建康同泰寺前的三塊景石，還被賜以三品職銜，俗稱「三品石」。王安石〈三品石〉詩云「草沒苔侵棄道周，誤恩三品竟何酬。國亡今日頑無恥，自謂當年不與謀」〔註107〕乃王安石目睹經歷改朝換代之後的「三品石」仍頑固無恥地屹立如昔，嘲諷「三品石」被賜以三品的職銜，卻未能盡到保護國家之責，在國家滅亡之後，卻以當年沒有參與謀劃大事為由推卸責任。王安石此詩以古鑑今，借物說人，用陳亡史實，嘲諷那些像「頑石」般的守舊勢力和保守人士，受祿於國家，卻未能善盡自己的職責，為國家提出良好的政策，任由國家機器日漸陳舊崩塌。

陳子高〈三品石詩〉：「臨春結綺今何在，屹立巉巉終不改，可憐江總負君恩，白頭仍作北朝臣。」其義為面對春天結出的美麗花朵，如

〔註106〕王安石〈鍾山絕句〉二首其一「澗水無聲繞竹流，竹西花草弄春柔，茅簷相對坐終日，一鳥不鳴山更幽。」（《王文公文集》，上海：人民出版社，1974年9月第一版，頁693）

〔註107〕王安石〈三品石〉「草沒苔侵棄道周，誤恩三品竟何酬。國亡今日頑無恥，似為當年不與謀。」（《王荊公詩李氏注附沈氏勘誤補正》，楊家駱主編，台北：鼎文書局，中華民國68年9月初版，頁176）

今在哪裡？只有那聳立不動、山勢高險的三品石始終沒有改變。令人惋惜的是江總〔註108〕辜負了國君的寵恩，臨死都還做了北朝（隋朝）的臣子。

　　陳子高的〈三品石詩〉歌詠「三品石」的高風亮節。不像絢麗爭艷的花朵，一季就消失不見蹤影了。「三品石」的品格不會隨著季節或年代而改變，始終屹立不變。不像受皇帝寵幸的江總，人不如石，臨終都仍然作異朝的臣子，令人感嘆！

　　胡仔所云陳子高〈三品石詩〉「反介甫詩意」，所指的是王安石與陳子高兩人對「三品石」發出不同的評價。王安石嘲諷「三品石」被賜以三品的職銜，改朝換代之後卻仍頑固無恥地屹立如昔。陳子高則肯定「三品石」的高風亮節的品格，不會隨著改朝換代而改變，始終屹立不搖。

三、格襲（模仿前人的格式）

　　楊萬里《誠齋詩話》云：「用古人句律，而不用其句意，以故為新，奪胎換骨」〔註109〕，所謂「句律」即句子的格式和規律。

　　今人王源娥先生論及「摹擬」的幾種形式中，若只取用原詩的格律形式，但描寫的對象及所用的辭藻頗有不同，也就是所模仿的對象只有格律句式，而非內容，則稱之為「「格襲」。〔註110〕

> 苕溪漁隱曰：「永叔〈送原甫出守永興〉詩云：『酌君以荊州魚枕之蕉，贈君以宣城鼠鬚之管，酒如長虹飲滄海，筆若駿馬馳平阪。』黃魯直〈送王郎詩〉云：『酌君以蒲城桑落之酒，

〔註108〕江總（519～594）字總持，南北朝考城人。工文辭，長於豔詩。初仕南朝梁，後入南朝陳為僕射尚書令，故世稱為「江令」。後為陳後主寵愛，君臣日夜遊宴，不理政務，以至於國家滅亡。後入隋，拜上開府。卒於江都。

〔註109〕收錄於丁仲祐編訂，《續歷代詩話》，台北：藝文出版社，中華民國72年6月四版，頁165。舉例可見頁4。

〔註110〕王源娥，《黃庭堅詩論探微》，論及「摹擬」的第三層次的摹擬──「格襲」，東吳大學72年碩士論文，頁27～29。

泛君以湘纍秋菊之英，贈君以黟川點漆之墨，送君以陽關墮
淚之聲；酒澆胸中之磊落，菊制短世之頹齡，墨以傳千古文
章之印，歌以寫從來兄弟之情。』近時學者，以謂此格獨魯
直為之，殊不知永叔已先有也。」（《叢話》前集卷二十九，
頁 201）

此則胡仔言黃庭堅〈送王郎〉詩［註111］「酌君以……泛君以……贈君
以……送君以……酒澆……菊制……墨以……歌以……」的格律句式
乃是模仿自歐陽脩〈送原甫出守永興詩〉［註112］「酌君以……贈君
以……酒如……筆若……」的形式。而當時的學者，誤將此詩格的創建
之功歸於黃庭堅。

苕溪漁隱曰：「東坡〈送人守嘉州〉古詩，其中云：『蛾眉山
月半輪秋，影入平羌江水流；謫仙此語誰解道？請君見月時
登樓。』上兩句全是李謫仙詩，故繼之以『謫仙此語誰解
道，請君見月時登樓』之句。此格本出於李謫仙，其詩云：
『解道澄江淨如練，令人還憶謝玄暉。』蓋『澄江淨如練』，
即玄暉全句也。後人襲用此格，愈變愈工。」（前卷四十二，
頁 287）

〔註111〕黃庭堅〈送王郎〉「酌君以蒲城桑落之酒，泛君以湘纍秋菊之英，贈
君以黟川點漆之墨，送君以陽關墮淚之聲。酒繞胸次之磊隗，菊制短
世之頹齡，墨以傳萬古文章之印，歌以寫一家兄弟之情。江山千里俱
頭白，骨肉十年終眼青，連床夜語雞戒曉，書囊無底談未了。有功翰
墨乃如此，何恨遠別音書少。炊沙作糜終不飽，鏤冰文章費工巧。要
須心地收汗馬，孔孟行世日杲杲。有弟有弟力持家，婦能養姑供珍
鮭。兒大詩書女絲麻，公但讀書煮春茶。」（《山谷詩集注》，任淵、
史容、史季溫注，上海：古籍出版社，2003 年 12 月第一版，頁 30～
31）
〔註112〕歐陽脩〈送原甫出守永興詩〉「酌君以荊州魚枕之蕉，贈君以宣城鼠
須之管。酒如長虹飲滄海，筆若駿馬馳平坂。愛君尚少力方豪，嗟我
久衰歡漸鮮。文章驚世知名早，意氣論交相得晚。魚枕蕉，一舉十分
當覆盞；鼠須管，為物雖微情不淺。新詩醉墨時一揮，別後寄我無辭
遠。」（《歐陽修全集·居士集》（一），台北：河洛圖書出版社，中華
民國 64 年 3 月初版，頁 59）

此則胡仔指出將前人詩歌全句引入自己詩歌中，再加以發揮陳述的創作方法，唐代的李白就已經運用了。

　　李白的〈金陵城西樓月下吟〉「解道澄江淨如練，令人還憶謝玄暉。」其中的「澄江淨如練」就是完全襲用謝朓（玄暉）〈晚登三山還望京邑〉的全句。李白能夠穿越時代，深刻體會南齊謝朓登樓遠眺的心情，並深深引為知己──「令人還憶謝玄暉」。

　　東坡〈送人守嘉州〉〔註113〕亦全引用李白〈峨眉山月歌〉「蛾眉山月半輪秋，影入平羌江水流」〔註114〕的全句，再進一步陳述：「謫仙此語誰解道？請君見月時登樓。」李白當時寫這詩語時的心情，有誰能夠體會瞭解？請諸君抬頭見月時，不妨登上高樓，除了欣賞美麗的月色，不妨穿越時空，作一個李白的異代知己吧。

　　　《王直方詩話》云：「……張文潛嘗謂余曰：『黃九似桃李春
　　風一盃酒，江湖夜雨十年燈，真是奇語。』」苕溪漁隱曰：「汪
　　彥章有『千里江山漁笛晚，十年燈火客氈寒』之句，效山谷
　　體也。余亦嘗效此體作一聯云：『釣艇江湖千里夢，客氈風雪
　　十年寒。』」（《叢話》前集卷四十七，頁321）

此則胡仔論及汪藻（彥章）〈次韻向君受感秋〉「千里江山漁笛晚，十年燈火客氈寒。」是學習黃庭堅〈寄黃幾復〉「桃李春風一杯酒，江湖夜雨十年燈。」〔註115〕的格律句式，完全使用名詞，增加了詩的

〔註113〕此詩名應為〈送張嘉州〉「少年不願萬戶侯，亦不願識韓荊州；頗願
　　　　身為漢嘉守，載酒時作凌雲遊。虛名無用今白首，夢中卻到龍泓口。
　　　　浮雲軒冕何足言，唯有江山難入手。峨眉山月半輪秋，影入平羌江水
　　　　流。謫仙此語誰解道，請君見月時登樓。笑談萬事真何有，一時付與
　　　　東巖酒。歸來還受一大錢，好意莫違黃髮叟。」（《蘇文忠公詩編註集
　　　　成》，頁3057）

〔註114〕李白〈峨眉山月歌〉「峨眉山月半輪秋，影入平羌江水流。夜發清溪
　　　　向三峽，思君不見下渝州。」（《李太白詩歌全集》，清・王琦注，劉
　　　　建新校勘，北京：今日中國出版社，1997年11月第一版，頁280）

〔註115〕黃庭堅〈寄黃幾復〉「我居北海君南海，寄雁傳書謝不能。桃李春風
　　　　一杯酒，江湖夜雨十年燈。持家但有四立壁，治國不蘄三折肱。想得
　　　　讀書頭已白，隔溪猿哭瘴煙滕。」（《山谷詩集注》，任淵、史容、史

密度。

　　「桃李」、「春風」、「一杯酒」，陳述的是十年前，兩人相處飲酒歡樂的畫面，「江湖」、「夜雨」、「十年燈」，則是兩人十年來分別經歷了人生的江湖險惡，在淅瀝的雨夜中，只能孤獨地在燈下思念對方的淒涼畫面。雖然以上的詞組都是陳舊的，但經過黃庭堅的重新組合之後，卻產生了令人意想不到的嶄新效果。所謂「以故為新」，從傳統中去汲取營養再加以重新創作，黃庭堅確是個中高手。

　　汪藻（彥章）〈次韻向君受感秋〉「千里江山漁笛晚，十年燈火客氈寒。」〔註116〕運用的也是一句各三個詞組，「千里」、「江山」、「漁笛晚」，「十年」、「燈火」、「客氈寒」。汪藻與向君受兩人相隔千里江山，向晚的客船中，傳來悠悠笛聲；十年的光陰，兩人依然千里漂泊，客居所穿的毛衣毛帽，抵擋不住嚴寒的天氣，而兩人相聚不能，所能做的也只是在燈火前思念對方。

　　胡仔亦效法黃庭堅的格律句式及汪藻詩意作成一聯「釣艇江湖千里夢，客氈風雪十年寒」。胡仔此聯所陳述的乃是其賦閒苕溪的實錄。

　　　苕溪漁隱曰：「六一居士詩云：『靜愛竹時來野寺，獨尋春
　　　偶過溪橋。』俗謂之折句。盧贊元〈雪詩〉云：『想行客過
　　　梅橋滑，免老農憂麥壟乾。』效此格也。余亦嘗云：『鸚鵡
　　　杯且酌清濁，麒麟閣懶畫丹青。』」（《叢話》前集卷三十六，
　　　頁241）

此則胡仔自云學習歐陽脩「折句」的格式〔註117〕（3～4的節奏），寫

　　　　季溫注，上海：古籍出版社，2003年12月第一版，頁42）
〔註116〕汪藻〈次韻向君受感秋〉「且欲相隨苜蓿盤，不須多問沐猴冠。菊花
　　　　有意浮杯酒，桐葉無聲下井欄。千里江山漁笛晚，十年燈火客氈寒。
　　　　男兒幾許功名事，華髮催人不少寬。向候挂笏意千里，肯為俗彈頭上
　　　　冠。何時盛之青瑣闥？妙語付以烏絲欄。日邊人去雁行斷，江上秋高
　　　　楓葉寒。向來叔度儻公是，一見使我窮愁寬。」（《宋詩鈔》(7)，清‧
　　　　吳之振，《浮溪集鈔》，http://bbs4.xilu.com/cgi-bin/bbs/view?forum=
　　　　wave99&message=12336）
〔註117〕「折句」為縫合兩個詞組為一句。

了一聯詩。

> 苕溪漁隱曰：「魯直〈觀伯時畫馬詩〉云：『儀鸞供帳饕蝨行，
> 翰林濕薪爆竹聲，風簾官燭淚縱橫。木穿石槃未渠透，坐窗
> 不遽令人瘦，貧馬百敵逢一豆。眼明見此玉花驄，徑思著鞭
> 隨詩翁，城西野桃尋小紅。』此格，《禁臠》謂之促句換韻，
> 其法三句一換韻，三疊而止。此格甚新，人少用之。余嘗以
> 此格為鄙句云：『青玻璃色瑩長空，爛銀盤挂屋山東，晚凉徐
> 度一襟風。天分風月相管領，對之技癢誰能忍。吟哦自恨詩
> 才窘。掃寬露坐發興新，浮蛆琰琰拋青春，不妨舉醶成三
> 人。』」（《叢話》前集卷四十八，頁 330）

此則胡仔自云學習黃庭堅〈觀伯時畫馬詩〉「三句一換韻，三疊而止」
的促句換韻之格而寫詩。

小結

　　由以上之例，可見胡仔本人在詩歌創作上，無論是意襲或格襲，
並不反對運用「奪胎換骨」的方法，來創作詩歌。

　　雖然，歷來談論黃庭堅的「奪胎換骨」法，多是負面評論，如金
朝王若虛指其為「剽竊之黠者」〔註118〕。近人劉大杰評論黃庭堅此法
時云：

> 他（黃庭堅）所強調的，卻是詩歌形式與技巧。這種傾向發
> 展下去，必然漠視文學的內容，走上形式主義的道路。……
> 不過他自己在實踐上，走得過偏，加以後學宣揚標榜，形成
> 了形式主義的不良的傾向與影響。〔註119〕

陳永正先生在〈黃庭堅詩歌的藝術成就〉說：

> 總的來說，山谷過於重視詩歌的技巧形式，而忽視了文藝最

〔註118〕《歷代詩話續編·潧南詩話》，丁仲祜輯，台北：木鐸出版社，中華
　　　　民國70年3月初版，頁 523。

〔註119〕劉大杰，《中國文學發展史》，台北：華正書局，1984年5月出版，頁
　　　　708。

本質的東西，就是作品的思想內容。〔註120〕

但是也有持不同的看法者，如龔鵬程先生云：

> 昔人不解胎骨之意，故多謬說，甚者以為教人剽竊，豈其然
> 哉？奪胎骨，本以陳言務去為宗旨，以轉他人胎血成自家骨
> 肉為手段，而所關注者，則為「言」、「意」兩者之雙重考慮。
> 奪胎，貴在意深；換骨，貴在語工，其深其工，皆在與古人
> 相較時見之，故謂之點化，而不曰蹈襲，猶山谷所謂「點」
> 鐵成金也。〔註121〕

莫礪鋒先生認為「蹈襲剽竊」之說，是世人對黃庭堅「奪胎換骨」的
誤解：

> 反對此論的人往往只看到他有所因襲，而忽略了其中包涵
> 的求新精神，於是認為這是向古人集中作賊。其實，求新
> 求變、要求自成一家的精神是貫穿於黃庭堅的整個詩歌創
> 作和詩歌理論的……反對跟在古人後面亦步亦趨，……那
> 麼，他的「奪胎換骨」說，就不可能是主張「蹈襲剽竊」，
> 而只可能是要求努力向前人學習，盡可能多地吸收、借鑒前
> 人詩文中的語言技巧……充分利用前人的文學遺產，達到
> 「以故為新」。在這裡，「以故」只是手段，「為新」才是目
> 的。〔註122〕

謝佩芬先生也認為：

> 黃庭堅既然視「創作」為個人品格修養的外現，當他賦詠之
> 時，便不可能只著重文字技藝、法度講求，而淪為「形式主
> 義」……對黃庭堅而言，「法度」只是「寫意」的方法之一，

〔註120〕見《宋詩論文選輯》（三），高雄：復文圖書出版公司，1988年5月，
　　　　頁469。

〔註121〕龔鵬程，《江西詩社宗派研究》，台北：文史哲出版社，中華民國72
　　　　年10月初版，頁196。

〔註122〕莫礪鋒，《江西詩派研究》，山東：齊魯書社，1986年10月一版，頁
　　　　286。

最終目的還是得指向創作主體的胸次。〔註123〕

　　其實，無論是「奪胎換骨」或「點鐵成金」，基本上是針對整個傳統而推陳出新，是江西詩派主張的一種創作方法。因為黃庭堅認為「詩意無窮而人才有限」，把前人的學問當成一種材料，即使是古人陳言，只要能加以點化，就能達到「以故為新」的目地，就像黃庭堅的〈寄黃幾復〉「桃李春風一杯酒，江湖夜雨十年燈。」一樣，幾個陳舊的語詞，卻組合成嶄新的意象。所以「以故」只是一種手段，陳舊的語詞，必須經過作者胸次的陶冶而加以創造轉化，「為新」才是重點所在，使它有了新的生命，此乃以傳統為憑藉，給予新的創造。

　　換骨、奪胎法就表面上似乎可分，但是在實際上卻有其困難，故本文以「語襲」、「意襲」、「格襲」稍作區分，但「語襲」者仍不免意襲，「意襲」者也不免有幾字語襲，只有「格襲」者完全是格律形式上的模仿學習，較易辨別，且無爭議。

第三節　用事

　　嚴羽《滄浪詩話》在〈詩辯〉中，推崇唐詩而批評宋詩云：

> 盛唐諸人，惟在興趣，羚羊掛角，無跡可求。故其妙處，透徹玲瓏，不可湊泊，如空中之音、相中之色、水中之月、鏡中之象，言有盡而意無窮。近代諸公，乃作奇特解會，遂以文字為詩，以才學為詩，以議論為詩，夫豈不工？終非古人之詩也。蓋於一唱三歎之音，有所歉焉。且其作多務使事，不問興致，用字必有來歷，押韻必有出處，讀之反覆終篇，不知著到何在，其末流甚者，叫噪怒張，殊乖忠厚之風，殆以罵詈為詩，詩而至此，可謂一厄也。〔註124〕

〔註123〕謝佩芬，《北宋詩學中「寫意」課題研究》，國立台灣大學出版委員會，1998 年 6 月初版，頁 457。

〔註124〕《歷代詩話・滄浪詩話》，清・何文煥輯，台北：漢京文化事業有限公司，中華民國 72 年 1 月出版，頁 686。

嚴羽指出了宋詩與唐詩最大的不同在於「以文字為詩，以才學為詩」的特點，雖然杜甫也是「讀書破萬卷，下筆如有神」的唐代作家，但在唐詩人中，只能算是少數，而宋代的幾個重要的大家，如王安石、蘇軾、黃庭堅等，卻無不卯足全力，來逞現自己的才學。

被視為江西詩派開山祖師的黃庭堅〔註125〕，尤其強調：

> 老杜作詩，退之作文，無一字無來處，蓋後人讀書少，故謂
> 韓、杜自作此語耳。古人能為文章，真能陶冶萬物，雖取古
> 人陳言入翰墨，如靈丹一粒，點鐵成金也。〔註126〕

江西詩派既承黃庭堅「無一字無來處」的理論，則「以才學為詩」的趨勢自然無法避免，所以在詩歌「用事」的技巧上，不免比前人花費更多心力。

今人繆鉞評論宋詩云：

> 唐詩技術，已甚精美，宋人則欲百尺竿頭，更進一步。蓋唐
> 人尚天人相半，在有意無意之間，宋人則純出於有意，欲以
> 人巧奪天工矣。〔註127〕

宋人詩歌「用事」的技巧，乃是純出於「有意」，想要以人巧來奪取天工，想開闢一條與唐人不同的道路。

當然，對於「用事」的看法，見仁見智，歷來有不同的看法與見解。例如南朝梁鍾嶸，於其《詩品》序中，即是持反對的態度：

〔註125〕 胡仔《苕溪漁隱叢話》前集卷第四十八曾引呂居仁所作的江西詩派《宗派圖》：「自豫章以降，列陳師道、潘大臨、謝逸、洪芻、饒節、僧祖可、徐俯、洪朋、林敏修、洪炎、汪革、李錞、韓駒、李彭、晁沖之、江端本、楊符、謝薖、夏倪、林敏功、潘大觀、何顗、王直方、僧善權、高荷，合二十五人以為法嗣，謂其源流皆出豫章也。……」（頁327～328）

〔註126〕 《叢話》前集卷九引「山谷云」，頁56。良玉按：此乃黃庭堅《山谷集》卷十九〈答洪駒父書〉三首其三，見《影印摛藻堂四庫全書》第384冊，集部37冊，台北：世界書局，中華民國77年2月台初版，頁384～207、384～208。

〔註127〕 繆鉞，〈論宋詩〉，收錄於《宋詩論文選輯》（一），黃永武、張高評編著，高雄：復文書局，中華民國77年3月初版，頁5。

> 至乎吟詠情性，亦何貴於用事？「思君如流水」，既是即目。
> 「高臺多悲風」，亦惟所見。「清晨登隴首」，羌無故實。「明
> 月照積雪」，詎出經史。觀古今勝語，多非補假，皆由直尋。
> 〔註128〕

但是，當時另一位文學批評家劉勰在《文心雕龍・事類》中，則肯定用事在文章中「據事以類義，援古以證今」的功用，云：

> 學貧者迍邅於事義，才餒者劬勞於辭情，此內外之殊分也。
> 是以屬意立文，心與筆謀，才為盟主，學為輔佐；主佐合德，
> 文采必霸，才學褊狹，雖美少功。〔註129〕

劉勰認為唯有以足夠的學識作為輔佐，再加上自己的才情、才能創造豐富的文采。宋朝，雖然在武力上積弱不振，但是在文化上，卻開創了古代文明的高峰。

胡仔在《叢話》前、後集中，屢屢談論「用事」，一方面是時代的影響，當時正是江西詩派籠照整個詩壇的時期（北宋末年到南宋中期）；一方面可謂是宋代的人文情懷，宋人的文化素養，可謂創古中國之高峰，無論讀書、茶、書、畫，皆可謂造極於一事，故於詩歌典故的運用及其來源，也特別講究與注意。

本文以胡仔《叢話》前、後集中的「苕溪漁隱曰」（胡仔本人的評論）為主，作一整理。胡仔對「用事」的評論，其中分成四個部份：用事的態度——摭實不虛，用事的極致——精切工整，用事的根源——字字有來處，用事的忌諱——錯誤用事。

一、用事的態度——摭實不虛

胡仔主張「用事」的態度，必須摭實，而非憑空捏造。由以下數則可見。

〔註128〕《歷代詩話・詩品》，清・何文煥輯，台北：漢京文化事業有限公司，
中華民國72年1月出版，頁2。
〔註129〕《文心雕龍校注》，楊明照校注，台北：河洛出版社，中華民國65年
初版，頁249。

　　　　苕溪漁隱曰：「老杜〈寄李十二白〉詩云：『詩成泣鬼神。』
　　元和范傳正誌白墓云：『賀公知章吟公〈烏棲曲〉云：此詩可
　　以哭鬼神矣。』李德裕〈述夢詩〉云：『荷靜蓬池膾，冰寒郢
　　水醪。』唐學士初夏上賜食，悉是蓬萊池魚膾，夏至頒冰及
　　酒，以酒味濃，和冰而飲，禁中有郢酒坊。古人作詩，類皆
　　摭實，豈若今人憑空造語耶？」（《叢話》前集卷五，頁32）

此則胡仔指出杜甫〈寄李十二白二十韻〉中的「詩成泣鬼神」[註130]
的用事出處來自於范傳正所寫的李白墓誌銘中，賀知章贊美李白的
〈烏棲曲〉，可以「哭鬼神」。完全真實地呈現李白的詩歌風格。又李德
裕〈述夢詩四十韻〉中所敘述的「荷靜蓬池膾，冰寒郢水醪」[註131]，
則是反映唐朝的皇帝，初夏時賜食給大臣和翰林學士，悉是蓬萊池魚
膾，在夏至以後，則會將燒香酒連同冰塊打包，賜給大臣們。胡仔最後
得出的結論為：「古人作詩，類皆摭實，豈若今人憑空造語」，反映胡仔
摭實的創作觀，反對憑空捏造的詩歌。

　　　　苕溪漁隱曰：「《唐史》：『張垍尚寧親公主，明皇眷垍厚，即
　　禁中置內宅。』故子美贈之詩云：『天上張公子，宮中漢客
　　星。』又《長安志》：『拾翠殿在大明宮翰林門外，望雲亭在
　　太極宮景福殿西。』故次聯云：『賦詩拾翠殿，佐酒望雲
　　亭』，皆禁中事也。」（《叢話》前集卷十三，頁88）

此則胡仔推崇杜甫〈贈翰林張四學士〉[註132]一詩用事摭實，反映出
駙馬爺張垍住在皇宮中的實況——皇宮之於人間，猶如天上宮闕，而

〔註130〕杜甫〈寄李十二白二十韻〉「昔年有狂客，號爾謫仙人；筆落驚風雨，
　　　　詩成泣鬼神。聲名從此大，汨沒一朝伸……。」（《杜詩鏡銓》，頁281
　　　　～283）
〔註131〕李德裕〈述夢詩四十韻〉「……倚簷陰藥樹，落格蔓蒲桃。荷靜蓬池
　　　　鱠，冰寒郢水醪。荔枝來自遠，盧橘賜仍叨。……」（《全唐詩》卷
　　　　475_12，頁5390～5391）
〔註132〕杜甫〈贈翰林張四學士垍〉「翰林逼華蓋，鯨力破滄溟。天上張公子，
　　　　宮中漢客星。賦詩拾翠殿，佐酒望雲亭。……」（《杜詩鏡銓》，頁29
　　　　～30）

張垍以駙馬身份，住在皇宮之內，猶如外來之客，故曰「漢客星」，而住在皇宮中，不免在宮裡的「拾翠殿」賦詩、「望雲亭」喝酒。杜詩中所反映有關張垍的事，都確實是當時宮禁中之事。

> 《高齋詩話》云：「牧之〈和裴傑新櫻桃詩〉云：『忍用烹駷酪，從將玩玉盤，流年如可駐，何必九華丹。』唐人已用櫻桃薦酪也。」苕溪漁隱曰：「《摭遺》載：『唐新進士尤重櫻桃宴，劉覃及第，大會公卿，和以糖酪，人享蠻畫一小盎。』則唐人用櫻桃薦酪，此事又可驗矣。」（《叢話》前集卷二十三，頁151）

此則談到杜牧〈和裴傑新櫻桃詩〉〔註133〕，反映唐朝在夏令之時，由朝廷賜給百官的，是初夏成熟的櫻桃，呈現出「櫻桃薦酪」的實況。

> 苕溪漁隱曰：「吳興，澤國也，春夏之交，地尤卑濕，仍多蚊蚋。子瞻作守日，有詩云：『風定軒窗飛豹腳，雨餘欄楯上蝸牛。』真紀實也。舊說泰州西溪，濱海多蚊，范文正為監鹽，題詩云：『飽去櫻桃重，飢來柳絮輕，但知離此去，莫要問前程。』想與吳興同患也。」（《叢話》後集卷二十七，頁204）

東坡在吳興，地卑濕，多蚊蚋，據說當地有一種豹腳蚊，口吻鋒利，腳有紋彩，咬人狠毒。故其〈次韻周開祖長官見寄〉有「風定軒窗飛豹腳，雨餘欄楯上蝸牛」〔註134〕——之句。反映當地豹腳蚊肆虐的盛況，以及雨後蝸牛爬上了欄杆的畫面。胡仔指其真「紀實」也，反映吳興當地的實況。

范仲淹在泰州西溪，為蚊所患，故有〈詠蚊〉「飽去櫻桃重，飢來

〔註133〕胡仔「忍用烹駷酪」，今版本為「忍用酥駷酪」，稍異。杜牧〈和裴傑新櫻桃詩〉「……茂先知味好，曼倩恨偷難。忍用烹酥駷酪，從將玩玉盤。流年如可駐，何必九華丹。」（收錄於《全唐詩》卷524_10，頁5991～5992）

〔註134〕蘇軾〈次韻周開祖長官見寄〉「風定軒窗飛豹腳，雨餘欄楯上蝸牛。舊游到處皆蒼蘚，同甲惟君尚黑頭。……」（《蘇文忠公詩編註集成》，清·王文誥，台北：學生書局，頁3433）

柳絮輕」之句，形容蚊子尚未吸血的時候，乾癟的身子輕飄飄地，猶如空中的柳絮；待吸飽人血之後，肚子紅紅圓圓的，像顆熟透了的櫻桃一般。亦是反映當地蚊子肆虐的景況。

二、用事的極致──精切工整

胡仔引《漫叟詩話》云：

> 杜詩有「自天題處濕，當暑著來清」，自天當暑，乃全語也。東坡詩云：「公獨未知其趣耳，臣今時復一中之。」可謂青出於藍。苕溪漁隱曰：「東坡此詩，戲徐君猷、孟亨之皆不飲酒。不止天生此對，其全篇用事親切，尤為可喜，詩云：『孟嘉嗜酒桓溫笑，徐邈狂言孟德疑。公獨未知其趣耳，臣今時復一中之，風流自有高人識，通介寧隨薄俗移。二子有靈應撫掌，吾孫還有獨醒時。』皆徐、孟二人事也。又《王直方詩話》載蔡寬夫〈啟為太學博士和人治字韻〉詩，有「先生萬古有何用，博士三年冗不治」，與此相類，亦佳對也。」（《叢話》前集卷九，頁 58）

此則胡仔先引《漫叟詩話》評論杜甫「自天題處濕，當暑著來清」〔註135〕及東坡詩句「公獨未知其趣耳，臣今時復一中之」〔註136〕對偶工整。

所舉的杜詩乃〈端午日賜衣〉中的一聯，反映的是端午節的習俗，皇帝對百官的恩寵。衣內題有受衣人姓名，故云：「自天題處濕」，因為天氣炎熱潮濕，所以穿起來顯得特別輕涼清爽，故曰：「當暑著來清」。

東坡的〈太守徐君猷、通守孟亨之，皆不飲酒，以詩戲之〉詩中

〔註135〕杜甫此詩名為〈端午日賜衣〉「宮衣亦有名，端午被恩榮。細葛含風軟，香羅疊雪輕。自天題處濕，當暑著來清。意內稱長短，終身荷聖情。」（《杜詩鏡銓》，頁 194）
〔註136〕東坡此詩名為〈太守徐君猷，通守孟亨之，皆不飲酒，以詩戲之〉，《蘇文忠公詩編註集成》，頁 2522。

一聯，東坡因太守徐君猷、孟亨之之姓，而用古代徐、孟兩姓典故。

晉朝孟嘉回答桓溫問他：「酒有什麼好？」時，回答云：「公未知酒中趣耳」。三國時，曹操嚴禁飲酒。徐邈身為尚書郎，私自飲酒，違犯禁令。當下屬問詢官署事務時，他竟說：「中聖人」，乃酒醉的隱語。因為當時之人諱說「酒」字，於是把清酒叫聖人，濁酒叫賢人。後世遂以「中聖人」或「中聖」指飲酒而醉。

東坡此聯詩用了孟嘉和徐邈的典故，以切合孟亨之、徐君猷之姓，又典故中皆與酒有關。故胡仔推崇東坡此詩不僅對偶工整，而且用事親切。

此外，蔡寬夫的〈句〉「先生萬古有何用，博士三年冗不治」[註137]一聯，胡仔亦認為是「佳對」也，應是指其對偶工整。

> 苕溪漁隱曰：「〈上元戲劉貢甫詩〉云：『不知太一遊何處，定把青藜獨照公。』此詩用事亦精切。劉向校書天祿閣，夜有老人著黃衣，植青藜杖，叩閣而進。向請問姓名。『我是太一之精，天帝聞卯金之子有博學者，下而觀焉。』乃出懷中竹牒授之。見王子年拾遺。此事既與貢甫同姓，又貢甫時在館閣也。」（《叢話》前集卷三十三，頁226）

此則胡仔推崇王安石〈上元夜戲劉貢父〉[註138]一詩用事精切，王用的是漢朝劉向在天祿閣校書，巧遇「太一之精」的典故，此詩與所贈的劉貢甫同姓，又兩人皆在館閣任事，姓與事皆同。

> 苕溪漁隱曰：「聖俞〈採石月贈功甫〉云：『采石月下訪謫仙，夜披錦袍坐釣船。醉中愛月江底懸，以手弄月身翻然。不應暴落飢蛟涎，便當騎鯨上青天。青山有冢人謾傳，卻來人間

[註137] 僅此一聯，沒有全詩。此聯胡仔署作者為蔡寬夫啟，郭紹虞《宋詩話考》卷上定作者為蔡肇。

[註138] 王安石〈上元夜戲劉貢父〉「車馬紛紛白晝同，萬家燈火暖春風。別開閶闔壺天外，特起蓬萊陸海中。盡取繁華供俠少，只分牢落與衰翁。不知太乙遊何處，定把青藜獨照公。」（《王文公文集》，上海：人民出版社，1974年9月第一版，頁771）

　　知幾年。在昔孰識汾陽王，納官貰死義難忘。今觀郭裔奇俊
　　郎，眉目真似攻文章。死生往復猶康莊，樹穴探環知姓羊。』
　　李白從永王璘之辟，璘敗當誅，郭子儀請解官以贖，有詔長
　　流夜郎。聖俞用此事，尤為親切。若非姓郭，亦難用矣。」
　　（《叢話》前集卷三十七，頁252）

此則胡仔推崇梅聖俞〈采石月贈功甫〉詩「用事親切」。此詩乃宋嘉祐
三年（1058），五十七歲的梅堯臣〔註139〕與二十四歲的青年詩人郭祥
正〔註140〕，做為忘年之交，一起在當塗的采石磯泛舟遊玩，拜謁李白
之祠，歌詠李白之詩。梅堯臣見到才華橫溢的郭祥正，想起了李白捉月
溺水的傳說，想起郭子儀曾經為了救李白一命，而願意辭官以贖李白
的義舉……。臨別前夕，梅聖俞作〈采石月下贈功甫〉一詩贈予郭祥正
作為留念。郭祥正既與郭子儀同姓，而郭祥正詩歌風格豪邁瀟灑，與李
白相同，梅聖俞稱郭祥正為「太白後身」。因為「姓」與「事」皆同，
胡仔認為「用事親切」。

　　苕溪漁隱曰：「東坡〈祭徐君猷文〉云：『平生彷彿，尚陳中
　　聖之觴；厚夜渺茫，徒掛初心之劍。』因其姓而用事，尤為
　　中的。」（《叢話》後集卷三十，頁227～228）

胡仔指東坡〈祭徐君猷文〉「因其姓而用事，尤為中的」。

　　徐君猷乃東坡貶謫黃州時的知州徐大受（字君猷）。東坡因烏臺詩
案，以謫臣的身份初至黃州，一切言行必需接受當地首長監管。所幸
黃州知州徐君猷不但善待東坡，而且常常攜酒邀飲，每逢重陽、端午

────────────

〔註139〕梅堯臣（1002～1060）北宋詩人。字聖俞，宣州宣城（今屬安徽）人。
　　　　因宣城古名宛陵，故世稱宛陵先生。少時應進士試不第。與歐陽修和
　　　　尹洙等知名文人，頗受推重。留下詩篇2800餘首。事蹟見《宋史》
　　　　卷443。
〔註140〕郭祥正（1035～1113）（生年據本集卷二〇〈癸酉除夜呈鄰舍劉舍劉
　　　　秀才〉「六十明朝是」推算）北宋詩人。字功父。自號謝公山人，又
　　　　號漳南浪士。當塗人（今屬安徽）。宋史444有傳云「母夢李白而
　　　　生」。有《青山集》30卷，1400餘首詩。少有詩名，梅堯臣稱讚他是
　　　　李白的後身。

等佳節，也都會主動邀請東坡飲宴。此外，一有好酒，便「攜酒見過」，與東坡共享。

徐君猷在東坡最落魄，親友幾於絕交的時刻，及時伸出援手，生活上給予東坡多方面的救濟與照顧，讓東坡一直銘感於心。怎料徐君猷離開黃州數月即卒，讓東坡報恩無門，除了深愧知己，只能抱著無窮的遺憾！

東坡在〈祭徐君猷文〉〔註141〕中，用了兩個與徐姓的典故，一個是三國時的徐邈，一個是春秋時代的徐君。

三國時代，徐邈愛喝酒，卻因曹操禁酒，而將清酒稱為「聖人」，將喝醉酒稱為「中聖」。而徐君猷更是只要有好酒，就會「攜酒見過」東坡的人。故東坡云：：「平生彷彿，尚陳中聖之觴」。另一個用「季札掛劍」的典故〔註142〕，來表達東坡對徐君猷的知己之恩，只能抱著無限遺憾的心意。

> 苕溪漁隱曰：「子美〈九日藍田崔氏莊〉云：『明年此會知誰健，醉把茱萸仔細看。』王摩詰〈九日憶東山兄弟〉云：『遙知兄弟登高處，遍插茱萸少一人。』朱放〈九日與楊凝崔淑期登江上山有故不往〉云：『那得更將頭上髮，學他年少插茱萸。』此三人，類各有所感而作，用事則一，命意不同。後人用此為九日詩，自當隨事分別用之，方得為善用故實也。子美九日又有詩云：『茱萸賜朝士，難得一枝來。』此在蜀中作也。」（《叢話》後集卷六，頁39～40）

〔註141〕東坡〈祭徐君猷文〉「……軾頃以意愚，自貽放逐。妻孥之所竊笑，親友幾於絕交……曾報德之未皇，已興哀於永訣。平生彷彿，尚陳中聖之觴；厚夜渺茫，徒掛初心之劍。拊棺一慟，嗚呼哀哉！」（《蘇軾文集》卷六十三，孔凡禮點校，北京：中華，1992年3月初版，頁1946）

〔註142〕《史記·吳太伯世家》：「季札之初使，北過徐君。徐君好季札劍，口弗敢言。季札心知之，為使上國，未獻。還至徐，徐君已死，於是乃解其寶劍，繫之徐君塚樹而去。」（《史記會注考證》，瀧川龜太郎，台北：洪氏出版社，中華民國72年10月再版，頁542）

此則胡仔推崇杜甫、王維、朱放三人，在重陽節相同的典故，卻寫不一樣的心情，實為「善用故實」的典範。

　　同樣是「重陽節」的詩，杜甫〈九日藍田崔氏莊〉〔註143〕詩，表現出人生無常，誰知明年此時，誰仍健在的無常思想？所以表現出及時行樂的思想——何不趁現在好好飲酒，仔細地欣賞茱萸花，及時把握人生與活在當下之濃厚。王維〈九日憶東山兄弟〉〔註144〕詩，則表現出「每逢佳節倍思親」濃濃的親情，想到重陽節這天，兄弟們一齊登高，插上茱萸避邪，全家人齊聚的歡樂畫面，偏偏自己人在異鄉，不能共襄盛舉，讓自己遺憾不已。朱放〈九日與楊凝崔淑期登江上山有故不往〉〔註145〕詩，則因自己有事不能如期與朋友前往，感嘆自己年紀老大，怎能再學那些少年們，將茱萸插滿頭呢！則表現出歲月流逝，年華不再的感嘆。胡仔以為他們三人，同樣在重陽節，反映習俗，插上茱萸，但三人卻因各自不同的處境，給予詩歌不同的命意感受，如此方為善於用事。

三、用事的根源——字字有來處

　　繆鉞〈論宋詩〉云：

> 唐人作詩，友朋間切磋商討……所注意者，在聲響之優劣，意思之靈滯，而不問其字之有無來歷。宋詩作者評者，對於一字之有無來歷，斤斤計較，……此宋人作詩之精神與唐人迥異者。〔註146〕

〔註143〕杜甫〈九日藍田崔氏莊〉「老去悲秋強自寬，興來今日盡君歡。羞將短髮還吹帽，笑倩旁人為正冠。藍水遠從千澗落，玉山高並兩峰寒。明年此會知誰健，醉把茱萸仔細看。」（《杜詩鏡銓》，頁202～203）

〔註144〕王維〈九月九日憶山東兄〉「獨在異鄉為異客，每逢佳節倍思親。遙知兄弟登高處，遍插茱萸少一人。」（《全唐詩》卷128，頁1306）

〔註145〕朱放〈九日與楊凝崔淑期登江上山有故不往〉「欲從攜手登高去，一到門前意已無。那得更將頭上髮，學他年少插茱萸。」（《全唐詩》卷315_17，頁3451～3452）

〔註146〕繆鉞，〈論宋詩〉，收錄於《宋詩論文選輯》（一），黃永武、張高評編著，高雄：復文書局，中華民國77年5月初版，頁7。

胡仔在《叢話》中，花費了許多心力，尋找詩歌的用事用字出處。

《緗素雜記》云：「劉夢得《嘉話》云：『為詩用僻字，須有來處。宋考功詩云：馬上逢寒食，春來不見餳。嘗疑此字。因讀《毛詩》鄭《箋》，說吹簫處云，即今賣餳人家物。《六經》惟此注中有餳字。後輩業詩，即須有據，不可學常人率爾而道也。』……」苕溪漁隱曰：「六一居士詩云：『杯盤餳粥春風冷，池館榆錢夜雨新。』又云：『多病正愁餳粥冷。』東坡詩云：『新火發茶乳，溫風散粥餳。』皆清明寒食詩也。」

（《叢話》前集卷二十二，頁 157）

黃朝英《緗素雜記》引劉夢得《嘉話》，主張「為詩用僻字，須有來處」的主張，並舉了清明節時用「餳」字的例子。胡仔則舉出歐陽脩、蘇軾用僻字的實例。如歐陽脩〈和較藝書事〉「杯盤餳粥春風冷，池館榆錢夜雨新」〔註147〕及其〈清明賜新火〉「多病正愁餳粥冷」〔註148〕，蘇軾〈趙德麟餞飲湖上舟中對月〉「新火發茶乳，溫風散粥餳」〔註149〕，三詩皆用僻字「餳」，反映了「清明寒食」的吃「餳粥」的習俗。

《西清詩話》云：「熙寧初，張掞以二府初成，作詩賀荊公，公和曰：『功謝蕭規慚漢第，恩從隗始詫燕臺。』以示陸農師，農師曰：『蕭規曹隨，高帝論功，蕭何第一，皆摭故實；而請從隗始，初無恩字。』公笑曰：『子善問也。韓退之〈鬥雞聯句〉：感恩慚隗始，若無據，豈當對功字也。』乃知前人以用事一字偏枯，為倒置眉目，返易巾裳，蓋謹之如此。」

〔註147〕歐陽脩〈和較藝書事〉「……玉麈清談消永日，金尊美酒惜餘春。杯盤餳粥春風冷，池館榆錢夜雨新。……。」（《歐陽修全集，居士集》（一），頁 93）

〔註148〕歐陽脩〈清明賜新火〉「……桐花應候催佳節，榆火推恩忝侍臣，多病正愁餳粥冷，清香但愛蠟烟新，……。」（《歐陽修全集，居士集》（一），頁 99）

〔註149〕蘇軾〈趙德麟餞飲湖上舟中對月〉「……官餘閑日月，湖上好清明。新火發茶乳，溫風散粥餳。酒闌紅杏暗，日落大堤平。……。」（《蘇文忠公詩編註集成》，清·王文誥，台北：學生書局，頁 3176～3177）

　　苕溪漁隱曰：「荊公〈春日絕句〉云：『春風過柳綠如繰，晴

日烝紅出小桃。』余嘗疑烝紅必所有據，後讀退之〈桃源圖

詩〉云：『種桃處處惟開花，川原遠近烝紅霞。』蓋出此也。」

（《叢話》前集卷三十五，頁 235）

此則指出王安石〈張侍郎示東府新居詩因而和酬二首〉一詩的「恩從

隗始詫燕臺」〔註150〕出自於韓退之〈鬥雞聯句〉的「感恩慚隗始」

〔註151〕句。荊公〈春日絕句〉「晴日烝紅出小桃」〔註152〕的「烝紅」，

出自於退之〈桃源圖詩〉「川原遠近烝紅霞」〔註153〕，可謂無一字無

來處。

　　《邇齋閑覽》云：「……杜詩〈哀江頭〉云：『黃昏胡騎塵滿

城，欲往城南忘南北。』……」苕溪漁隱曰：「余聞洪慶善云：

『老杜欲往城南忘南北之句，《楚詞》云：中心瞀亂兮迷惑，

王逸注云：思念煩惑忘南北也。』子美蓋用此語也。」（《叢

話》前集卷三十五，頁 238）

此則胡仔指出杜甫〈哀紅頭〉詩「欲往城南忘南北」〔註154〕的語用事

〔註150〕王安石〈張侍郎示東府新居詩因而和酬二首〉其一「得賢方慕北山萊，
　　　　赤白中天二府開。功謝蕭規慚漢第，恩從隗始詫燕台。曾旦上主經過
　　　　跡，更費高人賦詠才。自古落成須善頌，掃除東閣望公來。」（《王文
　　　　公文集》，上海：人民出版社，1974 年 9 月第一版，頁 624）

〔註151〕韓愈〈鬥雞聯句〉「……頭垂碎丹砂，翼拓拖錦彩。連軒尚賈餘，清
　　　　屬比歸凱。——韓愈；選俊感收毛，受恩慚始隗。英心甘鬥死，義肉
　　　　恥庖宰。——孟郊；君看鬥雞篇，短韻有可采。——孟郊」（《韓昌黎
　　　　詩繫年集釋》，錢仲聯編，台北：學海出版社，中華民國 74 年 1 月初
　　　　版，頁 594）

〔註152〕王安石〈春風〉「春風過柳綠如繰，晴日烝紅出小桃。池暖水香魚出
　　　　處，一環清浪湧亭臬。」（《王文公文集》，頁 766）

〔註153〕韓愈〈桃源圖〉「……嬴顛劉蹶了不聞，地坼天分非所恤。種桃處處
　　　　惟開花。川原近遠烝紅霞。初來猶自念鄉邑，歲久此地還成家。……」
　　　　（《韓昌黎詩繫年集釋》，錢仲聯編，台北：學海出版社，中華民國 74
　　　　年 1 月初版，頁 911～912）

〔註154〕杜甫〈哀江頭〉「少陵野老吞聲哭，春日潛行曲江曲。江頭宮殿鎖千
　　　　門，細柳新蒲為誰綠？……人生有情淚沾臆，江水江花豈終極？黃昏
　　　　胡騎塵滿城，欲往城南忘南北。」（《杜詩鏡銓》，頁 122）

出自於《楚詞·九辯》「中瞀亂兮迷惑」〔註155〕的王逸注「思念煩惑，忘南北也」。

此則胡仔藉由注解杜詩證明，杜詩乃是字字有來處。

> 苕溪漁隱曰：「夏文莊守安州，苕公兄弟尚在布衣，文莊異待之，命作〈落花詩〉，苕公一聯云：『漢皐佩冷臨江失，金谷樓危到地香。』子京一聯云：『將飛更作迴風舞，已落猶成半面妝。』余觀《南史》：『宋元帝妃徐氏無容質，不見禮於帝，帝眇一目，每知帝將至，必為半面妝以俟之。』此半面妝所從出也。若迴風舞無出處，則對偶偏枯，不為佳句；殊不知乃出李賀詩『花臺欲暮春辭去，落花起作迴風舞。』前輩用事，必有來處，又精確如此，誠可法也。」（《叢話》後集卷二十，頁141～142）

此則言宋庠〔註156〕、宋祁〔註157〕兄弟的〈落花詩〉用事出處。真宗天禧五年（1021），宋祁二十四歲，與兄宋庠以布衣遊學安州（今湖北安陸），得知州夏竦厚待，席間命作〈落花〉詩。

宋庠的〈落花詩〉「漢皐佩冷臨江失，金谷樓危到地香」，〔註158〕

〔註155〕宋玉〈九辯〉「中瞀亂兮迷惑」，胡仔誤記為「中心瞀亂兮迷惑」。《楚辭補注》，宋洪興祖撰，台北：漢京文化事業有限公司，中華民國72年9月初版，頁185。

〔註156〕宋庠（996～1066），字公序，原名郊，入仕後改名庠。開封雍丘（今河南杞縣）人，生於宋太宗至道二年（966），後徙安州之安陸（今屬湖北）。宋庠是鄉試、會試、殿試都是都是第一的三元狀元。清四庫館臣行《永樂大典》輯得宋庠詩文，編為《元憲集》四十卷。事見王珪《華陽集》卷四八《宋元憲公神道碑》，《宋史》卷二八四有傳。

〔註157〕宋祁（998～1061）字子京，宋安陸人。與兄庠同舉進士，時人稱為大小宋。累官至工部尚書，踰月拜翰林學士承旨，修唐書十餘年，著有宋景文筆記。卒諡景文。原有文集一百五十卷，已散佚。清人輯有《宋景文集》；近人輯有《宋景文公集》；趙萬里輯有《宋景文公長短句》。

〔註158〕宋庠〈落花〉「一夜春風拂苑牆，歸來何處剩淒涼。漢皐佩冷臨江失，金谷樓危到地香。淚臉補痕煩獺髓，舞臺收影費鸞腸。南朝樂府休虛賡曲，桃葉桃根盡可傷。」

前句用鄭交甫在漢皋台下，巧遇二神女解佩相贈的故事〔註159〕。另一句則是用用晉朝石崇愛綠珠的故事，石崇被收，綠珠跳樓自殺，猶如花朵一般凋零落地。

　　宋祁〈落花詩〉「將飛更作迴風舞，已落猶成半面妝」，〔註160〕其中一句用《南史》宋元帝妃徐氏「半面妝」典故，一句用李賀〈殘絲曲〉「落花起作迴風舞」〔註161〕的詩語典故，兩句皆有來處，而不至於顯得對偶偏枯。

四、用事忌諱──失體、不當、錯用事、用事重疊

　　苕溪漁隱曰：「義山詩，楊大年諸公皆深喜之，然淺近者亦多，如〈華清宮詩〉云：『華清恩幸古無倫，猶恐蛾眉不勝人，未免被他褒女笑，只教天子暫蒙塵。』用事失體，在當時非所宜言也；豈若崔魯〈華清宮詩〉云：『障掩金雞蓄禍機，翠環西拂蜀雲飛，珠簾一閉朝元閣，不見人歸見燕歸。』語意既精深，用事亦隱而顯也。義山又有〈馬嵬〉詩云：『如何四紀為天子，不及盧家有莫愁。』〈渾河中詩〉云：『咸陽原上英雄骨，半是君家養馬來。』如此等詩，庸非淺近乎！」

　　（《叢話》後集卷十四，頁104～105）

此則胡仔嚴厲地批評李商隱的三首詩，用事失體及淺近之病。

　　其一乃〈華清宮〉〔註162〕詩，此詩指出唐玄宗因為寵愛楊貴妃，

〔註159〕見舊題劉向著《列仙傳》第24則〈江妃二女〉：「江妃二女者，不知何所人也。出遊於江漢之湄，逢鄭交甫。見而悅之，不知其神人也。……遂手解佩與交甫。交甫悅受，而懷之中當心。趨去數十步，視佩，空懷無佩。顧二女，忽然不見。」

〔註160〕宋祁〈落花〉「墜素翻紅各自傷，青樓煙雨忍相忘。將飛更作迴風舞，已落猶成半面妝。滄海客歸珠有淚，章台人去骨遺香。可能無意傳雙蝶，盡付芳心與蜜房。」

〔註161〕李賀〈殘絲曲〉「垂楊葉老鶯哺兒，殘絲欲斷黃蜂歸。綠鬢年少金釵客，縹粉壺中沉琥珀。花台欲暮春辭去，落花起作迴風舞。榆莢相催不知數，沈郎青錢夾城路。」（《全唐詩》卷390_2，頁4392）

〔註162〕李商隱〈華清宮〉二首：「朝元閣迥羽衣新，首按昭陽第一人。當日

結果使得天下動盪，天子蒙塵。胡仔認為李商隱「用事失體」——用周幽王為取悅褒姒，求得一笑而亡國。認為此詩諷刺當朝國君之事，「在當時非所宜言」。由此可見胡仔是站在傳統「春秋為尊者諱」的儒家詩教的角度，批評李商隱〈清華宮〉詩，批判當時皇帝唐玄宗之非。

其二乃〈馬嵬〉〔註163〕詩，有「如何四紀為天子，不及盧家有莫愁」之句，指唐玄宗在位四紀〔註164〕，卻比不上嫁作盧家婦的平民女子莫愁〔註165〕的愛情來得甜蜜、幸福。

其三乃〈渾河中〉〔註166〕一詩，「咸陽原上英雄骨，半是君家養馬來」，李商隱推崇渾瑊〔註167〕在安史之亂及朱泚之亂等唐代幾次的危機中，扶助大唐江山，肯定渾瑊對唐代的戰功。胡仔指責〈馬嵬〉詩、〈渾河中詩〉皆為「淺近」之詩。

胡仔不能忍受李商隱在〈華清宮〉其二、〈馬嵬〉、〈渾河中〉等詠史詩，表現出批判皇帝的態度。但是唐宋文化背景不同，言論的尺度亦不同。

　　不來高處舞，可能天下有胡塵。」（其一）「華清恩幸古無倫，猶恐娥眉不勝人。未免被他褒女笑，只教天下暫蒙塵。」（其二）（《全唐詩》卷539，頁6147）

〔註163〕李商隱〈馬嵬〉「海外徒聞更九州，他生未卜此生休。空聞虎旅傳宵柝，無復雞人報曉籌。此日六軍同駐馬，當時七夕笑牽牛。如何四紀為天子，不及盧家有莫愁！」（《全唐詩》卷539，頁6177）

〔註164〕唐玄宗在位四十五年（712～756年在位），約為四紀，一紀為12年。

〔註165〕莫愁為洛陽女子，嫁為盧家婦，婚後生活幸福。梁武帝（蕭衍）有〈河中之水歌〉描述莫愁的籍貫、身世、家境；「河中之水向東流，洛陽女兒名莫愁。莫愁十三能織綺，十四采桑南陌頭。十五嫁為盧家婦，十六生兒字阿侯。盧家蘭室桂為梁，中有郁金蘇合香。頭上金釵十二行，足下絲履五文章。珊瑚掛鏡爛生光，平頭奴子擎履箱。人生富貴何所望？恨不早嫁東家王。」

〔註166〕李商隱〈渾河中〉「九廟無塵八馬回，奉天城壘長春苔。咸陽原上英雄骨，半向君家養馬來。」（《全唐詩》卷539，頁6149）

〔註167〕渾瑊（736～799），世居寧夏銀蘭，天寶五年（746）11歲，隨著父親來中原。曾跟隨李光弼在安史之亂中立功，亦曾為郭子儀底下最有戰鬥力的將領，唐德宗被困奉天時，更是全力保護皇帝，打敗朱泚等叛軍，渾瑊在唐代幾次的危機中，扶助大唐江山，死後被諡忠武。

今人南宮搏在《楊貴妃》一書，論及唐朝言論自由的程度：

唐朝，是中國史上文化、政治、經濟最發達的一期，也是特
出的有言論自由的朝代。唐朝人雖然有不少文字上和語言上
的忌諱，但忌諱的範圍以私人之間為主，一般底，可以放言
無忌。批評皇帝，拿皇帝的故事作詩作文，甚至講得很不堪，
亦不會遭禍。在楊貴妃生前，文人對她品評有之，對楊氏家
族譏嘲也有之，到她到馬嵬驛遭難後，她的故事迅速地發展
成為文學創作的主題，並且隨著時間而更加深廣……從李商
隱的作品中，卻讓我們得知了：唐人對皇家的言論自由到了
可驚的寬容程度……。〔註168〕

今人蔣嫦花在〈試論李商隱詩歌的獨特境界〉一文中，亦推許李
商隱〈華清宮〉詩一掃白居易「玉容寂寞淚闌干，梨花一枝春帶雨」、
「逐令天下父母心，不重生男重生女」的同情態度，而是用批判的態
度，表現出對傳統觀念的否定：

他巧妙地把安祿山叛亂（「胡塵」）與唐明皇寵倖楊貴妃聯繫
起來（「高處舞」），用「褒姒妃一笑使周滅之」反襯楊玉環。
使詩歌的立意更高遠，構思更巧妙，而措辭卻又含蓄委婉，
綿裏藏針。〔註169〕

個人以為胡仔不能忍受李商隱〈華清宮〉其二、〈馬嵬〉、〈渾河
中〉等詩，表現出批判當代皇帝的字句，實乃因為胡仔仍具有傳統保
守維護封建禮教的思想，不能接受這種先進的言論，未免有此嚴苛的
評論。

而胡仔推崇崔櫓的〈華清宮詩〉〔註170〕，「語意既精深，用事亦
隱而顯」，實乃因崔櫓之詩，僅以景物的蕭條，含蓄地呈現華清宮的景

〔註168〕南宮搏，《楊貴妃》，麥田出版社，2002年4月初版，頁340～341。
〔註169〕蔣嫦花，〈試論李商隱詩歌的獨特境界〉，2005.7.25，網路資料，慧師
網 http://18edu.com。
〔註170〕崔櫓〈華清宮〉三首（其二）「障掩金雞蓄禍機，翠華西拂蜀雲飛。珠
簾一閉朝元閣，不見人歸見燕歸。」（《全唐詩》卷567_9，頁6568）

物依舊，人事全非，沒有明顯地諷刺國君因女色亡國，或只推崇將士保衛將傾國家之功，能被遵從儒家詩教的胡仔所接受。

> 苕溪漁隱曰：「（陳師道）〈寄送定州蘇尚書〉云：『枉讀平生三萬卷，貂蟬當復作兜牟。』齊武帝戲周盤龍曰：『貂蟬何如兜鍪？』對曰：『貂蟬生於兜鍪。』履常反用此事，意言蘇公之才學，不當臨邊。然頗牧出於儒林，古人以為美談，履常之言，殊覺非也。」（《叢話》後集卷三十三，頁252）

胡仔批評陳師道〈寄送定州蘇尚書〉「貂蟬當復作兜牟」〔註171〕反用齊武帝戲周盤龍「貂蟬生於兜鍪」之事，以言「蘇公之才學，不當臨邊」，實乃用事不當。並舉戰國「頗牧」為例——趙國守邊御敵之良將，廉頗與李牧，兩人皆為文才、武略兼備者，證明並非文人就不能有武略。

　　個人以為胡仔似乎未能體諒陳師道當時的用心良苦，也未能細細察當時的政治情況。身為蘇門四學士之一，又兼為東坡好友的陳師道，實乃有感於當時政局之多變〔註172〕，故力勸蘇軾功成身退，迴避越來越明顯的政治災難，而並非認為蘇軾為文人而「不當臨邊」。

> 苕溪漁隱曰：「王初寮有〈點絳唇〉一詞，〈送韓濟之歸襄陽〉云：『峴首亭空，勸君休墮羊碑淚；宦游如寄，且伴山翁醉。

〔註171〕陳師道〈寄送定州蘇尚書〉「初聞簡策侍前旒，又見衣冠送作州。北府時清惟可飲，西山氣爽更宜秋。功名不朽聊通袖，海道無違具一舟。枉讀平生三萬卷，貂蟬當復自兜牟。」（《后山詩註》卷四，頁484）

〔註172〕蘇軾在元祐八年（1093）差知定州，朝局隨著太皇太后去世而生巨變。在這段敏感的時間裏，陳師道先後作有〈寄侍讀蘇尚書〉、〈寄送定州蘇尚書〉詩，前詩云：「遙知丹地開黃卷，解記清波沒白鷗」後詩云：「功名不朽聊通袖，海道無遠具一舟」。皆力勸蘇軾功成身退，回避越來越明顯的政治災難。可以看出陳師道對蘇軾仕途休戚的高度關注，同時也體現了兩人情誼之深厚。紹聖元年（1094），蘇軾被貶惠州。陳師道亦因與蘇軾的關係被視為「餘黨」而罷官。……（〈陳師道與蘇軾交誼考論〉，楊勝寬，《樂山師範學院學報》，2004年3月20日）

　　說與鮫人，莫解江皋佩；將歸思量紅縈翠，細織迴文字。』

　　初寮用前事，以其漢上故事，然於送人之詞，似難用也。」

　　（《叢話》後集卷四十，頁 332）

胡仔批評王初寮〔註173〕〈點絳唇〉詞〈送韓濟之歸襄陽〉，乃送好友韓濟之回襄陽，卻用鄭交甫「漢皋贈佩」〔註174〕及竇滔妻蘇氏織綿迴文詩的典故，雖然皆是用「襄陽」典故，但是卻是用事不當。因為「漢皋贈佩」與「迴文詩」都是有關於愛情的典故，胡仔認為並不適用於朋友。

　　此詞連用四個有關襄陽的典故。一是晉代名將羊祜鎮守襄陽，襄陽百姓在羊祜平生遊憩之所——峴山，建碑立廟，歲時饗祭。望其碑者莫不流涕，因名為「墮淚碑」。二是晉永嘉三年（309），山簡鎮襄陽，當時四方寇亂，天下分崩，軍威不振，朝野危懼。但是「（山）簡優遊卒歲，唯酒是耽。」（《晉書‧山簡傳》）〔註175〕。三是「漢皋贈佩」的典故。用周朝鄭交甫在漢皋台（襄陽城西，北臨漢江）下，巧遇二神女解珮相贈的典故。此詞最後一個典故，用的是晉朝竇滔妻蘇蕙的故事。蘇蕙為贏回丈夫，織綿回文，題詩二百餘首，計八百餘字，縱橫反覆，皆為文章，名曰〈璇璣圖〉，最後終於使丈夫感動之餘，回心轉意，將其接去襄陽，重敘舊好。

　　個人以為，王安中在此詞的後兩個典故，雖是模擬思婦的口吻而戲贈好友韓濟之，但以「漢皋贈佩」與「迴文詩」兩典為喻，確實不妥，畢竟兩人是朋友關係，與兩典全然不類。

　　《藝苑雌黃》云：「……《西清詩話》載李白詩：『山陰道士

〔註173〕王安中（1076～1134）字履道，曲陽（今屬山西）人。從學於蘇軾、晁說之。築室自榜曰「初寮」。元符三年（1100）進士，《宋史》有傳。有《初寮集》七十六卷，已佚，今有《永樂大典》輯錄本八卷。另有《初寮詞》一卷。

〔註174〕見注 360。

〔註175〕《晉書‧山簡傳》卷 43（列傳 13），楊家駱主編，台北：鼎文書局，中華民國 69 年 8 月初版，頁 1229。

如相訪，為寫《黃庭》換白鵝。』考之《晉史》，逸少所寫乃
《道德經》，非《黃庭》也。太白蓋誤用此事。比觀梅聖俞〈謝
宋元憲贈鵝詩〉：『昔居鳳池上，曾食鳳池萍。乞與江湖去，
從教養素翎。不同王逸少，辛苦寫《黃庭》。』聖俞此語，豈
亦承太白之誤歟？又觀《白氏六帖》所載，亦言《黃庭經》，
則古人誤用此事，非獨太白為然也。」苕溪漁隱曰：「呂居仁
〈寄朱希真詩〉云：『主人鵝可換，更為寫《黃庭》。』亦沿
襲誤用也。余謂太白又有詩云：『掃素寫《道經》，筆精妙入
神，書罷籠鵝去，何曾別主人。』則又謂《道德經》矣。」

（《叢話》後集卷二十七，頁199）

此則胡仔嚴有翼《藝苑雌黃》指出一般詩人有「沿襲誤用」的錯用事之
瑕疵。如《晉史》王羲之是以《道德經》換取白鵝，而不是《黃庭經》，
然而李白〈送賀賓客歸越〉「山陰道士如相訪，為寫《黃庭》換白鵝。」
〔註176〕錯用《道德經》為《黃庭經》，北宋梅聖俞〈謝宋元憲贈鵝詩〉
「不同王逸少，辛苦寫《黃庭》」〔註177〕，沿襲李白之誤用典。胡仔補
充指出呂居仁〈寄朱希真詩〉「主人鵝可換，更為寫《黃庭》」，亦承襲
李白錯用典之誤，犯了「沿襲誤用」典故的弊病。但胡仔亦指出，李白
在〈王右軍〉〔註178〕一詩中，則是正確地用《道德經》之典。

《漫叟詩話》云：「高唐事乃楚懷王，非襄王也。若古人云：

〔註176〕 《藝苑雌黃》引蔡絛《西清詩話》所載李白詩，文字版本與今本稍異。
李白〈送賀賓客歸越〉「鏡湖流水漾清波，狂客歸舟逸興多。山陰道
士如相見，應寫黃庭換白鵝。」（《李太白詩歌全集》，清·王琦注，
劉建新校勘，北京：今日中國出版社，1997年11月第一版，頁550
～551）

〔註177〕 《藝苑雌黃》所舉〈謝宋元憲贈鵝詩〉詩題與詩文皆稍異。梅聖俞〈過
揚州參政宋諫議遺白鵝〉「曾遊鳳池上，曾食鳳池萍。乞與江湖去，
將期養素翎。不同王逸少，辛苦寫黃庭。」

〔註178〕 李白〈王右軍〉「右軍本清真，瀟灑出風塵。山陰過羽客，愛此好鵝
賓。掃素寫道經，筆精妙入神。書罷籠鵝去，何曾別主人。」（《李太
白詩歌全集》，清·王琦注，劉建新校勘，北京：今日中國出版社，
1997年11月第一版，頁726）

『莫道無心便無事，也應愁殺楚襄王。』少游詞云：『不應容
易上巫陽，只恐翰林前世是襄王。』皆誤用也。濠洲西有高
唐館，俗以為楚之高唐也。御史閻欽愛題詩云：『借問襄王安
在哉？山川此地勝陽臺。』有李和風者，亦題詩云：『若向此
中求薦枕，參差笑殺楚襄王。』前人既誤指其人，後人又誤
指其地，可笑。」苕溪漁隱曰：「《文選·高唐賦》云：『昔者，
楚襄王與宋玉游雲夢之台，望高唐之觀，其上獨有雲氣，王
問玉曰：此何氣也？玉對曰：所謂朝雲者也。昔者，先王嘗
游高唐，怠而晝寢，夢見一婦人曰：妾巫山之女也。』李善
注云：『楚懷王游於高唐，夢與神遇。』則《漫叟詩話》之言
是也。然〈神女賦〉復云：『楚襄王與宋玉游於雲夢之浦，使
玉賦高唐之事，其後王寢，夢與神女遇，其狀甚麗。』以此
考之，則楚襄王亦夢與神女遇。但楚懷王是游高唐，楚襄王
是游雲夢，以此不可雷同用事耳。」（《叢話》前集卷五十，
頁 343～344）

《漫叟詩話》指出古人[註179]「莫道無心便無事，也應愁殺楚襄王」，
秦觀「不應容易下巫陽，只恐翰林前世是襄王」[註180]、閻欽愛[註181]
「借問襄王安在哉？山川此地勝陽臺」[註182]，李和風「若向此中求
薦枕，參差笑殺楚襄王」[註183]，皆相沿襲而誤用事，誤將「楚懷王」

〔註179〕《漫叟詩話》所指的古人乃羅隱。羅隱〈浮雲〉「溶溶曳曳自舒張，
　　　　不向蒼梧即帝鄉。莫道無心便無事，也曾愁殺楚襄王。」（《全唐詩》
　　　　卷 655_35，頁 5735）

〔註180〕此詞詞牌名為〈南柯子〉。秦觀〈南柯子〉「靄靄迷春態，溶溶媚曉光。
　　　　不應容易下巫陽。只恐翰林前世、是襄王。暫為清歌駐，還因暮雨忙。
　　　　驀然飛去斷人腸。空使蘭台公子、賦高唐。」（《全宋詞》，唐圭璋編，
　　　　台北：明倫出版社，中華民國 59 年 12 月初版，頁 469）

〔註181〕作者應是閻敬愛才對。

〔註182〕唐·閻敬愛〈題濠洲高塘館〉「借問襄王安在哉，山川此地勝陽臺。今
　　　　宵寓宿高塘館，神女何曾入夢來。」（《全唐詩》卷 871_2，頁 9875）

〔註183〕李和風〈題敬愛詩後〉「高唐不是這高塘，淮畔荊南各異方。若向此
　　　　中求薦枕，參差笑殺楚襄王。」（《全唐詩》卷 871_3，頁 9875）

說成「楚襄王」。

　　胡仔指出在宋玉〈神女賦〉中，亦有描繪楚襄王夢見神女之事，不能完全說是誤用事，只是兩人發生地點不同——楚懷王游的是高唐（山東），楚襄王游的是雲夢（湖北），地點上則絕對不可「雷同用事」。

　　「巫山神女」是傳說中西王母的女兒（或說天帝、炎帝之女）瑤姬，未嫁而死，葬於巫山（四川、湖北的邊境），由於宋玉的〈高唐賦〉與〈神女賦〉分別敘說楚懷王游高唐與楚襄王游雲夢，而夢見與神女寢夢相交而聲名大噪。由於神女「朝為行雲，暮為行雨，朝朝暮暮，巫山之下」使得巫山的雲彩，充滿美麗的暇想。最後「巫山雲雨」成為男女交歡的代稱。而唐代的元稹也有「除卻巫山不是雲」的名句，來哀悼其亡妻韋叢之美，猶如巫山神女一般。

　　不管是羅隱、閻敬愛、李和風的詩，或秦觀詞中的「襄王」，都是世間男子期盼有艷遇的代稱，並無不妥，也沒有誤用事之虞。

> 《藝苑雌黃》云：「士人言縣令事，多用彭澤、五柳，雖白樂天〈六帖〉亦然。以余考之：陶淵明，潯陽柴桑人也，宅邊有五柳樹，因號五柳先生。後為彭澤令，去官百里，則彭澤未嘗有五柳也。予初論此，人或不然其說。比觀《南部新書》云：『《晉書》陶潛本傳云：潛少懷高尚，博學善屬文，嘗作〈五柳先生傳〉以自況。先生不知何許人，不詳姓字，宅邊有五柳樹，因以為號焉。則非彭澤令時所栽。人多於縣令事使五柳，誤也。』豈所謂先得我心之然者歟？」苕溪漁隱曰：「沈彬詩：『陶潛彭澤五株柳，潘岳河陽一縣花。』蘇子由詩：『指點縣城如掌大，門前五柳正搖春。』皆誤用也。」（《叢話》後集卷三，頁18）

嚴有翼《藝苑雌黃》指出陶潛在彭澤令上，未嘗栽有五柳，但一般文士均於縣令事使用五柳為典，而且相沿是誤，不能容許如此的錯用事。胡仔除了認同嚴有翼的觀點之外，並指出晚唐沈彬〈陽朔碧蓮峰〉「陶潛

彭澤五株柳」〔註184〕、北宋蘇轍詩「指點縣城如掌大，門前五柳正搖
春」〔註185〕也都相沿誤用事。

　　以今日的觀點，以名篇代人名，應是可以被接受的，並沒有什麼
不妥。以宋代文人為例，如張先被稱為「張三影」〔註186〕或「『雲破月
來花弄影』郎中」〔註187〕。宋祁則有「紅杏枝頭春意鬧尚書」〔註188〕
之稱，謝逸〔註189〕因為曾作蝶詩三百首，多有佳句，盛傳一時，而被
時人稱為「謝蝴蝶」……。

　　《緗素雜記》云：「劉夢得《嘉話》云：『今謂進士登第為遷
　　鶯者久矣，蓋自《毛詩·伐木篇》云：伐木丁丁，鳥鳴嚶嚶，
　　出自幽谷，遷於喬木。又曰：嚶其鳴矣，求其友聲。並無鶯
　　字。頃歲省試〈早鶯求友詩〉，〈又鶯出谷〉詩，別書固無證
　　據，斯大誤也。』余謂今人吟詠多用遷鶯出谷之事，又曲名
　　〈喜遷鶯〉者，皆循襲唐人之誤也。故宋景文公詩云『曉報

〔註184〕沈彬〈陽朔碧蓮峰〉「陶潛彭澤五株柳，潘岳河陽一縣花。兩處爭如
　　　　陽朔好，碧蓮峰裏住人家。」（《全唐詩》卷743_16，頁8485）
〔註185〕此詩名為〈初到績溪視事三日出城南謁二詞遊石照偶成四小詩呈諸同
　　　　官〉其一，全詩如下：「行年五十治丘民，初學催科愧廟神。無限青
　　　　山不容隱，卻看黃卷自憐貧。雨餘嶺上雲披絮，石淺溪頭水礮鱗。指
　　　　點縣城如手大，門前五柳正搖春。」（《蘇轍集》（欒城集卷十三），台
　　　　北：河洛圖書出版社，中華民國64年10月臺初版，頁200）
〔註186〕胡仔《叢話》前集引《後山詩話》云：「尚書郎張先善著詞，有云：
　　　　『雲破月來花弄影』，『簾壓捲花影』，『墮輕絮無影』。世稱誦之，號
　　　　張三影。」（卷三十七，頁252～253）
〔註187〕張先〈天仙子〉：「水調數聲持酒聽，午醉醒來愁未醒。送春春去幾時
　　　　回，臨晚鏡，傷流景，往事後期空記省。沙上並禽池上暝，雲破月來
　　　　花弄影。重重簾幕密遮燈，風不定，人初靜，明日落紅應滿徑。」由
　　　　於「雲破月來花弄影」為人所稱頌，而有此綽號。收錄於《全宋詞》，
　　　　唐圭璋編，台北：明倫出版社，中華民國59年12月初版，頁70。
〔註188〕宋祁〈玉樓春〉：「綠楊煙外曉寒輕，紅杏枝頭春意鬧。浮生長恨歡娛
　　　　少。肯愛千金輕一笑。為君持酒勸斜陽，且向花間留晚照。」（收錄
　　　　於《全宋詞》，頁116）
〔註189〕謝逸（1066？～1113）字無逸，號溪堂，撫州臨川（今江西撫州）
　　　　人。

谷鶯朋友動』，又云『杏園初日待鶯遷』，舒王云『鶯猶尋舊
友』。惟漢梁鴻〈東遊作思友人詩〉曰：『鳥嚶嚶兮友之期，
念高子兮僕懷思。』《南史》劉孝標〈廣絕交論〉云：『嚶嚶
相召，星流電激。』是真得毛詩之意。」苕溪漁隱曰：「涪翁
〈和答元明詩〉云：『千林風月鶯求友，萬里雲山雁斷行。』
亦承唐人之誤。然自唐至今，誤用者甚眾，為時碩儒尚猶如
此，餘何足怪邪。」（《叢話》後集卷十三，頁99～100）

黃朝英《緗素雜記》引劉夢得《嘉話》指出許多人錯用《詩經·伐
木》「嚶其鳴矣，求其友聲」，將「嚶」變成「鶯」，後人因而相襲成
誤。並指出連鴻學碩儒如宋祁「曉報谷鶯朋友動」〔註190〕、「杏園初
日待鶯遷」二詩，及王安石「鶯猶尋舊友」一詩，都不能免於承前人
之誤。

胡仔同意黃朝英的說法，指出黃庭堅〈和答元明詩〉〔註191〕「千
林風月鶯求友」一詩，亦承唐人之誤，而錯用典故。

今人韓學宏談到自從李善注張華詩，將「嚶其鳴矣」引成「鶯其
鳴」，「鶯鳴求友」的意涵就被唐人普遍地援用著：

《詩經·小雅·伐木》云：「伐木丁丁，鳥鳴嚶嚶。出自幽谷，
遷于喬木。嚶其鳴矣，求其友聲。」唐代李善注張華詩〈答
何劭二首其一〉「屬耳聽鶯鳴」時，將「嚶其鳴矣」引成「鶯
其鳴」，而白居易作〈六帖〉，將〈伐木〉歸入鶯門，遂以其
鳥為黃鶯，沿用至今。可見自唐代以來，將《詩經·伐木》
中所鳴的鳥為鶯。「鶯鳴求友」的意涵被唐人普遍的援用著。

〔註190〕宋祁〈病興見春物欣盛釋然有臨眺之意〉「東風掠野暫輕埃，灑灑殘
寒伴落梅。曉報谷鶯朋友動，暖將塞雁弟兄回。驟生溪水迎人遠，自
喜林花索露開。老罷何顏玩芳物，試憑狂醉上春台。」
〔註191〕此詩名為〈宜陽別元明用觴字韻〉「霜鬚八十期同老，酌我仙人九醞
觴。明月灣頭松老大，永思堂下草荒涼。千林風雨鶯求友，萬里雲天
雁斷行。別夜不眠聽鼠齧，非關春茗攪枯腸。」（《山谷詩集注》，任
淵、史容、史季溫注，上海：古籍出版社，2003年12月第一版，頁
493）

因此，在《全唐詩》中以「鶯啼」為大宗的詩句當中，這樣的意涵當然不會少見。〔註192〕

良玉按：《詩經・小雅・伐木》篇「伐木丁丁，鳥鳴嚶嚶。出自幽谷，遷于喬木。」既被詩人當成「鶯鳴求友」，相沿成習，且為唐詩人普遍地援用，及至宋朝，乃至於今，早已被用於對求友、求上進、求寓所、求升遷的祝賀和鼓勵。「喬遷」一詞，在國語辭典中的解釋也是「賀人升職或遷居的用語」。經過時代的揀擇，應該早就能為大家所接受，也能適當詮釋詩人的心情。

宋祁〈病興見春物欣盛釋然有臨眺之意〉「曉報谷鶯朋友動」一詩，表現出病後遠眺，見到春臨人間的盛況：清晨時，黃鶯在山谷中與友朋歡欣地互動。由此聯想到自己已未聯絡的友人，宜藉此明媚暖和的春光與兄弟友朋們好好地相聚。在詩中，個人未見有何不妥之處。

黃庭堅〈宜陽別元明用觴字韻〉「千林風雨鶯求友，萬里雲天雁斷行」一詩，為黃庭堅在崇寧四年（1105）至貶所宜州（宜陽）所寫，此詩乃是為了贈送胞兄黃大臨〔註193〕趕來宜陽相會，即將分別，有感而發之作。詩寫與兄長之分別，借著「鶯求友」與「雁斷行」的鮮明形象做譬喻——密林中的鶯鳥在風雨中尚且需要朋友幫助，而我與兄長的分別，卻像高空中離群的孤雁，令人感傷。詩中的離愁別緒，通過鶯雁的形象，更具感染力，個人認為山谷此聯，筆力萬鈞，實為上乘之佳作。

小結

雖然，歷代有人對「用事」持不同的看法，如唐代釋皎然的《詩

〔註192〕韓學宏，長庚大學通識教育中心助理教授，〈「隔葉黃鸝」、「出谷遷喬」與「千里鶯啼」——從鳥陽生態角度談《全唐詩》中的黃鶯與黃鸝〉，網路資料：http://memo.cgu.edu.tw/fun-hon/%E9%BB%83%E9%B6%AF%E8%88%87%E9%BB%83X.htm。

〔註193〕黃大臨（？～？）字元明，號寅庵，洪州分寧（今江西修水）人。黃庭堅之兄。紹聖時為萍鄉令。存詞三首，風格清麗。

式》在「詩有五格」條，將「不用事第一」當作是最上格〔註194〕。但
事實上，無論古今，「用事」仍是最精簡的作詩作文法，只要不是故意
顯耀才學，像獺祭魚一樣堆排典故，應是一種能被接受的詩法。

　　胡仔在《叢話》前後集中，除了自己對「用事」多有評論之外，
也常引他人詩話談論「用事」之法，如：

　　《西清詩話》云：「杜少陵云：『作詩用事，要如禪家語：水
　　中著鹽，飲水乃知鹽味。』此說詩家秘密藏也……善用事者，
　　如係風捕影，豈有跡邪。」（《叢話》前集卷十，頁66）

　　《石林詩話》云：「詩之用事，不可牽強，必至於不得不用而
　　後用之，則事辭為一，莫見其安排鬥湊之跡。蘇子瞻嘗作人
　　挽詩云：『豈意日斜庚子後，忽驚歲在己辰年。』此乃天生作
　　對，不假大力。……」（《叢話》前集卷四十，頁276）

　　《蔡寬夫詩話》云：「荊公嘗云：『詩家病使事太多，蓋皆取
　　其與題合者類之，如此乃是編事，雖工何益；若能自出己意，
　　借事以相發明，情態畢出，則用事雖多，亦何所妨。』……」
　　（《叢話》後集卷二十五，頁179）

由四上幾則，可見「用事」並非等同編事，堆砌餖飣，填塞故實，而是
「借事以相發明」讓典故在自己的驅遣之下，化用無跡，如水中著鹽，
而其運用的原則，則須「不得不用而後用之」方為妙用。

　　談及「用事」的忌諱：

　　《蔡寬夫詩話》云：「前史稱王筠善押強韻，固是詩家要處。
　　然詩人貪於捉對用事者，往往多有趁韻之失。」（《叢話》前
　　集卷十六，頁107）

　　《冷齋夜話》云：「詩到義山，謂之文章一厄，以其用事僻澀，
　　時稱西崑體。……」（《叢話》前集卷二十二，頁146）

〔註194〕《歷代詩話‧詩式》，清‧何文煥輯，台北：漢京文化事業有限公司，
　　　　中華民國72年1月出版，頁28～29。

《類苑》云：「魯直善用事，若正爾填塞故實，舊謂之點鬼簿，今謂之堆垛死屍，……」（《叢話》前集卷四十八，頁329）

「用事」不能因為貪於用事而「趁韻」；亦不能故意炫奇矜博，故意用一些僻澀的典故，讓人讀不懂；或者填塞故實，像是堆垛死屍一般，令人厭惡。

胡仔在《叢話》後集引宋朝著名的女詞人李清照在其〈詞論〉中批評秦觀之詞：

秦（觀）即專主情致，而少故實，譬如貧家美女，雖極妍麗豐逸，而終乏富貴態。（《叢話》後集卷三十三，頁254）

此則為李清照批評秦觀之詞缺乏典故，就像貧家的美女，終究少了一份富貴之韻味。個人以為，此雖為李清照個人的觀點，亦是宋朝文人在詩歌創作「用事」上的觀點。

第四節　鍊字

劉勰《文心雕龍・練字篇》，曾對鍊字提出看法：

綴字屬篇，必須揀擇：一避詭異，二省聯邊，三權重出，四調單復。……故善為文者，富於萬篇，貧於一字……〔註195〕

雖然，劉勰強調的是「字形」的問題，但一字之不妥，往往成為一篇之瑕玼，故歷代文人學士，莫不注意文字的鍛鍊。

所謂「富於萬篇，貧於一字」，一字在全篇中，看似無所謂，但卻往往居於關鍵的地位。劉勰在《文心雕龍・章句篇》云：

夫人之立言，因字而生句，積句而成章，積章而成篇。篇之彪炳，章無疵也；章之明靡，句無玷也；句之清英，字不妄也。振本而末從，知一而萬畢矣。〔註196〕

〔註195〕《文心雕龍校注》，楊明照校注，台北：河出版社，中華民國65年初版，頁255。

〔註196〕《文心雕龍校注》，頁231。

所謂「五言如四十賢人，不亂著一屠沽輩也。」〔註197〕，字句之所以
需要錘煉，乃因一字瑕疵，足以拖累全篇，能不謹慎嗎？

　　胡仔《叢話》前後集一百卷中，不乏談論「一字」關鍵全詩的氣
勢。如：

　　　　東坡云：「陶潛詩『採菊東籬下，悠然見南山。』採菊之次，
　　　　偶然見山，初不用意，而景與意會，故可喜也。今皆作『望
　　　　南山。』杜子美云：『白鷗沒浩蕩，萬里誰能馴。』蓋滅沒
　　　　於煙波間耳，而宋敏求謂予云『鷗不解沒，改作波字。』二
　　　　詩改此兩字，覺一篇神氣索然也。」（《叢話》前集卷三，頁
　　　　15）

　　　　《蔡寬夫詩話》云：「『採菊東籬下，悠然見南山。』此其閒
　　　　遠自得之意，直若超然邈出宇宙之外。俗本多以見字為望
　　　　字，若爾便有褰裳濡足之態矣。乃知一字之誤，害理有如是
　　　　者。……。」（《叢話》前集卷三，頁16）

　　　　《雞肋集》云：「詩以一字論工拙……在廣陵日，見東坡云：
　　　　『陶淵明意不在詩，詩以寄其意耳。採菊東籬下，悠然望南
　　　　山，則既采菊又望山，意盡於此，無餘蘊矣，非淵明意也。
　　　　採菊東籬下，悠然見南山，則本自采菊，無意望山，適舉首
　　　　而見之，故悠然忘情，趣閒而景遠，此未可於文字精粗間求
　　　　之，以比碔砆美玉不類。』」（《叢話》前集卷三，頁16）

以上三則引東坡、《蔡寬夫詩話》、晁補之《雞肋集》引東坡語，對陶潛
〈飲酒詩〉之五「採菊東籬下，悠然見南山」〔註198〕的評論。

　　東坡以為唯有「悠然見南山」，才能呈現出作者於採菊之後，「偶

〔註197〕《十國春秋》卷73，楚七，頁11，引劉昭禹「平居論詩曰」，台北：
　　　　國光書局，中華民國51年12月出版。

〔註198〕陶淵明〈飲酒詩〉之五，全詩如下：「結廬在人境，而無車馬喧。問
　　　　君何能爾，心遠地自偏。採菊東籬下，悠然見南山。山氣日夕佳，飛
　　　　鳥相與還。此中有真意，欲辨已忘言。」（《陶淵明詩箋注》，丁仲祜，
　　　　台北：藝文印書館，中華民國94年初版七刷，頁110～111）

然見山，初不用意，而景與意會」，若改成「悠然望南山」，則全篇「神
氣索然」。

　　晁補之《雞肋集》則進一步補充東坡之語，比較「見」字與「望」
字的差別，「見」字呈現出作者無意望山，山與人之間，蟇然相逢，悠
然「忘情」，「望」字則是又採菊又望山，意盡於此，而毫無餘蘊。

　　《蔡寬夫詩話》亦表達出，唯有「悠然見南山」才能表現淵明「閑
遠自得」之意，「悠然望南山」，便有故意提起衣裳來沾濕雙腳的做作之
態，使得全篇「佳意」全失，不可不慎。

　　個人認同東坡、蔡寬夫的看法，雖然「採菊東籬下，悠然見南山」
與「採菊東籬下，悠然望南山」，相差只有一個字，但誠如東坡所言，
「悠然見南山」所呈現的是，偶然之間與山的邂逅，兩者之間意領神
會，無需一言，便能精神相通，悠然自得。但是若為「悠然望南山」，
「望」字像是人為刻意安排的相親，讓人感覺做作，作者與山之間，似
乎精神不能相通，陶潛自陶潛，南山自南山，全不交涉。

　　東坡又論及杜甫〈奉贈韋左丞丈二十二韻〉「白鷗沒浩蕩」〔註199〕
被宋敏求以「鷗不解沒」改成「白鷗波浩蕩」，一字之差，亦是使全詩
「神氣索然」之關鍵。

　　「沒」字可見白鷗飛翔跳躍於煙波之間，顯現的是動態的畫面。
「波」字則只能呈現白鷗在點點在大海之上，顯現的是靜態的畫面。

　　《冷齋夜話》云：「老杜『白鷗波浩蕩』，今愰作『浩蕩』，非
　　唯無氣，亦分外閑置波字。」苕溪漁隱曰：「《禽經》云：『鳧
　　善浮，鷗善沒。』以沒字易波字，則東坡之言益有理。冷齋
　　以沒字易浩字，其理全不通。浩蕩謂波也，今云波沒蕩，亦
　　不成語，此言無足取。」（《叢話》前集卷三，頁16）

胡仔則從考據的角度，批評釋惠洪《冷齋夜話》則將杜甫「白鷗波浩

〔註199〕杜甫〈奉贈韋左丞丈二十二韻〉「紈褲不餓死，儒冠多誤身。……常
　　　　擬報一飯，況懷辭大臣。白鷗沒浩蕩，萬里誰能馴！」（《杜詩鏡銓》，
　　　　頁24～26）

蕩」改為「白鷗波沒蕩」，欲以「沒」字易「浩」字，更是一派胡言，「其理全不通」。因為「浩蕩」已是形容海水廣大無邊的樣子，不需要再多此一舉，加上一個「波」字而成「波浩蕩」，並輔以《禽經》證明：「鳧善浮，鷗善沒。」故認為此句應為「白鷗沒浩蕩」，於理才通。

一、鍊詩眼

胡仔在《叢話》中，雖然以自己之語評論「鍊字」的篇幅不多，但是引用其他詩話，討論「鍊字」的卻不少。

> 苕溪漁隱曰：「詩句以一字為工，自然穎異不凡，如靈丹一粒，點石成金也。浩然云：『微雲澹河漢，疎雨滴梧桐。』上句之工，在一『澹』字，下句之工，在一『滴』字。若非此二字，亦烏得而為佳句哉？如《六一居士詩話》云：『陳舍人從易偶得《杜集》舊本，文多脫誤，至送蔡都尉云：身輕一鳥，其下脫一字。陳公因與數客論，各以一字補之。或云疾，或云落，或云起，或云下，或云度：莫能定。其後得一善本，乃是身輕一鳥過。陳公歎服。余謂陳公所補數字不工，而老杜一過字為工也。』又如《鍾山語錄》云：『暝色赴春愁。下得赴字最好，若下起字，便是小兒語也。無人覺來往。下得覺字大好。足見吟詩，要一兩字工夫。』觀此，則知余之所論，非鑿空而言也。」（《叢話》後集卷九，頁 64～65）

此則胡仔提出詩以「一字為工」的說法，並認為這「一字」，就像靈丹一粒般，對詩起著「點石成金」的功效。

胡仔並舉孟浩然「微雲澹河漢，疎雨滴梧桐」〔註200〕一聯，工在「澹」與「滴」字。──昏暗不明的雲彩，恬淡安靜地高掛在銀河上，稀稀疎疎的雨點，滴落的梧桐樹葉上。「澹」字用來形容雲彩的性格──

〔註200〕僅此一聯。「唐人有佳句而不成篇者，如孟浩然『微雲澹河漢，疏雨滴梧桐』……」明・王世貞，《藝苑卮言》卷四，收錄於《續歷代詩話》，丁仲祐編，台北：藝文印書館，中華民國76年6月四版，頁1176。

一恬淡安靜，「滴」字則展現雨點敲擊在梧桐葉上的音響，兩個字使得雲彩、雨聲充滿了生命力，賦予人格的魅力。

　　另外又引歐陽脩《六一詩話》〔註201〕討論杜詩的用字。陳舍人偶得杜集舊本，得杜詩〈送蔡都尉〉「身輕一鳥」〔註202〕，因為下面脫落一字。陳公因與數客各用一字補之。有人用「疾」字，有人用「落」字，有人用「起」字，有人用「下」字，當大家爭持不下時，找到一本杜詩善本，乃是「身輕一鳥過」。大家不得不歎服杜甫用字之妙。方知即使「一字」，亦能顯示出一個人才力之多寡。

　　《叢話》前集另一則引晁補之《雞肋集》評論杜甫此詩：

> 《雞肋集》云：「詩以一字論工拙，如『身輕一鳥過』，『身輕一鳥下』，過與下，與疾與落，每變而每不及，易較也。如魯直之言，猶砥砆之於美玉是也。然此猶在工拙精粗之間，其致思未失也。……」（《叢話》前集卷三，頁16）

「身輕一鳥過」、「身輕一鳥下」、「身輕一鳥疾」「身輕一鳥落」的「過」、「下」、「疾」、「落」字，看起來雖然很像，但就如同玉石與石頭一般，細分之下，方知有工拙精粗之分。

　　杜甫此詩描繪的是蔡都尉的勇猛善戰，馳馬戰鬥時，像一隻鳥一樣輕靈矯捷。只有「過」字，才能顯示出蔡都尉矯捷的身手，像一隻鳥一樣輕靈矯捷。只有「過」字，才能顯示出蔡都尉矯捷的身手，像一隻鳥般瞥然從身邊飛過，至於「落」、「起」、「下」字，只限於鳥飛的開始和結束的動作。「疾」字則只形容鳥飛的速度，只有「過」字，才有一種經過的動態，可以呼應下句的「槍急萬人呼」，故此詩可見杜甫等閒一字也不能放過的功力。

〔註201〕此則收在《六一詩話》第8則。《歷代詩話・六一詩話》，清・何文煥輯，台北：漢京文化事業有限公司，中華民國72年1月出版，頁66。

〔註202〕此詩名應為〈送蔡希曾都尉還隴右，因寄高三十五書記〉，「蔡子勇成癖，彎弓西射胡。健兒寧鬥死，壯士恥為儒。官是先鋒得，材緣挑戰須。身輕一鳥過，槍急萬人呼。……：因君問消息，好在阮元瑜。」（《杜詩鏡銓》，頁98）

另外再補充王安石討論皇甫冉及杜詩的用字：

> 《鍾山語錄》云：「暝色赴春愁」。下得赴字最好，若下起字，
> 便是小兒語也。「無人覺來往」。下得覺字大好。（《叢話》前
> 集卷三十六，頁242）

王安石評論皇甫冉〈歸渡洛水〉〔註203〕詩「暝色赴春愁」的「赴」字
下得最好，如果是「暝色起春愁」就是小兒之語〔註204〕，沒有什麼可
以讚賞的。又評論杜甫〈西郊〉詩「無人覺來往」〔註205〕的「覺」字
下得最好。

　　個人以為不管是「暝色赴春愁」或是「暝色起春愁」，講得均是暮
色黃昏之中，能使人增添愁緒。只是「赴」字帶有強烈的擬人手法，彷
彿有人飛奔前來，讓人無法拒絕愁緒，「起」字則溫和多了，只是純粹
說明暮色能引人產生愁緒。至於杜甫「西郊」詩「無人覺來往」的「覺」
字下得好，個人認為應要搭配下句「疏懶意何長」來看，因為沒有人認
識他，所以杜甫可以像遊魂般地自在疏懶地閒逛，沒有人打擾，也不用
勉強應酬，自由自在地有整個天地之間舒展，獨立的精神只和大自然
的官柳、野梅……相往來，情意自是逍遙深長，好不快活。

> 《石林詩話》云：「詩人以一字為工，世固知之。惟老杜變化
> 開闔，出奇無窮，殆不可以形跡捕詰。如『江山有巴蜀，棟
> 宇自齊梁』，則其遠數千里，上下數百里，只在有與自兩字
> 間，而吞山川之氣，俯仰古今之懷，皆見於言外。〈滕王亭

〔註203〕皇甫冉〈歸渡洛水〉「暝色赴春愁，歸人南渡頭。渚煙空翠合，灘月
　　　　碎光流。灃浦饒芳草，滄浪有釣舟。誰知放歌客，此意正悠悠。」（《全
　　　　唐詩》卷250_87，頁2828）

〔註204〕此則在葉夢得《石林詩話》卷中亦有：「王荊公編《百家詩選》，嘗從
　　　　宋次道借本，中間有『暝色赴春愁』，次道改『赴』字作『起』字，
　　　　荊公復定為赴字，以語次道曰：『若是起字，人誰不能到後。』次道
　　　　以為然。」

〔註205〕杜甫〈西郊〉「時出碧雞坊，西郊向草堂。市橋官柳細，江路野梅香。
　　　　傍架齊書帙，看題減藥囊。無人覺來往，疏懶意何長。」（《杜詩鏡銓》，
　　　　頁341）

子〉：『粉牆猶竹色，虛閣自松聲。』若不用猶與自兩字，則餘八字凡亭子皆可用，不必滕王也。此皆工妙至到，大力不可及。而此老獨雍容閑肆，出於自然，略不見其用力處。今人多取其已用字模效用之，偃蹇狹陋，盡成死法，不知意與境會，出言中節，凡字皆可用也。」（《叢話》前集・卷八，頁46）

此則引葉夢得《石林詩話》評論杜甫的二首詩〈上兜率寺〉、〈滕王亭子〉的虛字〔註206〕——「有」、「自」與「猶」等虛字，使得全詩筆力萬鈞，乃其他詩人所不可及之處。

葉夢得認為杜甫〈上兜率寺〉「江山有巴蜀，棟宇自齊梁」〔註207〕，遠近數千里，上下數百年，只在「有」與「自」兩字間。而吞納山川之氣，俯仰古今之懷，皆見於言外。

至於〈滕王亭子〉：「粉牆猶竹色，虛閣自松聲。」〔註208〕，若沒有「猶」與「自」兩個虛字，則其餘八字可適用於任何亭子，不一定要必滕王亭。

以上這則，討論的是鍊虛字，歷代詩詞名家，均致力於動詞與形容詞與虛字上用功夫，如果虛字運用得妙，足以增添全篇色彩。

《詩眼》云：「山谷言，學者若不見古人用意處，但得其皮毛，所以去之更遠。如『風吹柳花滿店香』，若人復能為此句，亦未是太白。至於『吳姬壓酒勸客嘗』，壓酒字他人亦難及。『金陵子弟來相送，欲行不行各盡觴』，益不同。『請君試問東流水，別意與之誰短長』，至此乃真太白妙處，當潛心焉。故學

〔註206〕虛字乃語法學上指無具體意義的字，如介詞、連接詞、助詞、嘆詞等（國語辭典，中華民國87年4月版，http://140.111.34.46/dict/）

〔註207〕杜甫〈上兜率寺〉「兜率知名寺，真如會法堂。江山有巴蜀，棟宇自齊梁。庾信哀雖久，何顒好不忘。白牛車遠近，且欲上慈航。」（《杜詩鏡銓》，頁442）

〔註208〕今版本略異，乃「古牆」而非「粉牆」。杜甫〈滕王亭子〉「寂寞春山路，君王不復行。古牆猶竹色，虛閣自松聲。鳥雀荒村暮，雲霞過客情。尚思歌吹入，千騎把霓旌。」（《杜詩鏡銓》，頁504～505）

者先以識為主，禪家所謂正法眼，直須具此眼目，方可入
道。」（《叢話》前集卷五，頁27）

　　范溫《詩眼》引黃庭堅之語，並以李白〈金陵酒肆留別〉一詩
為例：

風吹柳花滿店香，吳姬壓酒勸客嘗。金陵子弟來相送，欲行
不行各盡觴。請君試問東流水，別意與之誰短長。

黃庭堅指出李白此詩「吳姬壓酒勸客嘗」的「壓」字，擇字的功力，非
他人所能及。此詩除了文字精確之外，「意」更是此詩之靈魂精華所
在。此詩除了首句舖陳離別的季節——春風輕拂，送來飄飛的柳絮，花
香酒香瀰漫整個酒店。第二句則美麗的吳姬熱情勸酒，美人、美酒，更
增添了春光的旖旎浪漫。三、四句說明地點——金陵，李白將離開金
陵，金陵的一群青年朋友們紛紛來送行，「欲行」的李白和當地「不行」
的金陵子弟們，大夥都依依不捨地乾杯相送，兩句看似樸實無華，卻
充滿了不盡的深情。末尾二句以設問的手法，意想天開地想請問東流
的流水，離別的情意究竟是誰比較長啊！要無盡的流水來形容離別之
情，並誇張地認為離情之長更勝於流水之長。此乃山谷推崇李白，除了
鍊字他人所不及之外，最主要的還是其豐富的想像力和充沛的情感，
更是他人所難及的。

《詩眼》云：「世俗所謂樂天《金針集》，殊鄙淺，然其中有
可取者，『鍊句不如鍊意』，非老於文學不能道此。又云：『鍊
字不如鍊句』，則未安也，好句要須好字，如李太白詩，『吳
姬壓酒喚客嘗。』見新酒初熟，江南風物之美，工在壓字。
老杜〈畫馬詩〉：『戲拈禿筆掃驊騮。』初無意於畫，偶然天
成，工在拈字。柳詩：『汲井漱寒曲』，工在汲字。工部又有
所喜用字，如『脩竹不受暑』，『野航恰受兩三人』，『吹面受
和風』，『輕燕受風斜』，受字皆入妙。老坡尤愛『輕燕受風斜』，
以謂燕迎風低飛，乍前乍卻，非受字不能形容也。至於『能
事不受相促迫』，『莫受二毛侵』，雖不及前句警策，要自穩愜

爾。」（《叢話》前集卷八，頁49）

此則范溫反對《金針集》所云：「煉字不如煉句」的說法，認為好句的前提需有好字。並舉一些歷來鍊字成功的實例。

李白〈金陵酒肆留別〉「吳姬壓酒喚客嘗」的「壓」字，將吳姬熱情勸酒，掌控住整個送別場面的熱絡情景呈現出來。〔註209〕

杜甫〈畫馬詩〕〔註210〕「戲拈禿筆掃驊騮」的「拈」字，將韋偃作畫時，以手指撮拿起微禿的畫筆隨即變化出栩栩如生的駿馬的神態表露無遺。

柳宗元〈晨詣超師院讀禪經〉〔註211〕「汲井漱寒齒」的「汲」字，將取水時從下往上取水之態，很生動地顯現眼前。

杜甫被宋代詩人視為錘煉字句的聖手，其詩歌的用字，亦常被提出來做為鍊字的範例。所以范溫又連續舉了杜詩喜用「受」字的鍊字實例，其所用的「受」字，皆是不可替代的字的例子：

〈陪李北海宴歷下亭〉〔註212〕的「修竹不受暑」的「受」字，杜

〔註209〕一般都是將「壓」字當作動詞。但龔鵬程先生有不同的看法，在其《鵬程隨筆・四川壓酒》：李白詩：「風吹柳花滿店香，胡姬壓酒勸客嘗」，壓酒二字不好解，不過向來總是以壓為動詞，不料人間真有壓酒。據云乃高粱酒蒸成後，再添紅糖枸杞等藥材窖藏之，上封壓以豬板油，若干時日後油漬浸滴，藥力發揮，酒精度反而下降，僅十幾二十度，入口甘美。（2004.12.04，http://www.fgu.edu.tw/kung/post/post32.htm）

〔註210〕此詩名應為〈題壁上韋偃畫歌〉，「韋侯別我有所適，知我憐君畫無敵。戲拈禿筆掃驊騮，欻見騏驎出東壁。一匹齕草一匹嘶，坐看千里當霜蹄。時危安得真致此，與人同生亦同死。」（《杜詩鏡銓》，頁 326～327）

〔註211〕柳宗元〈晨詣超師院讀禪經〉「汲井漱寒齒，清心拂塵服。閒持貝葉書，步出東齋讀。真源了無取，妄跡世所逐。遺言冀可冥，繕性何由熟。道人庭宇靜，苔色連深竹。日出霧露餘，青松如膏沐。澹然離言說，悟悅心自足。」（《全唐詩》卷 351_7，頁 3929）

〔註212〕杜甫〈陪李北海宴歷下亭〉「東藩駐皂蓋，北渚凌青荷。海內此亭古，濟南名士多。雲山已發興，玉佩仍當歌。修竹不受暑，交流空湧波。蘊真愜所遇，落日將如何。貴賤俱物役，從公難重過。」（《杜詩鏡銓》，頁 12）

甫將在濟南大明湖旁歷下亭陪李邕宴飲的景致現前：修長的竹子不受暑氣的影響，依舊綠意盎然。

〈南鄰〉〔註213〕「野航恰受兩三人」的「受」字，將小船剛好只能承載兩三人的情況如實記下。

〈上巳日徐司錄林園宴集〉〔註214〕「吹面受和風」的「受」字，道出了暮春三月，被和煦的春風輕拂面頰的喜悅感受。

〈春歸〉〔註215〕「輕燕受風斜」的「受」字，柔弱的燕子，承受不住強風吹襲，單薄的身子因而傾斜。此句深受東坡的賞識，並評論「燕迎風低飛，乍前乍卻，非受字不能形容也」，表示除了「受」字，沒有其他更恰當的字了。

此外，像〈戲題畫山水圖歌〉〔註216〕的「能事不受相促迫」的「受」字，表現出王宰的繪畫創作——「十日畫一水，五日畫一石」，是按照他自己的進度，而不受外力權勢的強制逼迫的。

〈送賈閣老出汝州〉〔註217〕的「莫受二毛侵」的「受」字，則是勉勵因房琯事被貶謫為汝州刺史的中書舍人賈至，不要因此事而受到

〔註213〕杜甫〈南鄰〉「錦里先生烏角巾，園收芋粟不全貧。慣看賓客兒童喜，得食階除鳥雀馴。秋水才深四五尺，野航恰受兩三人。白沙翠竹江村暮，相對柴門月色新。」（《杜詩鏡銓》，頁329～330）

〔註214〕杜甫〈上巳日徐司錄林園宴集〉「鬢毛垂領白，花蕊亞枝紅。欹倒衰年廢，招尋令節同。薄衣臨積水，吹面受和風。有喜留攀桂，無勞問轉蓬。」（《杜詩鏡銓》，頁911）

〔註215〕杜甫〈春歸〉「苔徑臨江竹，茅簷覆地花。別來頻甲子，倏忽又春華。倚杖看孤石，傾壺就淺沙。遠鷗浮水靜，輕燕受風斜。世路雖多梗，吾生亦有涯。此身醒復醉，乘興即為家。」

〔註216〕此詩名應為〈戲題王宰畫山水圖歌〉：「十日畫一水，五日畫一石。能事不受相促迫，王宰始肯留真跡。壯哉昆崙方壺圖，掛君高堂之素壁。巴陵洞庭日本東，赤岸水與銀河通，中有雲氣隨飛龍。舟人漁子入浦漵，山木盡亞洪濤風。尤工遠勢古莫比，咫尺應須論萬里。焉得并州快剪刀，翦取吳松半江水。」（《杜詩鏡銓》，頁327～328）

〔註217〕杜甫〈送賈閣老出汝州〉「西掖梧桐樹，空留一院陰。艱難歸故里，去住損春心。宮殿青門隔，雲山紫邐深。人生五馬貴，莫受二毛侵。」（《杜詩鏡銓》，頁178～179）

影響，感慨憤怒而長出白髮。

　　以上實例皆是說明鍊字之要，在於找到最合適而不可替代的字。以上有關杜甫愛用「受」字的實例，也可說明「語不驚人死不休」的杜甫，在鍛鍊詩歌的過程中，總能找到最穩當適合的字，成為後世鍊字的楷模。

二、詩眼與響字

　　《呂氏童蒙訓》云：「潘邠老言：『七言詩第五字要響，如『返照入江翻石壁，歸雲擁樹失山村。』翻字失字是響字也。五言詩第三字要響，如『圓荷浮小葉，細麥落輕花。』浮字落字是響字也。所謂響者，致力處也。』予竊以為字字當活，活則字字自響。」（《叢話》前集卷十三，頁88）

「詩眼」原為江西派詩人之共同主張，然黃庭堅所論不限一字，更不限於第幾字，但此則呂本中引潘邠老（大臨）之言，言鍊字的致力之處，即七言詩第五字，五言詩第三字。並舉杜甫的七言詩〈返照〉〔註218〕的頷聯「返照入江翻石壁，歸雲擁樹失山村。」指其致力於第五字的「翻」與「失」字。上句描繪夕陽照射在山壁上反映到江水中，江水動盪搖擺，「翻」字將倒映在江裏的石壁的翻騰動盪傳神繪出。下句密佈的雲雨加上茂密的叢林，把整個山村給遮擋住了，「失」字將整個山村被雲樹簇擁而隱然消失在地平線，如實地現前。

　　另舉杜甫的五言詩〈為農〉〔註219〕的頷聯「圓荷浮小葉，細麥落輕花。」皆致力於第三字「浮」與「落」字。上句「圓荷浮小葉」顯示初夏時，新生的圓形的小荷葉長出水面的蓬勃生機，「浮」字描摹了新

〔註218〕杜甫〈返照〉「楚王宮北正黃昏，白帝城西過雨痕。返照入江翻石壁，歸雲擁樹失山村。衰年肺病唯高枕，絕塞愁時早閉門。不可久留豺虎亂，南方實有未招魂。」（《杜詩鏡銓》，頁668）
〔註219〕杜甫〈為農〉「錦里煙塵外，江村八九家。圓荷浮小葉，細麥落輕花。卜宅從茲老，為農去國賒。遠慚句漏令，不得問丹砂。」（《杜詩鏡銓》，頁318）

荷從水底竄出的形狀。下句「細麥落輕花」的「落」字，將夏季農村景物的特點——一片雪白的麥花輕輕飛揚的景致呈現眼前。

　　潘大臨此種說法，雖然有理，因為五言詩的節奏多為「上二下三」，常常上二字是主語，第三字是虛詞所在；七言詩的節奏則是「上四下三」，常常上四字是主語，第五字是虛詞所在。虛詞乃敘事、寫景、狀物、抒情的關鍵字，因而成為鍛鍊字眼的重要對象。但若把詩眼固定在五言詩的第三字、七言詩的第五字，則未免偏頗。因為詩句的語法結構變化多端，並沒有一種句式可以囊括所有的句式，而且詩眼也並不局限於虛詞而已。

　　試以五言詩為例，五言詩鍊第二字者，如：像杜甫〈旅夜書懷〉的頷聯「星垂平野闊，月湧大江流。」孟浩然〈望洞庭湖贈張丞相〉頷聯「氣蒸雲夢澤，波撼岳陽城」。五言詩鍊第四字者，如：杜甫〈春望〉頷聯「感時花濺淚，恨別鳥驚心」。五言詩鍊第五字者，如：杜甫〈送蔡都尉〉「身輕一鳥過，槍急萬人呼。」王維〈山居秋暝〉頷聯「明月松間照，清泉石上流」。但有一點是可以肯定的是：凡是動詞或形容詞或虛字所在之處即是「詩眼」。

　　清劉熙載《藝概·詩概》評論《詩眼》云：

　　　鍊篇、鍊章、鍊句、鍊字，總之，所貴乎鍊者，是往活處鍊，非往死處鍊也。夫活，亦在乎認取詩眼而已。詩眼，有全集之眼，有一篇之眼，有數句之眼，有一句之眼；有以數句為眼者，有以一句為眼，有以一二字為眼者。〔註220〕

由上所論可見，詩眼並不限於一字而已。

三、鍊字的方法：修改

　　《呂氏童蒙訓》云：「老杜云：『新詩改罷自長吟。』文字頻改，工夫自出。近世歐公作文，先貼於壁，時加竄定，有終篇不留一字者。魯直長年，多改定前作，此可見大略，如〈宗

〔註220〕劉熙載，《藝概》，台北：漢京文化事業有限公司，頁78。

室挽詩〉云：『天網恢中夏，賓筵禁列侯。』後乃改云：『屬
舉左官律，不通宗室侯。』此工夫自不同矣。」（《叢話》前
集卷八，頁 50）

此則呂本中提出杜甫「新詩改罷自長吟」〔註221〕，即使詩聖杜甫，仍
不免對自己所創作的詩歌認真修改，並反復吟詠，故不斷修改乃是鍛
句鍊字的好方法。並舉歐陽脩、黃庭堅這些文學大家為例，莫不是在修
改中顯現工夫。並舉黃庭堅〈宗室挽詩〉〔註222〕的頸聯「天網恢中夏，
賓筵禁列侯」在修改之後，變成「屬舉左官律，不通宗室侯」，更見工
夫之不同。

四、鍊字的忌諱：太露、太巧

《冷齋夜話》云：「東坡嘗云：『淵明詩，初視若散緩，熟視
有奇趣。』如曰：『日暮巾柴車，路暗光已夕，歸人望煙火，
稚子候簷隙。』又曰：『採菊東籬下，悠然見南山。』又曰：
『靄靄遠人村，依依墟里煙，犬吠深巷中，雞鳴桑樹巔。』
大率才高意遠，則所寓得其妙，遂能如此。如大匠運斤，無
斧鑿痕，不知者疲精力，至死不悟。如曰：『一千里色中秋月，
十萬軍聲半夜潮。』又曰：『蝴蝶夢中家萬里，子規枝上月三
更。』又曰：『深秋簾幕千家雨，落日樓臺一笛風。』皆寒乞
相，一覽便盡，初如秀整，熟視無神氣，以其字露也。東坡
作對則不然，如曰：『山中老宿依然在，案上楞嚴已不看』之
類，更無齟齬之態，細味之，對偶親的而字不露也，此其得
淵明之遺意耳。」（《叢話》前集卷四，頁 22～23）

〔註221〕此詩為杜甫〈解悶十二首〉其七，「陶冶性靈在底物，新詩改罷自長
　　　　吟。孰知二謝將能事，頗學陰何苦用心。」（《杜詩鏡銓》，頁 817）
〔註222〕此詩詩名應為〈哭宗室公壽詩〉「昔在熙寧日，葭莩接貴游。題詩奉
　　　　先寺，橫笛寶津樓。天網恢中夏，賓筵禁列侯。但聞劉子政，頭白更
　　　　清修。」（《山谷詩集注》，任淵、史容、史季溫注，上海：古籍出版
　　　　社，2003 年 12 月第一版，頁 280）

惠洪《冷齋夜話》引東坡推崇評論陶潛詩：「初視若散緩，熟視有奇趣」，在平淡質樸的外表之外，內在卻有蘊藏著無限風韻與奇趣。

東坡並舉了陶詩三例——〈陶征君潛田居〉〔註 223〕、〈飲酒詩〉之五〔註 224〕、〈歸園田居〉之五〔註 225〕，認為陶潛之詩，乃因其「才高意遠」故能所寓得妙，而其作品就像大師的傑作——「大匠運斤，無斧鑿痕」，一點也沒有雕琢刻畫的痕跡。

並批評晚唐的詩人，趙嘏〔註 226〕歌詠中秋〈錢塘〉江潮之名句「一千里色中秋月，十萬軍聲半夜潮」〔註 227〕、崔塗〔註 228〕〈春夕〉「蝴蝶夢中家萬里，子規枝上月三更」〔註 229〕、以及杜牧〔註 230〕的

〔註 223〕〈陶征君潛田居〉乃江淹所擬作，非陶潛之詩。全詩如下：「種苗在東皋，苗生滿阡陌。雖有荷鋤倦，濁酒聊自適。日暮巾柴車，路暗光已夕。歸人望煙火，稚子候簷隙。問君亦何為，百年會有沒。但願桑麻成，蠶月得紡績。素心正如此，開徑望三益。」（《增補六臣注文選》，梁蕭統撰，李善等注，卷三十一，台北：華正書局，中華民國 70 年初版，頁 596）

〔註 224〕見頁 148，注 198。

〔註 225〕陶潛〈歸園田居〉五首其一：「少無適俗韻，性本愛丘山。誤落塵網中，一去三十年。羈鳥戀舊林，池魚思故淵。開荒南野際，守拙歸園田。方宅十餘畝，草屋八九間；榆柳蔭後簷，桃李羅堂前。曖曖遠人村，依依墟裏煙；狗吠深巷中，雞鳴桑樹巔。戶庭無塵雜，虛室有餘閑。久在樊籠裏，復得返自然。」（《陶淵明詩箋注》，丁仲祜，台北：藝文印書館，中華民國 94 年初版七刷，頁 47～49）

〔註 226〕趙嘏（806～853）字承祐，山陽人。唐武宗會昌二年（843），登進士第。大中間，仕至渭南尉卒。嘏為詩贍美，多興味。杜牧嘗愛其長笛一聲人倚樓之句，吟歎不已。人因稱為趙倚樓。

〔註 227〕收錄於《全唐詩》卷 550_108，〈句〉，只此兩句，頁 6380。

〔註 228〕崔塗（854～？），字禮山，今浙江富春江一帶人。僖宗光啟四年（888）進士。但曾長期流落湘、蜀一帶。其詩多寫懷鄉、送別、旅愁，情調較沉鬱，但意境深婉，多有佳句。

〔註 229〕崔塗〈春夕〉「水流花謝兩無情，送盡東風過楚城。蝴蝶夢中家萬里，子規枝上月三更。故園書動經年絕，華髮春唯滿鏡生。自是不歸歸便得，五湖煙景有誰爭。」（《全唐詩》卷 679_74，頁 7783）

〔註 230〕杜牧（803～852）字牧之，號樊川，京兆萬年（今陝西西安）士族。晚唐著名詩人和古文家。擅長長篇五言古詩和七律。曾任中書舍人（中書省別名紫微省），人稱杜紫微。

〈題宣州開元寺水閣閣下宛溪夾溪居人〉「深秋簾幕千家雨，落日樓臺一笛風」〔註231〕皆為一覽便盡的「寒乞相」，缺乏神氣，乃是因為「字露」的關係。

個人以為，蘇軾、惠洪對晚唐諸子似有成見。以上所舉趙嘏、崔塗、杜牧的名句，歷獲佳評，若只以秀麗工整棄之，似亦不當。如明胡應麟《詩藪》云：「趙嘏『一千里色中秋月，十萬軍聲半夜潮』，唐人稱壯而蘇以為寒儉。」〔註232〕就提出不同的看法。

個人亦以為杜牧的詠史詩，風格就豪邁又悲涼，往往在歷史的憑弔中，寄寓著衰世的感概，一點也沒有寒儉之態。可見評詩論詩，原本就是見仁見智，有不同的觀點與體會。

惠洪最後推崇東坡〈贈惠山僧惠表〉〔註233〕詩「山中老宿依然在。案上楞嚴已不看」，不但用字好而「對偶親」，且「字不露」，如此方能呈現淵明「質而實綺，癯而實腴」之風格。

《石林詩話》云：「詩語固忌用巧太過，然緣情體物，自有天然工巧，而不見其剝削之痕。老杜『細雨魚兒出，微風燕子斜』，此十字殆無一字虛設，細雨著水面為漚，魚常上浮而淰，若大雨則伏而不出。燕體輕弱，風猛則不能勝，惟微風乃受以為勢，故又有『輕燕受風斜』之語。至『穿花蛺蝶深深見，點水蜻蜓款款飛』，深深字若無穿字，款款字若無點字，無以見其精微如此。然讀之渾然，全似未嘗用力，此所以不礙其氣格超勝，唐末諸子為之，便當入『魚躍練江拋玉尺，鶯穿

〔註231〕杜牧〈題宣州開元寺水閣閣下宛溪夾溪居人〉「六朝文物草連空，天淡雲閑今古同。鳥去鳥來山色裏，人歌人哭水聲中。深秋簾幕千家雨，落日樓臺一笛風。惆悵無因見范蠡，參差煙樹五湖東。」(《全唐詩》卷522_8，頁5964)

〔註232〕胡應麟，《詩藪》，台北：廣文書局，中華民國62年9月初版，頁301～302。

〔註233〕蘇軾〈贈惠山僧惠表〉「山中老宿依然在。案上楞嚴已不看。軟枕落花餘幾片。閑門新竹自千竿。客來茶罷空無有。盧橘楊梅尚帶酸。」(《蘇文忠公詩編註集成》，頁2402)

絲柳織金梭』體矣。」（《叢話》前集卷九，頁62）

此則葉夢得提出了用字的忌諱——「太巧」。若能達到天然工巧，而不見其雕琢的痕跡，方能稱善。並舉三首杜詩為例：〈水檻遣心二首〉其一〔註234〕「細雨魚兒出，微風燕子斜」；〈春歸〉「輕燕受風斜」〔註235〕；〈曲江二首〉其二〔註236〕「穿花蛺蝶深深見，點水蜻蜓款款飛」，已達到「無一字虛設」的用字境界，但讀者在讀杜詩時，卻只覺渾然一片，完全不見其用力之處。並批評晚唐諸子的詩，入「『魚躍練江拋玉尺，鶯穿絲柳織金梭』〔註237〕體」，並未說明此體為何。個人以為此體應是指對偶工整，卻缺少吸引人的神氣。

以上兩則，皆可見宋人對晚唐詩人用字秀麗工整卻缺乏神氣的風格不滿，認為詩歌必須達到像陶潛詩那種「初視若散緩，熟視有奇趣」〔註238〕的境界，或者像杜甫詩讀之渾然，不見其剗削之痕，而達到「無一字虛設」的天然工巧的境界，才是上乘。反對晚唐諸子，用力太過，用字工整而卻缺乏神氣的作品。

五、鍊字的實例

宋人寫詩既重視鍊字，便是一字也不放過。《叢話》中，談論到一些鍊字的實例：

> 《唐子西語錄》云：「詩在與人商論，深求其疵而去之，等閒一字放過則不可，殆近法家，難以言恕矣。故謂之詩律。東坡云：『敢將詩律鬥深嚴。』予亦云：『詩律傷嚴近寡恩。』

〔註234〕杜甫〈水檻遣心二首〉其一「去郭軒楹敞，無村眺望賒。澄江平少岸，幽樹晚多花。細雨魚兒出，微風燕子斜。城中十萬戶，此地兩三家。」（《杜詩鏡銓》，頁345～346）

〔註235〕見頁7，註20。

〔註236〕杜甫〈曲江二首〉其二「朝回日日典春衣，每日江頭盡醉歸。酒債尋常行處有，人生七十古來稀。穿花蛺蝶深深見，點水蜻蜓款款飛。傳語風光共流轉，暫時相賞莫相違。」（《杜詩鏡銓》，頁181）

〔註237〕查不到全詩及此詩作者。

〔註238〕胡仔《叢話》前集卷四引《冷齋夜話》云：「東坡嘗云：『淵明詩，初視若散緩，熟視有奇趣。』……」（頁22）

　　　大凡立意之初，必有難易二塗。學者不能強所劣，往往捨難

　　　而趨易，文章罕工，每坐此也。作詩自有穩當字，第思之不

　　　到耳。皎然以詩名於唐，有僧袖詩謁之，然指其〈御溝詩〉

　　　云：『此波涵聖澤，波字未穩，當改。』僧怫然作色而去。僧

　　　亦能詩者也。皎然度其去必復來，乃取筆作中字掌中，握之

　　　以待。僧果復來云：『欲更為中字如何？』然展手示之，遂定

　　　交。要當如此乃是。」〔註239〕（《叢話》前集卷八，頁49）

此則強幼安筆錄唐庚之語，談到詩人作詩，必須像法家一樣嚴苛，等閒

一字放過不得，如東坡所云的：「敢將詩律鬥深嚴」〔註240〕，而作詩本

來就有最合適的「穩當字」，必須深思致之。並舉皎然指出詩僧〈御溝

詩〉「此波涵聖澤」的「波」字未穩，當改。最後改為「此中涵聖澤」。

「波」字為名詞，又為流動起伏，故不穩，限定了御溝之水包涵了皇帝

的恩澤，「中」字為方位名詞，所涵蓋的範圍大大超過了「波」字，氣

象自然廣闊。

　　　《詩眼》云：「……誦淮海小詞云：『杜鵑聲裏斜陽暮。』公

　　　曰：『此詞高絕。但既云斜陽，又云暮，則重出也。欲改斜陽

　　　作簾櫳。』余曰：『就言孤館閉春寒，似無簾櫳。』公曰：『亭

　　　傳雖未必有簾櫳，有亦無害。』余曰：『此詞本模寫牢落之狀，

　　　若曰簾櫳，恐損初意。』先生曰：『極難得好字，當徐思之。』

_____

〔註239〕胡仔《叢話》此則與《郡閣雅言》並列。《郡閣雅言》云：「王貞白，
　　　　唐末大播詩名，〈御溝〉為卷首，云：『一派御溝水，綠槐相陰清。此
　　　　波涵帝澤，無處濯塵纓。鳥道來雖險，龍池到自平。朝宗心本切，願
　　　　向急流傾。』自為冠絕無瑕，呈僧貫休，休公曰：『此甚好，只是剩
　　　　一字。』貞白揚袂而去。休公曰：『此公思敏。』取筆書中字掌中，
　　　　逡巡貞白回，忻然曰：『已得一字，云此中涵帝澤。』休公將掌中字
　　　　示之。」同樣的〈御溝〉詩，同樣的「此波涵帝澤」改為「此中涵帝
　　　　澤」，此則之主角則為王貞白與貫休。胡仔以「二說不同，未知孰是。」
　　　　並列。（見《叢話》前集・卷八，頁49〜50）

〔註240〕蘇軾〈謝人見和前篇二首〉其一「已分酒杯欺淺懦，敢將詩律鬥深嚴。
　　　　漁蓑句好應須畫，柳絮才高不道鹽。」（《蘇文忠公詩編註集成》，頁
　　　　2093）

　　然余因此曉句法，不當重疊。」(《叢話》前集卷五十，頁 339

　　～340）

此則范溫談到秦觀〈踏莎行〉〔註241〕「杜鵑聲裏斜陽暮」一句，黃庭

堅以其「斜陽暮」字義重覆，欲改為「簾櫳暮」〔註242〕，但被范溫提

醒，恐有損初意，而躊躇不決。今人繆鉞先生則以為「斜陽暮」並不重

複，意謂斜陽逐漸沒落也。〔註243〕

　　此詞是秦觀在北宋哲宗紹聖四年（1097）作於郴州貶所。從哲宗

紹聖元年（1094）之後，新黨又重新被重用，舊黨的蘇軾弟兄遭到貶

謫，而身為蘇門四學士之一的秦觀，也未能倖免，先後從京師被貶到杭

州、處州，再到郴州。他面對接踵而來的政治迫害，感到無可奈何。

　　個人以為從秦觀「斜陽暮」三字中，可以讓讀者腦中的意象從火

紅的「斜陽」到天色整個昏暗的「暮」色的感受，光陰的腳步從眼前走

過，逐漸隱匿在黑夜中的無奈感，正當作者為即將降臨的暮色發愁時，

耳邊卻又響起杜鵑「不如歸去」的嘆息，令人悽婉。並不會因為「斜陽

暮」斜陽與暮的字義重複而影響此詞的詞義或美感。

　　《陳輔之詩話》云：「蕭楚才知溧陽縣，時張乖崖作牧，一

　　日，召食，見公几案有一絕云：『獨恨太平無一事，江南閑殺

　　老尚書。』蕭改恨作幸字。公出，視稿曰：『誰改吾詩？』左

　　右以實對。蕭曰：『與公全身。公功高位重，奸人側目之秋，

───────────

〔註241〕秦觀〈踏莎行〉郴州旅舍「霧失樓臺，月迷津渡，桃源望斷無尋處。
　　　　可堪孤館閉春寒，杜鵑聲裏斜陽暮。驛寄梅花，魚傳尺素，砌成此恨
　　　　無重數。郴江幸自繞郴山，為誰流下瀟湘去。」（收錄於《全宋詞》，
　　　　唐圭璋編，台北：明倫出版社，中華民國59年12月初版，頁460）

〔註242〕繆鉞〈論宋人改詞〉以為此則之公乃東坡：「東坡欲改秦觀『杜鵑聲
　　　　裏斜陽暮』為『杜鵑聲裏簾櫳暮』，但被范溫提醒恐有損初意，而躊
　　　　躇不決。」（見《靈谿詞說》，繆鉞、葉嘉瑩合著，正中書局，中華民
　　　　國82年8月臺初版，頁585～591）黃師啟方云：「以整則上下文關
　　　　係，應是山谷無誤。」解決了個人的疑惑，個人亦以為，應是指黃庭
　　　　堅才對。

〔註243〕〈論宋人改詞〉，收錄於《靈谿詞說》，頁591。黃師啟方認為：「此乃
　　　　古今人對語詞定義之不同解讀，非正誤之爭。」

　　且天下一統，公獨恨太平，何也，？』公曰：『蕭弟，一字之
　　師也。』」（《叢話》前集卷二十五，頁 171）
蕭楚才改張詠（乖崖）「獨恨太平無一事，江南閑殺老尚書」為「獨幸
太平無一事，江南閑殺老尚書」。此處蕭楚才改張詠詩，雖只一字，卻
足以翻出新意。張詠「獨恨太平無一事」之「恨」是對天下太平的不
滿，但「獨幸太平無一事」卻是因天下太平而感到幸福，一字之修改
卻使詩意迥異。連張詠都不得不對蕭楚才然起敬，稱之為「一字之
師」了。

　　苕溪漁隱曰：「汪彥章自吳興移守臨川，曾吉甫以詩迓之云：
　　『白玉堂中曾草詔，水精宮裏近題詩。』先以示子蒼，子蒼
　　為改兩字，『白玉堂深曾草詔，水精宮冷近題詩。』迥然與
　　前不侔，蓋句中有眼也。」（《叢話》後集卷三十四，頁 264
　　～265）

此則胡仔肯定韓駒改曾幾（吉甫）詩兩字，造成詩歌迥然與前不侔，堪
稱詩眼也。此處韓駒改曾幾詩，「白玉堂中曾草詔，水晶宮裏近題詩」
之「中」為「深」，「裏」為「冷」，成為「白玉堂深曾草詔，水晶宮冷
近題詩」。雖然只改動了兩個字，卻使原來只是用來指示方位（「中」、
「裏」）的「白玉堂」與「水晶宮」，變成又「深」又「冷」，顯示「白
玉堂」與「水晶宮」為凡人不能接近的深宮禁地，增加了它的華麗高
貴，超凡脫俗，增添了詩歌情趣。
　　胡仔之父胡舜陟甚至改了古詞及蘇軾的〈水調歌頭〉中秋詞：

　　苕溪漁隱曰：「先君嘗云：柳詞『鰲山彩構蓬萊島』當云『彩
　　締』，坡詞『低綺戶』，當云『窺綺戶』，二字既改，其詞益佳。」
　　〔註244〕（《叢話》前集卷五十九，頁 407）

〔註244〕《叢話》前集卷五十九，頁 407。在《苕溪漁隱叢話》後集卷三十九，
　　　　胡仔糾正前集弄錯作者的錯誤：苕溪漁隱曰：「先君嘗云：『古詞有〈絳
　　　　都春〉，有鰲山綵構蓬萊島之句，當云綵締。』余於前集，誤以古詞
　　　　為柳詞，今正是之。」（頁319）

關於胡仔所認為的柳詞「鼇山彩構蓬萊島」〔註245〕，實乃丁仙現的詞作〈絳都春〉〔註246〕。胡舜陟改丁仙現〈絳都春〉的「鼇山彩構蓬萊島」為「鼇山彩締蓬萊島」是否改得比較好，姑且不論，因「構」字原為墨丁，乃後人所加，且其他版本為「結」字而非「構」，暫且不予置評。

至於曾被胡仔評為中秋最佳詞選的東坡〈水調歌頭〉〔註247〕的下片「轉朱閣，低綺戶，照無眠……」中的「低綺戶」改為「窺綺戶」，是否真如胡仔所說：「字既改，其詞益佳」，則有待商榷，至今仍有見仁見智的不同的看法和評價。〔註248〕

此外，胡仔自己也改了徐幹臣〈二郎神〉一詞之用字：

> 苕溪漁隱曰：「詞句欲全篇皆好，極為難得。……徐幹臣『雁足不來，馬蹄難駐，門掩一庭芳景。』『駐』字當作『去』字，語意乃佳。」（《叢話》前集卷五十九，頁410～411）

胡仔認為徐伸〔註249〕〈二郎神〉詞「雁足不來，馬蹄難駐」的「駐」字應當改為「去」字，語意更好。徐伸〈二郎神〉的全詞如下：

> 悶來彈鵲，又攪碎、一廉花影。漫試著春衫，還思纖手，熏徹金猊爐冷。動是愁端如何向，但怪得、新來多病。嗟舊日沈腰，如今潘鬢，怎堪臨鏡。　　重省。別時淚濕，羅衣猶

〔註245〕 「鼇山彩構蓬萊島」其他版本皆作「鼇山彩結蓬萊島」。

〔註246〕 丁仙現〈絳都春〉「融和又報。乍瑞靄霽色，皇州春早。翠幰競飛，玉勒爭馳都門道。鼇山綵結蓬萊島。向晚色雙龍銜照。絳綃樓上，瓊芝蓋底，仰瞻天表。縹緲。風傳帝樂，慶三殿共賞，群仙同到。迤邐御香，飄落人間聞嬉笑。須臾一點星毬小。漸隱隱、鳴鞘聲杳。游人月下歸來，洞天未曉。」（收錄於《全宋詞》，唐圭璋編，台北：明倫出版社，中華民國59年12月初版，頁371）

〔註247〕 《叢話》後集卷三十九，苕溪漁隱曰「〈中秋詞〉，自東坡〈水調歌頭〉一出，餘詞盡廢。」（頁321）

〔註248〕 請參閱附錄〈胡舜陟詩論〉，頁421。

〔註249〕 徐伸，字幹臣，生卒年不詳，字幹臣，三衢（今屬浙江）人。政和初，以知音律，為太常典樂，出知常州，有《青山樂府》，今不傳。《全宋詞》錄其詞一首。

凝。料為我厭厭，日高慵起，長託春醒未醒。雁足不來，馬

蹄難駐，門掩一庭芳景。空佇立，盡日闌干倚遍，畫長人靜。

詞之上片實寫作者懷人的情景，下片設想被思念的伊人懷念自己的情景。從女方著筆，描繪她為了思念情人而整天無精打彩，並以「春醒未醒」──春天病酒的理由，來掩飾昏昏欲睡的窘態。相會無期，只來期盼隻字片語，怎奈「雁足下來」，連一封信也沒有。不僅信不捎，人也不來──「馬蹄難駐」，無法讓你的馬停上腳步駐足。

胡仔認為「馬蹄難駐」改為「馬蹄難去」方佳。

黃師啟方認為胡仔改「駐」為「去」以與「來」對，正陷入晚唐詩人「太巧」、「太露」習氣。

個人以為若改為「馬蹄難去」，可以形成與上句「雁足不來」，一來一去的對仗，在解釋上則是指女方無法自由行動地前去尋找伊人，於義亦無不可。

由以上兩則可見，胡仔父子，對於文字的鍛鍊斟酌，亦頗費心力。

小結

以上所談論的，乃胡仔《叢話》前、後集有關宋代詩歌的鍊字技巧。不管是鍊虛字或鍊詩眼，總之都是關鍵的一字，對全詩起著畫龍點睛的作用。而鍊字不脫尋覓最恰當的字，有時不易即時尋到，即使大詩人如歐陽脩、王安石、黃庭堅等，也都經過不斷尋覓貼切字，而一改再改的鍊字過程，故多修改也是鍊字的過程之一，總是要找出最適當的那個字為止。

但是以上也提到，鍊字雖然重要，但是鍊到過份用力，顯得「太巧」或「太露」，致使全詩神氣索然，亦是詩歌的瑕疵，終會遭到指摘。

鍊字若無「意」作為基礎，終究本末倒置，而淪為文字技藝。而「意」必須回歸作者本身的修養與性情等學養為根基。所以陶潛的詩，質樸而沒有雕琢，仍成為宋代詩人，除了杜甫之外的最高楷模，並許以「大匠運斤，無斧鑿痕」的殊榮。《叢話》前集引《蔡寬夫詩

話》云：

> 詩語大忌用工太過，蓋煉句勝則意必不足，語工而意不足，
> 則格力必弱，此自然之理也。『紅稻啄餘鸚鵡粒，碧梧棲老鳳
> 凰枝』，可謂精切，而在其集中，本非佳處，不若『暫止飛鳥
> 將數子，頻來語燕定新巢』，為天然自在。其用事若『宓子彈
> 琴邑宰日，終軍棄繻英妙年』，雖字字皆本出處，然比『今日
> 朝廷須汲黯，中原將帥憶廉頗』，雖無出處一字，而語意自到。
> 故知造語用事，雖同出一人之手，而優劣自異，信乎詩之難
> 也。(《叢話》前集卷十三，頁85)

蔡寬夫指出杜甫的詩，鍊字最工整精切的倒裝句「紅稻啄餘鸚鵡粒，碧
梧棲老鳳凰枝」〔註250〕，字字有來處的「宓子彈琴邑宰日，終軍棄繻
英妙年」〔註251〕，卻不是最好的詩。反而像〈堂成〉〔註252〕：「暫止
飛鳥將數子，頻來語燕定新巢」〔註253〕，這種顯示民胞物與，與眾鳥
同樂的襟懷之詩，雖不見雕琢的修辭，卻顯得天然自在。或者像〈奉
寄高常侍〉：「今日朝廷須汲黯，中原將帥憶廉頗」〔註254〕這樣的詩句，

〔註250〕 一般認為乃「鸚鵡啄餘香稻粒，鳳凰棲老碧梧枝」之倒裝。杜甫〈秋
　　　　興八首〉之八，第三句文字稍異：「昆吾御宿自逶迤，紫閣峰陰入渼
　　　　陂。香稻啄餘鸚鵡粒，碧梧棲老鳳凰枝。佳人拾翠春相問，仙侶同舟
　　　　晚更移。彩筆昔曾干氣象，白頭吟望苦低垂。」(《杜詩鏡銓》，頁648
　　　　～649)
〔註251〕 此詩詩名為〈七月一日題終明府水樓〉二首其二，「宓子彈琴邑宰日，
　　　　終軍棄繻英妙時。承家節操尚不泯，為政風流今在茲。可憐賓客盡傾
　　　　蓋，何處老翁來賦詩。楚江巫峽半雲雨，清簟疏簾看弈棋。」(《杜詩
　　　　鏡銓》，頁771)
〔註252〕 此詩為杜甫在唐肅宗乾元二年(759)年底來到成都，第二年(780)
　　　　的暮春，浣花溪畔的草堂終於落成了，此詩乃草堂景物和定居草堂的
　　　　心情。
〔註253〕 杜甫〈堂成〉「背郭堂成陰白茅，緣江路熟俯青郊。榿林礙日吟風葉，
　　　　籠竹和煙滴露梢。暫止飛鳥將數子，頻來語燕定新巢。旁人錯比揚雄
　　　　宅，懶惰無心作《解嘲》。」(《杜詩鏡銓》，頁316～317)
〔註254〕 杜甫〈奉寄高常侍〉「汶上相逢年頗多，飛騰無那故人何。總戎楚蜀
　　　　應全未，方駕曹劉不當過。今日朝廷須汲黯，中原將帥憶廉頗。天涯
　　　　春色催遲暮，別淚遙添錦水波。」(《杜詩鏡銓》，頁520～521)

只用了歷史上兩位名臣武將——汲黯、廉頗，說明朝廷上必須有像汲黯〔註 255〕這種正直敢言的忠藎之徒，以及廉頗〔註 256〕這種能為國家在沙場上奮勇作戰，顧全大局的武將，他們為了國家出生入死，是維繫國家安危存亡的勇將。

　　以上諸論，皆足以證明「鍊字」、「鍊句」雖是詩歌的基本技巧，但詩的佳處，並不僅僅限於字句之間。尤其「意」才是一詩之主，誠如清代沈德潛《說詩晬語》所云：「古人不廢鍊字之法，然以意勝，而不以字勝」。〔註 257〕

　　要寫出好詩，要鍛鍊使全詩生動的詩眼，最根本者在於作者胸襟與涵養，才能寫出像陶潛「採菊東籬下，悠然望南山」那樣質樸而動人的詩句，或者像杜甫〈江村〉「自去自來堂上燕，相親相近水中鷗」那樣親切有味的詩句。如果置眼前真情實景於不顧，而只是在字句之間掂斤論兩。那麼，就只能寫出像葉夢得所云「當入『魚躍練江拋玉尺，鶯穿絲柳織金梭』體矣。」〔註 258〕雖然文字美麗工整，但缺乏情感，神氣索然，而沒有餘味，只贏得纖巧、寒儉之名。

第五節　當於理

　　胡仔在評論詩歌時，詩歌內容是否「當於理」，是一個很重要的評量標準。

〔註 255〕汲黯（？～前 112），西漢濮陽（今濮陽西南）人，字長孺。孝景帝時汲黯為太子洗馬，武帝時，因常規勸武帝，而終生沉於下僚，致使後輩如公孫弘、張湯等人「後來居上」。

〔註 256〕廉頗（西元前 327～243）享年 84 歲。戰國時期趙國傑出的軍事將領。曾輔佐趙惠文王、趙孝成王，為國家出生入死，作戰無數。曾經為了藺相如「拜為上卿」，地位在自己之上而心生不滿。但在知道藺相如乃是為了國家利益，而不願和自己正面衝突之後，立刻知錯能改，「負荊請罪」，留下歷史「將相和」的佳話。

〔註 257〕《清詩話・說詩晬語》，丁福保編，台北：木鐸出版社，中華民國 77 年 9 月初版，頁 549。

〔註 258〕《叢話》前集卷九引《石林詩話》，頁 62。

早在宋初，歐陽脩《六一詩話》即指出：

> 詩人貪求好句，而理有不通，亦語病也。……唐人有云：『姑
> 蘇臺下寒山寺，半夜鐘聲到客船。』說者亦云，句則佳矣，
> 其如三更不是打鐘時！」〔註259〕

認為唐朝張繼〈楓橋夜泊〉「姑蘇臺下寒山寺，半夜鐘聲到客船。」雖是
佳句，但不免有「三更不是打鐘時」的「不當於理」之語病。〔註260〕

是否「當於理」，是胡仔評論詩歌的標準之一，也是詩人創作詩歌
時，必須注意的重點之一。《叢話》中推崇「當於理」的詩歌，批評「不
當於理」的詩歌。

一、推崇「當於理」的詩歌

胡仔推崇陶淵明、杜甫、蘇軾、唐庚等詩人「當於理」的詩歌。

> 苕溪漁隱曰：「江浙間，每歲重陽，往往菊亦未開，不獨嶺南
> 為然。蓋菊性耿介，須待草木搖落，方於霜中獨秀。故淵明
> 詩云：『黃菊開林耀，青松冠岩列。懷此貞秀姿，卓為霜下
> 傑。』此善論其理也。」（《叢話》後集卷六，頁41）

胡仔推崇陶淵明〈和郭主簿〉〔註261〕詩「黃菊開林耀，青松冠岩列。
懷此貞秀姿，卓為霜下傑」，為「善論其理」，善於將菊花耿介的特性，
呈現出來。菊花不與百花在春天裡爭奇鬥艷，直到萬木蕭條的秋天，才

〔註259〕《歷代詩話・六一詩話》第18則，清・何文煥輯，台北：漢京文化
事業有限公司，中華民國72年1月初版，頁269。良玉按：張繼〈楓
橋夜泊〉三四句應為「姑蘇城外寒山寺，夜半鐘聲到客船」，歐陽脩
誤記詩句。《全唐詩》卷242_19，頁2721。

〔註260〕胡仔曾於《叢話》前集卷二十三（頁156）及後集卷十五（頁113），
分別引用《石林詩話》、《詩眼》、《學林新編》、《復齋漫錄》等詩話，
考證「吳中寺實夜半打鐘」，張繼此詩實乃無語病。

〔註261〕〈和郭主簿〉「和澤週三春，清涼素秋節……芳菊開林耀，青松冠岩
列。懷此貞秀姿，卓為霜下傑。銜觴念幽人，千載撫爾訣。……酒能
祛百慮，菊解制頹齡。如何蓬廬士，空視時運傾。」（《陶淵明詩箋注》，
丁仲祜，台北：藝文印書館，中華民國94年初版七刷，頁72～74）
胡仔「黃菊開林耀」，今版本為「芳菊開林耀」文字稍異。

在眾芳凋零、草木搖落之際，在霜間的樹林間綻放出它獨特耀眼的光采，和秋冬挺立於群山之間的松樹一樣，都是懷著堅貞特質，堪稱風霜之下的英雄豪傑。

　　個人以為此詩除了讚賞松菊耿介之性之外，也寄寓著陶潛不隨俗、媚俗的性格，及藉由松菊期勉自己的意味。

　　　　苕溪漁隱曰：「……少陵云：『得食堦除鳥雀馴』，東坡云：『為
　　　　鼠長留飯，憐蛾不點燈。』皆當於理，人無得以議之矣。」
　　　（《叢話》後集卷十四，頁105）

此則胡仔舉了兩個「當於理」的詩例，一者為唐代的詩聖杜甫，一者為宋朝的大家蘇軾。

　　杜甫的〈南鄰〉〔註262〕詩「得食堦除鳥雀馴」，表現出台階上的麻雀，在獲得食物之後的溫馴乖巧，完全合乎常情常理。

　　東坡的〈次韻定慧欽長老見寄八首〉其一的「為鼠長留飯，憐蛾不點燈。」〔註263〕為沒有食物的老鼠留一點米飯；悲憫飛蛾的向光性，怕牠不小心撲火而亡，因而不敢在夜裡燃燈。表現出詩人悲天憫人的慈悲胸懷。以上二例，則皆是合乎常情常理的佳作，故胡仔認為這樣合於常理的詩，讓後人沒有異議。

　　　　苕溪漁隱曰：「張祐詩云：『一宿金山頂，微茫水國分。僧歸
　　　　夜舡月，龍出曉堂雲。樹影中流見，鐘聲兩岸聞。因悲在朝
　　　　市，終日醉醺醺。』祐詩全篇皆好，……」（《叢話》後集卷

〔註262〕杜甫〈南鄰〉「錦里先生烏角巾，園收芋粟不全貧。慣看賓客兒童喜，
　　　　得食階除鳥雀馴。秋水才深四五尺，野航恰受兩三人。白沙翠竹江村
　　　　暮，相對柴門月色新。」（《杜詩鏡銓》，頁329～330）
〔註263〕〈次韻定慧欽長老見寄八首並引〉其一：蘇州定慧長老守欽，使其徒
　　　　卓契順來惠州，問予安否，且寄《擬寒山十頌》。語有璨、忍之通，
　　　　而詩無島、可之寒。吾甚嘉之，為和八首。「左角看破楚，南柯聞長
　　　　勝。鉤簾歸乳燕，穴牖出痴蠅。為鼠常留飯，憐蛾不點燈。崎嶇真可
　　　　笑，我是小乘僧。」（《蘇文忠公詩編註集成》，清·王文誥，台北：
　　　　學生書局，中華民國76年10月第三次印刷，頁3390～3391）今版
　　　　本此詩第五句為「為鼠常留飯」與胡仔版本「為鼠長留飯」稍異。

十八，五季雜記下，頁 129）

胡仔推崇張祜的〈題潤州金山寺〉〔註264〕可稱為「全篇皆好」。至於如何「全篇皆好」，則未進一步說明，可謂中國傳統「印象式批評」的缺點。

　　個人以為胡仔之所以推崇張祜詩「全篇皆好」，應是張祜詩中除了呈現金山寺依山傍水的地理環境：金山寺矗立於揚子江心，四面環水，孤峰特起。又能細緻地描繪寺院周圍的景致，既可看見遠處的樹影，兩岸又可聆聽到寺廟傳來悠揚的鐘聲。頷聯「僧歸夜船月，龍出曉堂雲」，則反映了遊覽者所觀察到金山寺的日夜生活，僧人夜歸，清晨破曉時刻，雲起霧湧，又開始忙碌的一天。頸聯敍述金山寺四周樹林繁茂的景致，及金山寺悠悠鐘聲迴盪在山色水影中。尾聯則從在寺廟中修道者的眼光來看世俗之水，本末顛倒，認假作真，就像是喝醉酒的人一樣，鎮日昏迷不醒。全詩緊古金山寺的地理景致、日夜景象，及寺廟中修道人對人世的觀點，贏得胡仔推崇此詩「全篇皆好」。

　　苕溪漁隱曰：「……〈唐子西〉又云：『周公禮樂未要作，致身姚宋亦不惡。向來兩翁當國年，民間斗米纏四錢。』此語善於諷誦，當而有理，皆可法也。……」（《叢話》後集卷三十四，頁 260～261）

胡仔推崇北宋詩人唐庚〔註265〕的〈內前行〉〔註266〕詩「善於諷誦，當而有理」，可為後人法式。但只是點到為止，未進一步加以說明。

〔註264〕收錄於《全唐詩》卷 510 第 127 首。第二句「超然離世群」、第七句「翻思在朝市」，與胡仔《叢話》稍異，頁 5818。

〔註265〕唐庚（1071～1121），字子西，眉州丹稜（今屬四川）人。哲宗紹聖元年（1094）進士。曾任州縣官。張商英薦於朝廷，授提舉京畿常平。見金性堯，《宋詩三百詩》，台北：書林出版有限公司，1990 年 10 月一版，頁 206。

〔註266〕詩名為〈內前行〉「內前車馬撥不開，文德殿下宣麻回。紫薇侍郎拜右相，中使押赴文昌臺。旄頭昨夜光照牆，是夕收芒如禿彗。明日化為甘雨來，宅家喚作調元手。周公禮樂未要作，致身姚宋也不惡。向來兩翁當國年，民間斗米纏四錢。」

明瞿佑《歸田詩話》曾對唐庚此詩的背景涵義，稍作說明：

> 張商英拜相，唐子西作〈內前行〉云：「周公禮樂未要作，置
> 身姚宋亦不惡。」蓋謂周公未易學得，如姚宋亦可矣。詞旨
> 輕重，要當如是，徒為媚灶語，何益之有！〔註267〕

由上可知，〈內前行〉詩乃唐庚勉勵張商英為相之語，期盼他能效法先
賢，即使一時做不到像周公那樣的禮樂之治，若能做到唐玄宗開元年
間的賢相姚崇和宋璟那樣的吏治也不錯。唐朝三百年間，素有「前稱
房、杜，後稱姚、宋之說。」姚、宋輔佐玄宗，不過六、七年，便使唐
王朝再次出現太平盛世的光景。

今人金性堯則以為唐庚此詩數語，「實是勸他（張商英）勿好高而
應求實效。」〔註268〕

以上幾則，談論到歷代詩人詩作「當於理」的作品，並予以推崇
讚賞。

二、批評「不當於理」的詩歌

不管是大自然景致或是議論，胡仔認為不合情合理，「不當於理」
的作品，皆予以批評並指出其瑕疵。如王建、魏野、孫魴、李白、杜
甫、韓愈、黃庭堅、秦觀、聶冠卿、曹組、杜牧等人的作品。

> 苕溪漁隱曰：「王建云：『閉門留野鹿，分食與山雞。』魏野
> 云：：『洗硯魚吞墨，烹茶鶴避烟。』二人之詩，巧欲摹寫山
> 居意趣，第理有當否，如建所言二物，何馴狎如許，理必無
> 之；如野所言，雖未必皆然，理或有之。……」(《叢話》後
> 集卷十四，頁105)

此則胡仔批評唐詩人王建「不當於理」的詩作。

王建的〈山居〉詩的頷聯：

〔註267〕明瞿佑，《歸田詩話》卷中，收錄於《續歷代詩話》，丁仲祐編，台北：
藝文印書館，中華民國72年四版，頁1500。

〔註268〕《宋詩三百詩》，頁206。

　　　　閉門留野鹿，分食與山雞。〔註269〕

胡仔指出野鹿與山雞，竟然如此馴狎，會留下來與人同住，或與人共
食，就常情常理來說，是不可能有的事。

　　另一位宋初隱逸詩人魏野的〈書友人屋壁〉的頷聯：

　　　　洗硯魚吞墨，烹茶鶴避烟。〔註270〕

寫的是幽居生活，有魚、鶴相伴的逸趣，用擬人法描繪魚的書卷氣——
「魚吞墨」，鶴的雅潔癖——「鶴避烟」，胡仔認無「理或有之」，在常
理上或許是有，但機率不大。

　　以上兩例，王建的〈山居〉「閉門留野鹿，分食與山雞。」被胡仔
指出「不當於理」的詩病。魏野的〈書友人屋壁〉「洗硯魚吞墨，烹茶
鶴避烟。」雖不是常理，但是比起王建的〈山居〉詩來，顯得較為合理，
詩歌的層次自然較高了。

　　　　《南唐書》云：「金山寺號為勝景，先張祐吟詩，有『僧歸夜
　　　　船月，龍出曉堂雲』之句，自後詩人閣筆；孫魴復詠云：『山
　　　　載江心寺，魚龍是四鄰。天多剩得月，地少不生塵。過檻妨
　　　　僧定，驚濤濺佛身。誰言張處士，詩後更無人。』時號絕唱。」
　　　　苕溪漁隱曰：「魴詩……有疵病，如『驚濤濺佛身』之句，則
　　　　金山寺何其低而且小哉？『誰言張處士，詩後更無人』，仍自
　　　　矜衒如此，尤可嗤也。」（《叢話》後集卷十八，五季雜記下，
　　　　頁 129～130）

《南唐書》記載孫魴〔註271〕〈金山寺〉詩號為絕唱，但是胡仔認為此
詩有重大的瑕疵，尤其此詩第六句「驚濤濺佛身」，顯示出金山寺那麼

〔註269〕王建〈山居〉「屋在瀑泉西，茅簷下有溪。閉門留野鹿，分食養山雞。
　　　　桂熟長收子，蘭生不作畦。初開洞中路，深處轉松梯。」（《全唐詩》
　　　　卷 299_7，頁 3391）

〔註270〕魏野〈書友人屋壁〉「達人輕祿位，居住傍林泉。洗硯魚吞墨，烹茶
　　　　鶴避煙。嫻惟歌聖代，老不恨流年。靜想閒來者，還羨我最偏。」

〔註271〕孫魴，字伯魚，南昌人。從鄭谷為詩，頗得鄭體。事吳為宗正郎，與
　　　　沈彬、李建勳友善。《全唐詩》卷 868，第 19 首至 35 首，有收錄十
　　　　幾首孫魴之詩。但無收此詩。

低矮淺小，可以想見，並不符合金山寺的實際情況，也就是不合常理。
並且胡仔不能認同孫魴在尾聯自誇自大：「誰言張處士，詩後更無人」
──誰說張祜之後，就沒有人可以寫出出色的詩了。胡仔認為孫魴此
二句，一點也沒有詩人應有的謙沖自牧的修養，令人可笑。

　　個人同意胡仔以上所指的瑕疵與批評，同時亦認為，孫魴頸聯的
「過櫓妨僧定」句，就意義上來說也有一些瑕疵。因為就一個修行人來
說，實在不應該發生「過櫓妨僧定」的情況，如果連區區大自然的船槳
聲，也這麼容易使之起心動念，影響僧人的入定，那麼人事的紛紜複
雜，那就更容易使僧人走火入魔了。

　　　苕溪漁隱曰：「……余又觀李太白〈北風行〉云：『燕山雪花
　　　大如席。』〈秋浦歌〉云：『白髮三千丈。』其句可謂豪矣，
　　　奈無此理何？」（《叢話》後集卷二十六，頁190）

胡仔批評李白〈北風行〉：「燕山雪花大如席」〔註272〕，形容雪花大得
像草蓆，又〈秋浦歌〉十七首之十五：「白髮三千丈」〔註273〕，形容白
頭髮有三千丈那麼長。

　　胡仔認為：「句可謂豪矣，奈無此理。」胡仔不能欣賞李白慣用的
「誇飾」修辭法。由此則可見，胡仔的詩歌評論，充滿理性思維，科學
固應實事求是，一絲不苟，但文學卻不能缺乏想像、誇張等修辭，以及
通感等各種表現情感的手法。

　　　苕溪漁隱曰：「太白〈宮詞〉云：『梨花白雪香。』子美〈詠
　　　竹〉云：『風吹細細香。』二物初無香，二公皆以香言之，何
　　　也？」（《叢話》後集卷四，頁26）

〔註272〕〈北風行〉：「燭龍棲寒門，光曜猶旦開。日月照之何不及此，唯有北
　　　　風號怒天上來。燕山雪花大如席，片片吹落軒轅台。……黃河捧土尚
　　　　可塞，北風雨雪恨難裁。」（《李太白詩歌全集》樂府卷二，清·王琦
　　　　注，劉建新校勘，北京：今日中國出版社，1997年11月第一版，頁
　　　　102）
〔註273〕〈秋浦歌〉十七首之十五：「白髮三千丈，緣愁似個長。不知明鏡裡，
　　　　何處得秋霜。」（《李太白詩歌全集》古近體詩卷七，清·王琦注，劉
　　　　建新校勘，北京：今日中國出版社，1997年11月第一版，頁265）

此則亦可見胡仔實事求是的態度，與考證的精神，不能接受白雪無香，而李白〈宮中行樂詞〉卻以「梨花白雪香」〔註274〕，來形容楊貴妃的雪白的膚色和體香。

亦不能認同竹子無香，但杜甫在〈嚴鄭公宅同詠竹得香字〉一詩卻說「風吹細細香」〔註275〕，以「香」來形容竹子。

歷代詩話對李白「梨花白雪香」與杜甫「風吹細細香」，有兩種截然相反的評論。

宋代葛立方《韻語陽秋》，及明代俞弁《逸老堂詩話》，同胡仔一樣，不能認同杜甫、李白詩中描寫竹、雪有香的說法。

> 竹未嘗香也，而杜子美詩云：「雨洗娟娟靜，風吹細細香。」雪未嘗香也，而李太白詩云：「瑤台雪花數千點，片片吹落春風香。」（《韻語陽秋》）〔註276〕

> 老杜〈竹〉詩云：「雨洗涓涓淨，風吹細細香。」太白〈雪〉詩云：「瑤台雪花數千點，片片吹落春風香。」……以世眼論之，則曰竹、雪、雨何嘗有香也？（《逸老堂詩話》）〔註277〕

但明代楊慎《升菴詩話》就認為竹子是有香味的，並舉唐代另一位名詩人李賀，在〈新筍〉詩與〈昌谷詩〉中都曾著力描繪了竹子的香味，並指出竹香乃是「細嗅之乃知」：

> 杜子美〈竹〉詩：「雨洗娟娟淨，風吹細細香。」李長吉〈新

〔註274〕李白〈宮中行樂詞〉其二，全詩如下：柳色黃金嫩，梨花白雪香。玉樓巢翡翠，珠殿鎖鴛鴦。選妓隨朝輦，徵歌入洞房。宮中誰第一？飛燕在昭陽。」（《李太白詩歌全集》樂府卷二，清‧王琦注，劉建新校勘，北京：今日中國出版社，1997年11月第一版，頁166）

〔註275〕杜甫〈嚴鄭公宅同詠竹得香字〉「綠竹半含籜，新梢纔出牆。色侵書帙晚，陰過酒樽涼。雨洗娟娟淨，風吹細細香。但令無剪伐，會見拂雲長。」（《杜詩鏡銓》，頁544）

〔註276〕《韻語陽秋》卷四，收錄於《歷代詩話》，清‧何文煥輯，台北：漢京文化事業有限公司，頁518。

〔註277〕《續歷代詩話‧逸老堂詩話》，丁仲祜編，台北：藝文印書館，中華民國72年6月第4版，頁1565～1566。

簡〉詩：「斫取青光寫楚詞，膩香春粉黑離離。」又〈昌谷詩〉：「竹香滿淒寂，粉節塗生翠。」竹亦有香，細嗅之乃知。〔註278〕

錢鍾書先生在〈通感〉〔註279〕一文中舉宋祁〈玉樓春〉「紅杏枝頭春意鬧」及王建〈江陵即事〉「寺多紅葉燒人眼」〔註280〕之例，認為：

> 句中有眼，非一「燒」字，不能形容其紅之多，猶之非一「鬧」字，不能形容其杏之紅耳。」〔註281〕

並指出：

> 在日常經驗裏，視覺、聽覺、觸覺、嗅覺、味覺往往可以彼此打通或交通，眼、耳、如、鼻、身各個官能的領域可以不分界限。顏色似乎會有溫度，聲音似乎會有形象，冷暖似乎會有重量，氣味似乎會有體質。〔註282〕

由上可見，各種感官可以彼此打通，「紅杏枝頭春意鬧」的「鬧」字，可由原來形容聲音的聽覺轉換為視覺之紅；「寺多紅葉燒人眼」的「燒」字可以由觸覺轉換為視覺的多。

李白、杜甫把「白雪」、「綠竹」的「色」（視覺）轉化為「香」（嗅覺），以突出作者的主觀感受，乃是運用了「通感」修辭法。「通感」又被稱作「移覺」或「感覺移借」，是把人的聽覺、視覺、嗅覺、味覺、觸覺等主觀感覺溝通的基礎上描寫客觀事物的形態，以突出地表達濃

〔註278〕楊慎，《升菴詩話》卷三「竹香」條，收錄於《續歷代詩話》，丁仲祐編，台北：藝文印書館，中華民國76年6月四版，頁841。

〔註279〕錢鍾書《七綴集》，北京：新知三聯書店，2001年1月第一版，〈通感〉，頁71～88。

〔註280〕按：應是「寺多紅藥燒人眼」。王建〈江陵即事〉「瘴雲梅雨不成泥，十裏津樓壓大堤。蜀女下沙迎水客，巴童傍驛賣山雞。寺多紅藥燒人眼，地足青苔染馬蹄。夜半獨眠愁在遠，北看歸路隔螢溪。」（《全唐詩》卷300_3）

〔註281〕錢鍾書〈通感〉，頁71。

〔註282〕錢鍾書〈通感〉，頁73。

重而強烈的主觀感受。李、杜兩位大詩人的寫法，就是把視覺轉化為嗅覺。

　　個人認為萬物自有其姿態與韻味，白雪本身或者無味無嗅，但是夾帶著春天繁花氣息的雪，未必完全無香。竹子的香或許沒有花朵的香來得濃艷，但亦自有其木本植物的清香，但是這幽微的清香，或許必須等待下了一場雨之後，萬物在被雨水沖刷清先之後，細細聞嗅，才嗅聞的到。就如同水的香甜，必須在沒有其他雜味的干擾之下，靜心細細品味方能領略，故不太能認同胡仔刻版地反對雪、竹無香而李白、杜甫言香的評論。

> 苕溪漁隱曰：「唐自四月一日，寢廟薦櫻桃後，頒賜百官，各有差。……退之詩：『香隨翠籠擎初重，色映銀盤瀉未停。』……櫻桃初無香，退之言香，亦是語病。」（《叢話》後集卷九，頁60）

　　胡仔批評韓愈〈和水部張員外宣政衙賜百官櫻桃詩〉的聯頸有語病：

> 香隨翠籠擎初重，色映銀盤瀉未停。〔註283〕

胡仔認為櫻桃無香，而韓愈卻說盛著芳香櫻桃的翠籠，舉起來顯得沈重。故胡仔認為韓愈在此言香，是一種「語病」。

　　個人以為聞香覺重，除了可用修辭學上的「通感」來解釋，韓愈將櫻桃的美色視覺，轉為香氣的嗅覺，想像香氣四溢、沈甸甸飽滿美味的櫻桃，一方面是對櫻桃美色的描繪，想像它在銀盤上滾動流轉，一方面是對櫻桃美味的讚嘆。故個人並不認為此詩有何語病。

〔註283〕〈和水部張員外宣政衙賜百官櫻桃詩〉「漢家舊種明光殿，炎帝還書本草經。豈似滿朝承雨露，共看傳賜出青冥。香隨翠籠擎初到，色映銀盤寫未停。食罷自知無所報，空然慚汗仰皇烏。」（《韓昌黎詩繫年集釋》，錢仲聯編，台北學海出版社，中華民國74年1月初版，頁1239）按：今版本第六句為「色映銀盤寫未停」，余意以為胡仔「色映銀盤瀉未停」的版本較佳。「瀉」字可以表現櫻桃在盤中滾來滾去的活潑動態。

　　　苕溪漁隱曰：「〈水仙花詩〉云：『借水開花自一奇，水沉為骨
　　玉為肌，暗香已壓酴醾倒，只愧寒梅無好枝。』第水仙花初
　　不在水中生，雖欲形容水字，卻反成語病。」（《叢話》後集
　　卷三十一，頁237）

胡仔批評〈水仙花詩〉[註284]詩「借水開花自一奇」的說法並不合
理，因為胡仔認為水仙花剛開始並不在水中生長，所以此種描寫是為
「語病」。

　　　但水仙花本有土培與水栽兩種，水栽的水仙花依水而開，在水中
滋長，萌芽、發葉、開花，在歲末天寒的冬天，百花凋零，只有它只要
一盆清水，就能靜靜地在案上綻放屬於它的美麗與芳香。個人以為此
詩，亦不能完全說是「語病」。

　　　苕溪漁隱曰：「（秦觀）〈春日〉云：『却憩小庭繞日出，海棠
　　花發麝香眠。』語固佳矣，第恐無此理。《香譜》云：『香中
　　尤忌麝。』唐鄭注赴河中，姬妾百餘盡騎，香氣數里，逆於
　　人鼻。是歲，自京兆至河中，所過瓜盡一蒂不獲。然則海棠
　　花上豈應麝香可眠乎？……」（《叢話》後集卷三十三，頁249
　　～250）

胡仔批評《雪浪齋日記》讚賞「甚麗」[註285]的秦觀〈春日〉詩「海
棠花發麝香眠」[註286]，文字固佳，但在常理上卻說不通。並引《香
譜》為證，說明植物尤怕麝香，麝之香氣，可以使得瓜果完全無法成
長，但何況是嬌嫩的花朵呢？所以胡仔認為在海棠花綻放時，在花下
燻麝香伴眠是於理不通的。

　　　苕溪漁隱曰：「冠卿詞有『露洗華桐，烟霏絲柳』之句，此正

―――――――――――

〔註284〕此詩作者，有兩種說法，一為黃庭堅，一為劉邦直。
〔註285〕《叢話》前集卷五十：《雪浪齋日記》云：「少游詩甚麗，如『翡翠側
　　　　　身窺綠醑，蜻蜓偷眼避紅粧』，又『海棠花發麝香眠』，又『青蟲相對
　　　　　吐秋絲』之句是也。」（頁342）
〔註286〕〈春日〉五首其三「幅巾投曉入西園，春動林塘物物鮮。卻憩小庭才
　　　　　日出，海棠花發麝香眠。」

是仲春天氣，下句乃云：『綠陰搖曳，蕩春一色』，其時未有
綠陰，真語病也。」（《叢話》後集卷三十九，頁 320）

此則胡仔批評聶冠卿〈多麗詞〉有語病：

……露洗華桐，煙霏絲柳，綠陰搖曳，蕩春一色……〔註287〕

「露洗華桐，烟霏絲柳」原本敘述的是楊柳方茂的仲春天氣，奈何接下
來的卻是「綠陰搖曳，蕩春一色」，而「綠陰」的景致乃是仲夏之景，
上下句銜接的季節懸殊，不合常理，是為語病。

苕溪漁隱曰：「曹元寵本善作詞，特以〈紅窗迥〉戲詞，盛行
于世，遂掩其名。如〈望月婆羅門詞〉，亦豈不佳，詞云：『漲
雲暮卷，漏聲不到小簾櫳。銀河淡掃澄空。皓月當軒高掛，
秋入廣寒宮。正金波不動，桂影朦朧。佳人未逢，歎此夕，
與誰同？望遠傷懷，對景霜滿愁紅。南樓何處？想人在長笛
一聲中。凝淚眼，立盡西風。』此詞病在『霜滿愁紅』之句，
時太早耳。」（《叢話》後集卷三十九，頁 322）

胡仔推崇曹組〔註288〕的〈婆羅門引〉（望月）為佳詞，但略有小瑕疵
（語病），因為整首詩講的都是中秋之時序景致：「……銀河淡掃澄
空。皓月當軒高掛，秋入廣寒宮。正金波不動，桂影朦朧。……立盡
西風」，但是中間卻穿插了「望遠傷懷，對景霜滿愁紅」之句，胡仔指
出中秋時，楓葉尚未全紅，故「霜滿愁紅」一句，不合大自然常理，是
為語病。

苕溪漁隱曰：「牧之於題詠，好異於人，如〈赤壁〉云：『東
風不與周郎便，銅雀春深鎖二喬。』〈題商山四皓廟〉云：

〔註287〕〈多麗詞〉：「想人生，美景良辰堪惜。問其間賞心樂事，就中難得並
得。況東城鳳台沁苑，泛晴波淺照金碧，露洗華桐，煙霏絲柳，綠陰
搖曳，蕩春一色，畫堂迥，玉簪瓊佩，高會盡詞客。……休辭醉，明
月好花，莫漫輕擲。」（《全宋詞》，頁 10）

〔註288〕曹組，字元寵，生卒年不詳，穎昌（今河南許昌）人。徽宗宣和三年
（1121）進士。其詞作喜用俗語，多謔詞、豔詞。也有清幽秀勁之作，
風格近秦觀、毛滂。詞有《元寵詞》。

　　　『南軍不袒左邊袖，四皓安劉是滅劉。』皆反說其事。至
　　〈題烏江亭〉，則好異而叛於理，詩云：『勝負兵家不可期，
　　包羞忍恥是男兒，江東子弟多才俊，捲土重來未可知。』項
　　氏以八千人渡江，敗亡之餘，無一還者，其失人心為甚，誰
　　肯復附之，其不能卷土重來決矣。」（《叢話》後集卷十五，
　　頁 108）
胡仔批評晚唐詩人杜牧的詩歌題詠，喜歡標新立異，議論不合常理。

　　如〈赤壁〉詩，赤壁之戰，曹操大敗，士兵死傷慘重，東吳大獲
全勝。杜牧將戰勝之功歸於東風云：

　　　東風不與周郎便，銅雀春深鎖二喬。〔註289〕

如果不是春風給周瑜方便，孫策的妻子大喬、周瑜的妻子小喬，恐怕
都會淪為曹操階下囚，而關在銅雀臺裡了。

　　另一首杜牧的〈題商山四皓廟〉：

　　　南軍不袒左邊袖，四皓安劉是滅劉。〔註290〕

杜牧認為當時守衛未央宮的南軍，如果不支持太尉周勃，「安劉誅呂」
而袒左袖〔註291〕，那麼光是靠商山四皓〔註292〕的力量，也是無法輔
佐劉氏的天下，因為劉氏很快就會被諸呂的勢力給滅掉。

　　杜牧的〈題烏江亭〉詩，嗟嘆曾經叱咤一時的西楚霸王項羽，未
能「包羞忍恥」地承受人生的挫折，準備下次「捲土重來」，卻選擇自
刎的方式，結束自己寶貴生命，而感到嘆息。

〔註289〕〈赤壁〉「折戟沈沙鐵未銷，自將磨洗認前朝。東風不與周郎便，銅
　　　　雀春深銷二喬。」（《全唐詩》卷 523，頁 5980）
〔註290〕杜牧〈題商山四皓廟一絕〉「呂氏強梁嗣子柔，我於天性豈恩讎。南軍
　　　　不袒左邊袖，四老安劉是滅劉。」（《全唐詩》卷 523_106，頁 5988）
〔註291〕《史記·呂太后本紀》：「帝使太尉（周勃）守北軍……太尉將之，入
　　　　軍門，行令軍中曰：『為呂氏右袒，為劉氏左袒！』軍中皆左袒為劉
　　　　氏……。」（《史記會注考證》，日·池川龜太郎，台北：洪氏出版社，
　　　　中華民國 72 年 10 月 10 日再版，頁 190）
〔註292〕東園公、角里先生、綺里季、夏黃公四人隱居於商山（陝西商縣東南），
　　　　年皆八十餘，時稱「商山四皓」。

　　胡仔評論杜牧的想法是「好異而叛於理」，喜歡與別人論點不同且背叛於常理。因為胡仔認為項羽帶領江東八千子弟渡江打天下，失敗之後，沒剩下一兵一卒，可說完全辜負江東父老託負期望，完全失去人心，誰肯再追隨他而「捲土重來」呢？所以認為杜牧的〈題烏江亭〉詩，只是標新立異的說法，完全不合常理。

　　對於胡仔對杜牧的〈赤壁〉、〈題商山四皓廟〉、〈題烏江亭〉等咏史詩「好異而叛於理」的批評，其他的詩論家，有不同的聲音。

　　清代賀裳《載酒園詩話》就批評胡仔：

　　　　小杜〈赤壁〉詩，古今膾炙，漁隱獨稱好異。〔註293〕

　　歷代對杜牧的詠史或懷古詩，多給予肯定讚賞，但胡仔的評論卻和多數人不，亦可謂胡仔有勇於與眾不同的氣魄與勇氣。

　　其實，對於項羽是否該「捲土重來」，宋代也有不同的聲音，如王安石的〈烏江亭〉：

　　　　百戰疲勞壯士哀，中原一敗勢難回。江東子弟今雖在，肯與

　　　　君王捲土來？〔註294〕

王安石從在戰場上奔波勞苦，早已疲憊的士卒角度切入，闡釋戰敗後大勢已去，就算江東子弟還活著，是否仍願意追隨項羽「捲土重來」，恐怕令人質疑。

　　南北宋之間的女詞人李清照，也寫了一首〈夏日絕句〉，評論項羽：

　　　　生當作人傑，死亦為鬼雄。至今思項羽，不肯過江東。〔註295〕

李清照推崇項羽活著的時候，是人群中的豪傑，就算死了，也仍是鬼族中的英雄。因為項羽有機會過江東卻不過，那種氣慨，令後人「至今

〔註293〕《清詩話續編·載酒園詩話》，台北：藝文印書館，中華民國74年9月初版，頁254。

〔註294〕《王文公文集》，上海：中民出版社，1974年9月第一版，卷76，頁718～719。

〔註295〕《李清照集》，台北：河洛出版社，中華民國64年3月初版，頁65～66。

思之」。

雖然，並不是每個人都像杜牧一般，期待項羽能夠「捲土重來」，但是時勢造英雄，項羽若能包羞忍辱而「捲土重來」，最後會締造什麼樣的歷史，誰也無法預言，然而杜牧「捲土重來」一詞，卻成為後世遭遇困難挫折者的勉勵與希望。

> 苕溪漁隱曰：「詞句欲全篇皆好，極為難得。……董武子：『疇昔尋芳秘殿西，日壓金鋪，宮柳垂垂。』然秘殿豈是尋芳之處，非所當言也。」（《叢話》前集卷五十九，頁 410～411）

胡仔批評董武子之詞：

> 疇昔尋芳秘殿西，日壓金鋪，宮柳垂垂。〔註296〕

胡仔認為此詞有明顯的瑕疵，因為秘殿並非一般世俗的場所，更非尋芳之處，故此詞實「不當於理」。

三、例外

雖然，詩作或詞作必須合乎常理，是胡仔在詩歌創作上所要求的一個重點，但是當「理」與「意」相衝突時，胡仔卻選擇了以「意」為主。如蘇軾的詞〈卜算子〉：

> 山谷云：：「東坡道人在黃州，作〈卜算子〉云：『缺月掛疎桐，漏斷人初靜。誰見幽人獨往來，縹緲孤鴻影。驚起卻回頭，有恨無人省。揀盡寒枝不肯棲，寂寞沙洲冷。』語意高妙，似非喫煙火食人語，非胸前有數萬卷書，筆下無一點塵俗氣，孰能至此？」苕溪漁隱曰：「『揀盡寒枝不肯棲』之句或云：『鴻雁未嘗棲宿樹枝，惟在田野葦叢間，此亦語病也。』此詞本詠夜景，至換頭但只說鴻……蓋其文章之妙，語意到處即為之，不可限以繩墨也。」（《叢話》前集卷三十九，頁 268）

有人批評東坡此詞以「揀盡寒枝不肯棲」來形容孤鴻的清高自賞，不肯

〔註296〕失調名，僅可見此三句。

隨俗逐流的堅持態度，但是「鴻雁未嘗棲宿樹枝」，故此句有語病。

　　對於這種批評，胡仔卻又一反一向所執實事求是的理性態度，推崇東坡此詞「文章之妙，語意到處即為之，不可限以繩墨也」，是不能用一般的準則加要規範的。由此則可見，胡仔的文學批評，有時有其主觀的論述與偏見。

　　此則亦可見東坡在胡仔心中的地位，以及胡仔對東坡的崇拜與贊同，與其他的詩人相較，不可同日而語。

小結

　　詩意是否合情合理，是胡仔評論詩歌的標準之一，「當於理」的作品，予以推崇讚賞；讚賞陶潛「黃菊開林耀，青松冠岩列」善論菊花堅貞之姿，杜甫「得食階除鳥雀馴」、東坡「為鼠長留飯，憐蛾不點燈。」善於抒發仁者之慈悲襟懷，合於常情常理，皆為「當於理」的佳作。

　　孫魴〈金山寺〉詩，描寫金山寺「驚濤濺佛身」，波濤會濺灑佛身，只顯示金山寺那麼低矮淺小，這樣的描寫，完全不符合金山寺的模規，故為胡仔所批判。李白〈北風行〉「燕山雪花大如席。」〈秋浦歌〉「白髮三千丈。」這種「誇飾」的修辭法，胡仔皆不能接受，而有「句可謂豪矣，奈無此理」的批評。

　　李白〈宮詞〉「梨花白雪香。」杜甫〈詠竹〉「風吹細細香。」韓愈的櫻桃詩「香隨翠籠擎初重，色映銀盤瀉未停。」胡仔皆認為雪、竹子、櫻桃無香，而諸公言香，而認為有語病。胡仔對於此種「通感」的修辭法，完全沒有概念，故皆予以否定。

　　對於描寫大自然景致，中秋時，楓葉尚未全紅，但曹組〈婆羅門引〉（望月）在整首有關中秋時序的詞中出現「霜滿愁紅」之句，而被批評為有語病。

　　而王建「閉門留野鹿，分食與山雞。」魏野「洗硯魚吞墨，烹茶鶴避烟。」欲摹寫山居意趣之詩，則被胡仔指出並不合常理，因為野鹿

與山雞，沒有那麼溫馴，魚不會吞墨，鶴也不會避烟。

杜牧一句被推崇讚賞的咏史詩歌，如〈赤壁〉「東風不與周郎便，銅雀春深鎖二喬」、〈題烏江亭〉「江東子弟多才俊，捲土重來未可知。」等，卻被胡仔指責為「牧之於題詠，好異於人」的批判。

由上可見，胡仔的文學批評，有其獨立與獨特的見解與評論，不受他人評論的影響，但亦有其個人與時代之侷限，不能接受浪漫的想像、誇大的修辭、通感的藝術手法。對於杜牧超越歷史事件，擁有獨特見解寓意雋永的咏史詩，則完全不能接受。

第六節　貴獨創

在詩歌的創作上，胡仔強調要有「自出新意」的獨創能力，而鄙視只是重複模仿，無所創新的作品。無論是「意」、「語」或「格式」的獨創，胡仔皆頗為賞識，在《叢話》前集，胡仔曾云：

> 苕溪漁隱曰：「學詩亦然，若循習陳言，規摹舊作，不能變化，自出新意，亦何以名家。魯直詩云：『隨人作計終後人。』又云：『文章最忌隨人後。』誠至論也。」（《叢話》前集卷四十九，頁333）

一、「意」、「語」的獨創

胡仔對於宋代幾位勇於創新的大家皆予於推崇讚美，蘇軾的〈海棠詩〉、王安石二首〈明妃曲〉皆許以「辭格超逸」；肯定歐陽脩〈飛蓋橋玩月〉自出胸臆，不肯蹈襲前人；陸龜蒙的〈自遣〉、〈古意〉詩「思新語奇，不襲前人」；唐庚〈湖上〉、〈棲禪暮歸書所見〉二詩「語意俱新」；陳師道的〈歸雁〉「全不蹈襲」；趙鼎臣〈中秋夜待月詩〉，自在、「語意俱到」；王禹偁、蘇軾的中秋月詩，能真正掌握題旨；黃庭堅、王安石以「反其意」（翻案）的手法作詩，主表現「不欲沿襲」的獨創氣魄。

> 苕溪漁隱曰：「鄭谷〈海棠詩〉云：『穠麗最宜新著雨，妖饒

全在欲開時。」前輩以謂此兩句說盡海棠好處。今持國『柔
豔著雨更相宜』之句,乃用鄭谷語也。至於東坡作此詩,則
詞格超逸,不復蹈襲前人,其詩有『嫣然一笑竹籬間,桃李
漫山總粗俗。自然富貴出天姿,不待金盤薦華屋。朱唇得酒
暈生臉,翠袖卷紗紅映肉。林深霧暗曉光遲,日暖風輕春睡
足。雨中有淚亦悽愴,月下無人更清淑。』元豐間,東坡謫
黃州,寓居定惠院,院之東,小山上有海棠一株,特繁茂,
每歲盛開時,必為攜客置酒,已五醉其下矣,故作此長篇。
平生喜為人寫,蓋人間刊石者自有五六本,云軾平生得意詩
也。」(《叢話》前集卷二十八,頁 197)

胡仔對於韓維(持國)備受推崇的〈海棠詩〉「柔豔著雨更相宜」,
〔註297〕顯然不甚認同,認為其詩之詩意與詩語,皆襲用鄭谷〈海棠詩〉
「穠麗最宜新著雨」〔註298〕之詩,沒有什麼特別創新與獨特之處。

　　但是,胡仔推崇同樣是歌詠海棠花的東坡詩,認為東坡之詩作
「不復蹈襲前人」,不管就詩意或詩語,皆能超出前人歌詠海棠花的範
疇,賦予海棠花新的風貌,顯然比起前輩來,更技高一疇。

　　胡仔推崇東坡的〈海棠詩〉「詞格超逸」:

江城地瘴蕃草木,只有名花苦幽獨,嫣然一笑竹籬間,桃李
漫山總麤俗。也知造物有深意,故遣佳人在空谷,自然富貴
出天姿,不待金盤薦華屋,朱唇得酒暈生臉,翠袖卷紗紅映
肉。林深霧暗曉光遲,日暖風輕春睡足。雨中有淚亦悽愴,
月下無人更清淑。先生食飽無一事,散步逍遙自捫腹。不問
人家與僧舍,拄杖敲門看修竹。忽逢絕豔照衰朽,歎息無言
揩病目。陋邦何處得此花,無乃好事移西蜀。寸根千里不易

〔註297〕韓維〈海棠詩〉「長條無風亦自動,柔艷著雨更相宜。」只餘此二句,
　　　　漫其後句。
〔註298〕鄭谷〈海棠〉「春風用意勻顏色,銷得攜觴與賦詩。穠麗最宜新著雨。
　　　　嬌饒全在欲開時。莫愁粉黛臨窗懶,梁廣丹青點筆遲。朝醉暮吟看不
　　　　足,羨他蝴蝶宿深枝。」(《全唐詩》卷 675_81,頁 7738)

致，銜子飛來定鴻鵠。天涯流落俱可念，為飲一樽歌此曲，

明朝酒醒還獨來，雪落紛紛那忍觸。〔註299〕

東坡此詩〈寓居定惠院雜花滿山有有海棠一株，土人不知貴也〉，乃宋神宗元豐三年（1080），烏臺詩案之後，劫後餘生的東坡，暫時寄住黃州的定惠院，在落魄潦倒之際，偶然在滿山雜花中，發現一株高雅海棠，眼睛為之一亮，一面慶幸巧遇佳人（海棠），一面感傷流落的佳人（海棠）乏人賞識，因為「土人不知貴也」。而東坡自己也是「同是天涯淪落人」，故感傷海棠的流落，亦是寄託著自己的流落，紀昀曰：

純以海棠自寓，風姿高秀，興象微深，後半尤煙波跌盪。此

種真非東坡不能；東坡非一時興到亦不能。〔註300〕

東坡此詩描繪海棠花，早已超出一般詠物詩的範疇，不再侷限於外形的描繪，而是深入骨髓地寫其內在精神。東坡此詩的重點並非真正詠物，主要在於借海棠花抒發自己的流落的情懷。

　　東坡描繪海棠花在荒涼的竹籬間展現她的輕盈含蓄的微笑，和滿山的濃艷的桃花、李花相比較，桃李花顯得粗俗不堪，用桃李的濃艷來襯托海棠的高雅。並說海棠花的雍容華貴，乃是出自於天生麗質，不需要裝飾在漂亮的盤子裡，推薦到豪宅華屋之中，也就是不需要外在物質，華麗的裝扮巧飾，亦能呈現其國色天香，所謂「鬖頭亂髮，不掩國色」也。

　　並以佳人之美來比喻海棠花的美，海棠花的色澤，就像美人因為喝酒的滿臉紅暈，翠綠輕紗的衣袖映照紅潤的膚色（翠綠的葉子包裹脂胭色的海棠花）。空山幽谷中，濃霧籠罩，日光遲遲未現，使得慵懶的海棠花得以一飽春睡，雨水打濕的海棠花就像美人的臉上掛著淒涼的淚珠，在月光下顯得更清新秀美。

〔註299〕此詩詩名應為〈寓居定惠院雜花滿山有有海棠一株，土人不知貴也〉，見《蘇文忠公詩編註集成》，清·王文誥，台北：學生書局，中華民國 76 年 10 月第三次印刷，頁 2479～2481。

〔註300〕《蘇文忠公詩編註集成》，頁 2480～2481。

　　良玉按：東坡此歌詠海棠花之詩，除了不蹈襲前人對海棠花「語辭」的描繪之外，在「意」的層次上，亦是獨立自主，賦予海棠花新的風貌與標格，提高了詠物詩的層次，不僅僅侷限於所詠之物外形上的描摹，更深入其骨髓而寫其精神，賦予海棠花新的生命與精神，此乃個人以為胡仔評此詩「詞格超逸」之因。

> 苕溪漁隱曰：「……余觀介甫〈明妃曲〉二首，辭格超逸，……，不可遺也，因附益之。其一云：『明妃初出漢宮時，淚濕春風鬢腳垂，低回顧影無顏色，尚得君王不自持。歸來卻怪丹青手，入眼平生未曾有，意態由來畫不成，當時枉殺毛延壽。一去心知更不歸，可憐著盡漢宮衣，寄聲欲問塞南事，只有年年鴻雁飛。家人萬里傳消息，好在氈城莫相憶，君不見咫尺長門閉阿嬌，人生失意無南北。』其二云：『君妃出嫁與胡兒，氈車百輛皆胡姬，含情欲語獨無處，傳與琵琶心自知。黃金捍撥春風手，彈看飛鴻勸胡酒，漢宮侍女暗垂淚，沙上行人卻回首。漢恩自淺胡自深，人生樂在相知心，可憐青塚已蕪沒，尚有哀絃留至今。』」（《叢話》後集卷二十三，頁167）

胡仔推崇王安石二首「辭格超逸」的〈明妃曲〉〔註301〕，指的應是王安石此詩之詩意，完全推翻傳統對昭君敘述的觀點。

　　一般詩作均將昭君的出塞和番，怪罪在畫工毛延壽的畫筆畫醜了昭君，導致昭君遠嫁異域的悲劇。但是王安石卻提出了「意態由來畫不成」的新看法，認為一個人的內在精神氣質，是無法藉由畫筆呈現的。除非少數的天才，才能留下蒙娜麗莎那種韻味有致的微笑，一般人是否有能力藉著畫筆傳達一個人的氣質韻味？實是一令人深思的問題，也是一針見血的看法。所以，王安石認為「當時枉殺毛延壽」，倒楣的畫工毛延壽，說穿了，只是漢元帝用來洩忿的代罪羔羊

〔註301〕《王文公文集》，上海：人民出版社，1974年9月第一版，頁472。

罷了！〔註302〕

王安石又提出「君不見咫尺長門閉阿嬌」的見解，留在皇帝身邊的女人，不見得就是最幸福的，歷史上可見漢武帝的陳皇后阿嬌，不就是身在咫尺，卻被打入長門宮的例子，所以說「人生失意無南北」，人生的失意，是無關乎你身處南方的朝廷，或北方的蠻邦的。雖然，昭君遠離故鄉家人，是一種人生悲劇，但是被冷落在近在咫尺的長門宮內的皇后陳阿嬌，又何嘗不是一種悲劇？的確！人生的不如意，是無關乎南、北、遠、近的！

「漢恩自淺胡自深」——漢元帝對於昭君的恩澤是很淺薄的，昭君入宮數年，幽閉深宮數年，未曾見過皇帝一面，最後以「和番」的名義送給匈奴，雖然是昭君主動出塞，但其中的哀怨，恐怕還是「哀莫大於心死」的絕決，漢家天子除了帶給無數後宮嬪妃深深的幽怨之外，實在沒有恩澤可言，漢元帝只在餞別的時候，才第一次見到昭君的「豐容靚飾，光明漢宮，顧影徘徊，竦動左右。帝見大驚，意欲留之，而難於失信，遂與匈奴。」〔註303〕才第一次發現昭君的美是「入眼平生未曾有」的，漢元帝除了覬覦昭君的美貌，對昭君而言，沒有任何恩澤可言的。相反地，呼韓邪單于卻以「氈車百輛」的盛大規模的迎娶昭君，並封昭君為「寧胡閼氏」（皇后），其寵愛可想而知。

故最後王安石提出了「人生樂在相知心」的論點，至於是漢？是胡？並沒有太大的關係。

王安石的〈明妃曲〉兩首，夾敘夾議，議論獨特，跳出一般傳統思維，贏得胡仔「辭格超逸」的推崇，個人以為，主要是詩意之獨樹一幟，不蹈襲而能獨創也。

　　苕溪漁隱曰：「古今詞人作〈明妃辭曲〉多矣，意皆一律，惟

〔註302〕有關王安石〈明妃曲〉兩首的評論，可參看第五章第三節〈論宋代重要詩人〉。

〔註303〕《後漢書》卷七十九〈南匈奴列傳〉，楊家駱主編，台北：鼎文書局，中華民國70年4月四版，頁2941。

呂居仁獨不蹈襲，其詩云：『人生在相合，不論胡與秦，但取
眼前好，莫言長苦辛，君看輕薄兒，何殊胡地人。』」（《叢話》
後集卷四十，頁330）

呂居仁所作的〈明妃辭曲〉詩，和上一則王安石的〈明妃曲〉一樣，可
取之處，都是不蹈襲前人的觀點，跳出前人多是著筆於昭君愛君眷國
之愛國情操的描寫。而用自己另一獨特的觀點來論述昭君。

呂居仁此詩跳出傳統悲悼昭君遠嫁異域的悲傷論調，指出人生貴
於相知相合，不要刻板地認定胡人不好而漢人較好的想法，要珍惜眼
前美好的一切，不要去看到負面辛苦不適之處，可試著看那些輕薄的
漢人，和胡地之人有什麼差別呢？

苕溪漁隱曰：「歐公作詩，蓋欲自出胸臆，不肯蹈襲前人，亦
其才高，故不見牽強之跡耳。如〈六月十四夜飛蓋橋玩月〉
云：『天形積輕清，水德本虛靜，雲收風浪止，始見天水性，
澄光與粹容，上下相涵映。乃于其兩間，皎皎挂寒鏡，餘輝
所照耀，萬物皆鮮瑩。矧夫人之靈，豈不醒視聽。而我于此
時，翛然發孤詠，紛昏忻洗滌，俯仰恣涵泳。人心曠而閑，
月色高愈迥，惟恐清夜闌，時時瞻斗柄。』」（《叢話》後集卷
二十三，頁168）

推崇歐陽脩〈六月十四夜飛蓋橋玩月〉〔註304〕詩，自出胸臆，不肯蹈
襲前人，主因乃歐陽脩的才氣高，絲毫未見此詩有任何牽強之處。

個人認為歐陽脩此詩，以文為詩，頗見議論，描寫月夜中，在飛
蓋橋下的所見所思，發感概吟咏於其間。夜幕之下，澄澈的天色與虛靜
的水容，皎潔的月光下，天地萬物都呈現光輝明亮的本性。而人為萬物
之靈，豈能渾然無覺，在月光的洗滌之下，紛亂昏沈的思緒得以飄然遠
去，涵泳在明亮光潔之中，讓人心曠而神閑。歐陽脩此詩，表現人與大
自然的相感相應的「天人合一」的精神。

〔註304〕此詩詩名應為〈飛蓋橋翫月〉，收錄於《歐陽修全集‧居士集》（一），
古詩，台北：河洛圖書出版社，中華民國64年3月初版，頁29。

　　苕溪漁隱曰：「天隨子有〈自遣〉云：『數尺遊絲墜碧空，年
　年長自惹春風，爭知天上無人住，也有清愁鶴髮翁。』又〈古
　意〉云：『君心莫淡薄，妾意正棲託，願得雙車輪，一夜生四
　角。』皆思新語奇，不襲前人也。」（《叢話》後集卷十六，
　頁116）

胡仔推崇「天隨子」即陸龜蒙〔註305〕的〈自遣〉詩〔註306〕與〈古意〉
詩，「思新語奇，不襲前人」。

　　陸龜蒙的〈自遣〉詩，描寫自天垂降的柳絲，每年總是無端地在
春風裡招惹人們的愁緒。怎知天上沒有人住？至少也有因為愁緒而染
白頭髮的鶴髮翁。此詩抒寫春天無由來幽微的愁緒，惹來清愁，即使天
上的神仙，也會因此閒愁而染白了頭髮。

　　陸龜蒙的〈古意〉詩，借一思婦之口，挽留即將遠行的人，想像
奇特，希望對方的車輪，在一夜之間長了四個角，使之不能轉動，讓
對方不能離自己而遠去。此詩在造語上，不襲前人；在構思上，也獨樹
一幟。

　　苕溪漁隱曰：「……〈湖上〉云：『佳月明作哲，好風聖之
　清。』〈棲禪暮歸〉云：『草青仍過雨，山紫更斜陽。』語意
　俱新矣。」（《叢話》後集卷三十四，頁260～261）

胡仔推崇唐庚詩〈湖上〉「佳月明作哲，好風聖之清。」皎潔的明色就
像聰明有智慧的國君一般，使賢者進，不肖者退，天下知善而勸之，知
惡而恥之〔註307〕。好風就如同清高的聖人伯夷一樣，使頑者廉而懦者

〔註305〕唐代陸龜蒙，字魯望。蘇州（今屬江蘇）人。生卒年不詳。舉進士不
　　　　中。曾為湖州、蘇州從事。其〈奉和太湖詩・縹緲峰〉詩中有「身為
　　　　大塊客，自號天隨子」句。《新唐書・隱逸傳・陸龜蒙》：「陸龜蒙，……
　　　　時謂江湖散人，或號天隨子、甫裏先生。」
〔註306〕《全唐詩》卷628收錄陸龜蒙〈自遣〉詩三十首，此為第十三首，頁
　　　　7208。
〔註307〕「明作哲」用《春秋繁露》卷十四：「明作哲，哲者，知也，王者明，
　　　　則賢者進，不肖者退，天下知善而勸之，知惡而恥之矣。」（《四部叢
　　　　刊正編》，台灣商務出版社，經部（三），頁77）

立〔註308〕。不管在語辭上或語意上皆顯示出創新而不沿襲。

唐庚另一首詩〈棲禪暮歸書所見〉二首其二〔註309〕的「草青仍過雨，山紫更斜陽。」——翠綠的青草，經過雨水的洗滌，草色顯得更青翠了。夕陽餘暉，籠罩著暮色的棲禪山，呈現出紫色的姿媚和色澤。胡仔以為「語意俱新」。

> 苕溪漁隱曰：「杜枚之〈早雁詩〉云：『仙掌月明孤影過，長門燈暗數聲來。』六一居士〈汴河聞雁〉云：『野岸柳黃霜正白，五更驚破客愁眠。』皆言幽怨羈旅，聞雁聲而生愁思。至後山則不然，但云：『遠道勤相喚，羈懷誤作愁。』則全不蹈襲也。」（《叢話》後集卷三十三，頁252）

此則提到同樣談論雁鳥的三首詩：

> 仙掌月明孤影過，長門燈暗數聲來。〔註310〕（杜牧〈早雁詩〉）

> 野岸柳黃霜正白，五更驚破客愁眠。〔註311〕（歐陽脩〈汴河聞雁〉）

> 遠道勤相喚，羈懷誤作愁。〔註312〕（陳師道〈歸雁〉）

杜牧〈早雁詩〉與歐陽脩〈汴河聞雁〉詩，描寫的都是聽到雁群的叫聲而產生了羈旅的幽怨。但是陳師道的〈歸雁〉，「遠道勤相喚，羈懷誤作

〔註308〕「聖之清」用《孟子·萬章句下》「伯夷，聖之清者也。」

〔註309〕〈棲禪暮歸書所見〉二首其二：「春著湖烟膩，晴搖野水光，草青仍過雨，山紫更斜陽。」

〔註310〕杜牧〈早雁〉「金河秋半虜弦開，雲外驚飛四散哀。仙掌月明孤影過，長門燈暗數聲來。須知胡騎紛紛在，豈逐春風一一回，莫厭瀟湘少人處，水多菰米岸莓苔。」（《全唐詩》，頁5972）

〔註311〕歐陽脩〈自河北貶滁州初入汴河聞鴈〉「陽城淀裏新來鴈，趁伴南飛逐越船。野岸柳黃霜正白，五更驚破客愁眠。」（《歐陽修全集·居士外集》（一），台北：河洛圖書出版社，中華民國64年3月初版，頁80）

〔註312〕陳師道〈歸雁二首（之一）〉「弧矢千夫志，瀟湘萬里秋。寧為寶箏柱，肯作置書郵。遠道勤相喚，羈懷誤作愁。聊寬稻粱意，寧復網羅憂。」

愁。」則表現出雁群飛翔時成群結隊，遠處飛歸，山遙水遠，殷勤相喚，以免伴侶失群。然而雁群的啼叫聲，卻往往被羈旅思歸的人們，誤作愁緒的啼叫聲。對於傳統對雁聲的認識，作了不同的詮釋，故胡仔推崇陳師道此詩「全不蹈襲」，主要是就詩意而言。

　　《夷白堂小集》云：「〈中秋夜待月詩〉，和者數人，趙承之一
　　聯云：『古來此景歎經歲，今夜誰家不倚樓。』孫平父一聯云：
　　『坐得銀盤生海底，俄驚金餅上雲頭。』尤為佳也。」苕溪
　　漁隱曰：「余評前一聯自在，語意俱到；後一聯用銀盤金餅，
　　止是詠月，何獨中秋，吾無取焉。」（《叢話》後集卷二十三，
　　頁 169）

胡仔不認同鮑慎由《夷白堂小集》〔註313〕所云孫平父所作的中秋詩「坐待銀盤生海底，俄驚金餅上雲頭。」為佳。只推崇趙鼎臣〔註314〕的〈中秋夜待月詩〉「古來此景歎經歲，今夜誰家不倚樓。」寫得自在，且「語意俱到」。

　　試觀此二聯詩，孫平父所描述的中秋詩，只描述等待月亮從海底升起，突然間月亮已跳上了雲間。除了用「銀盤」、「金餅」等詞來形容月亮之外，沒有什麼特殊之處，此聯詩可以用在任何一個滿月的時刻，不必限定於中秋節。

　　但趙鼎臣的詩，所呈現的卻是只有在中秋佳節時，才有的闔家團圓，一齊倚樓賞月的情景。文字雖然清新平易，卻是古往今來，相沿不變的習俗。每一年中，家家戶戶只有在中秋夜的夜晚，共同倚樓望月的狀況。故胡仔推崇此聯「語意俱到」，為佳詩也。

　　苕溪漁隱曰：「古人賦中秋詩，例皆詠月而已，少有著題者，
　　惟王元之云：『莫辭終夕看，動是隔年期。』蘇子瞻云：『暮

〔註313〕鮑慎由，處州龍泉（今屬浙江省）人，北宋學者。哲宗元祐六年（1091）
　　　　時進士，累官工部員外郎。曾從王安石、蘇軾學，為文汪洋閎肆，詩
　　　　尤高妙。有《夷白堂小集》。
〔註314〕趙鼎臣（1068～？），字承之，自號葦溪翁，韋城（今河南滑縣東南）
　　　　人。哲宗元祐六年（1091）進士，著有《竹隱畸士集》四十卷。

> 雲收盡溢清寒，銀漢無聲轉玉盤，此生此夜不長好，明月明
> 年何處看。』蓋庶幾焉。……」（《叢話》後集卷二十三，頁
> 169）

胡仔評論歷來賦咏中秋的詩歌，多只是「詠月」而已，很少能真正切
合中秋月的主題。推崇王禹偁與蘇軾〈中秋詩〉，能真正切合中秋月的
主題。

　　王禹偁〈中秋詩〉：

> 莫辭終夕看，動是隔年期。〔註315〕

將一年一度的中秋月色之稀有難得凸顯出來，因為過了此夕，就要等
到隔年才觀賞的到了。

　　蘇軾〈中秋月〉：

> 暮雲收盡溢清寒，銀漢無聲轉玉盤，此生此夜不長好，明月
> 明年何處看。〔註316〕

此作乃神宗熙寧十年（1077）〔註317〕，東坡與其弟蘇轍在歷經七年的
久別之後，首次共賞中秋月的樂事。

　　前兩句純粹寫景，首句從暮雲漸漸散去，皓月探出頭來，一幕動
畫般的撥雲見月，生動地呈現眼前。「溢清寒」——空氣中飄動著寒涼
之氣，除了予人觸覺上的寒涼之感，也點出了時序已是秋涼時節。

　　次句描繪萬里無雲的天空上，一輪明月靜悄無聲地升上天空的美
麗形象。「轉玉盤」很形象生動地描圓圓的、皎潔的月亮昇向高空的景
象。「轉」字充滿進行中的動感，「玉盤」則顯現月亮的圓滿與光亮。此

〔註315〕王禹偁〈中秋詩〉其二，「何處見清輝，登樓正午時。莫辭終夕看，動
　　　　是隔年期。冷濕流螢草，光凝宿鶴枝。不禁難唱曉，輕別下天涯。」
〔註316〕此作名為〈陽關詞三首〉其三〈中秋月〉，此作詩詞集皆收錄。《蘇文
　　　　忠公詩編註集成》，清·王文誥，台北：學生書局，中華民國76年10
　　　　月第三次印刷，頁2227。
〔註317〕查註：「《風月堂詩話》云：東坡中秋詩，紹聖元年自題其後云：『予
　　　　十八年前中秋與子由觀月於彭城時作此詩，以陽關歌之』。」（《蘇文
　　　　忠公詩編註集成》，頁2227）良玉按：紹聖元年（1094）的十八年前即
　　　　神宗熙寧十年（1077）。

作前兩句緊扣中秋之月景。

　　三、四句則筆鋒一轉，由天空的夜景，轉向人事的聚合，此次東坡和弟弟蘇轍短暫的相聚，馬上卻又得面臨分手的感傷。故東坡不得由今夜美好的相聚與月色，而發出「此生此夜不長好，明月明年何處看。」這般令人感傷的喟歎。

　　人事的無常變動，與月亮的陰晴圓缺一般，多是身不由己，明亮美好的月色，並非每天都有，而人事的聚散離合，也無法在自己的掌控之中，不知道明年會在哪裡？和什麼人一齊欣賞中秋月？

　　　　苕溪漁隱曰：「太白云：『解道澄江靜如練，令人還憶謝玄
　　　　暉。』至魯直則云：『憑誰說與謝玄暉，休道澄江時如練。』
　　　　王文海云：『鳥鳴山更幽。』至介甫則云：『茅簷相對坐終日，
　　　　一鳥不鳴山更幽。』皆反其意而用之，蓋不欲沿襲之耳。」
　　　　（《叢話》後集卷四，頁25）

此則胡仔舉出黃庭堅、王安石以「反其意」（翻案）的手法作詩，主因乃是「不欲沿襲」，走出獨創的道路。

　　李白的〈金陵城西樓月下吟〉有「解道澄江淨如練，令人還憶謝玄暉。」〔註318〕之句，完全襲用謝朓（玄暉）〈晚登三山還望京邑〉「澄江淨如練」〔註319〕的全句，將之引入詩篇，表示自己能夠深刻瞭解謝朓登樓遠眺的心情。而黃山谷則一反李白之詩意云：「憑誰說與謝玄暉，休道澄清淨如練。」〔註320〕要託付誰告訴謝玄暉呢？不要再說什

〔註318〕《李太白詩歌全集》古近體詩卷二十二，清・王琦注，劉建新校勘，
　　　　北京：今日中國出版社，1997年11月第一版，頁250。
〔註319〕謝朓〈晚登三山還望京邑〉「灞涘望長安，河陽視京縣。白日麗飛甍，
　　　　參差皆可見。餘霞散成綺，澄江淨如練。喧鳥覆春洲，雜英滿芳甸。
　　　　去矣方帶淫，懷哉罷歡宴。佳期悵何許，淚下如流霰。有情知望鄉，
　　　　誰能鬒不變。」（《中國歷代詩選》，台北：源流文化事業有限公司，
　　　　中華民國71年9月初版，頁231）
〔註320〕〈題晁以道雪雁圖〉「飛雪灑蘆如銀箭，前雁驚飛後回盼。憑誰說與
　　　　謝玄暉，休道澄清淨如練。」（《山谷詩集注》，任淵、史容、史季溫
　　　　注，上海：古籍出版社，2003年12月第一版，頁180）

麼「澄清淨如練。」的話了。

至於王籍〈入若耶溪〉云：「鳥鳴山更幽」〔註321〕，王安石〈鍾山即事〉則反其意而云「一鳥不鳴山更幽」〔註322〕，至於「反其意」的效果如何，胡仔並未評論。只云反其意而用之，最主要乃是展現「不欲沿襲」的獨創性。

二、格式的獨創

胡仔推崇歐陽脩折句的格式、黃庭堅「三句一換韻，三疊而止」等新詩格：

> 苕溪漁隱曰：「六一居士詩云：『靜愛竹時來野寺，獨尋春偶過溪橋。』俗謂之折句。盧贊元〈雪詩〉云：『想行客過梅橋滑，免老農憂麥壟乾。』效此格也。余亦嘗云：『鸚鵡杯且酌清濁，麒麟閣懶畫丹青。』」（《叢話》前集卷三十六，頁241）

歐陽脩〈退居述懷寄北京韓侍中〉「靜愛竹時來野寺，獨尋春偶過溪橋」〔註323〕的詩歌節奏與一般詩歌二、二、三的節奏不同，用三、四的節奏寫成，被稱為「折句」或「折腰句」。

歐陽修的這兩句詩，每句都直截將兩句縫合在一個詩行裏，即靜愛竹，時來野寺；獨尋春，偶過溪橋。歐陽脩此詩顯然故意用異於傳統的節奏來達成生新的效果。

> 苕溪漁隱曰：「永叔〈送原甫出守永興詩〉云：『酌君以荊州魚枕之蕉，贈君以宣城鼠鬚之管，酒如長虹飲滄海，筆若駿

〔註321〕南朝梁‧王籍〈入若耶溪〉「艅艎何泛泛，空水共悠悠。陰霞生遠岫，陽景逐回流。蟬噪林逾靜，鳥鳴山更幽。此地動歸念，長年悲倦遊。」

〔註322〕王安石〈鍾山即事〉「澗水無聲繞竹流，竹西花草弄春柔，茅簷相對坐終日，一鳥不鳴山更幽。」

〔註323〕《歐陽修全集‧居士外集》（一）〈退居述懷寄北京韓侍中〉二首其二：「書殿宮臣寵並叨，不同憔悴返漁樵。無窮興味閑中得，強半光陰醉裏銷。靜愛竹時來野寺，獨尋春偶過溪橋。猶須五物稱居士。不及顏回飲一瓢。」（台北：河洛圖書出版社，中華民國64年3月初版，頁240）

> 馬馳平坂。』黃魯直〈送王郎詩〉云：『酌君以蒲城桑落之酒，泛君以湘纍秋菊之英，贈君以黟川點漆之墨，送君以陽關墮淚之聲；酒澆胸中之磊落，菊制短世之頽齡，墨以傳千古文章之印，歌以寫從來兄弟之情。』近時學者，以謂此格獨魯直為之，殊不知永叔已先有也。」(《叢話》前集卷二十九，頁 201)

此則胡仔推崇歐陽脩〈送原甫出守永興詩〉〔註 324〕「酌君以……贈君以……酒如……筆若……」的新詩格的創建之功。

> 苕溪漁隱曰：「魯直〈觀伯時畫馬詩〉云：『儀鸞供帳饕蝨行，翰林濕薪爆竹聲，風簾官燭淚縱橫。木穿石槃未渠透，坐窗不遨令人瘦，貧馬百菽逢一豆。眼明見此玉花驄，徑思著鞭隨詩翁，城西野桃尋小紅。』此格，《禁臠》謂之促句換韻，其法三句一換韻，三疊而止。此格甚新，人少用之。……」(《叢話》前集卷四十八，頁 330)

此則胡仔推崇黃庭堅〈觀伯時畫馬詩〉「三句一換韻，三疊而止」，創立了新的詩格。甚至自己也學此新格式而寫了一首詩。〔註 325〕

胡仔的創作論，強調獨創之功，對於歐陽脩、黃庭堅創立新的詩歌格式，予以肯定推崇。相對地，對於因襲模仿之作，則予以痛批。

> 《古今詩話》云：「南方浮圖能詩者多，士大夫鮮有汲引，多汩沒不顯，福州僧有詩百餘篇，其中佳句，如『虹收千障雨，

〔註 324〕《歐陽修全集・居士集》(一)〈送原甫出守永興詩〉「酌君以荊州魚枕之蕉，贈君以宣城鼠須之管。酒如長虹飲滄海，筆若駿馬馳平坂。愛君尚少力方豪，嗟我久衰歡漸鮮。文章驚世知名早，意氣論交相得晚。魚枕蕉，一舉十分當覆盞；鼠須管，為物雖微情不淺。新詩醉墨時一揮，別後寄我無辭遠。」(台北：河洛圖書出版社，中華民國 64 年 3 月初版，頁 59)

〔註 325〕余嘗以此格為鄙句云：「青玻璃色瑩長空，爛銀盤挂屋山東，晚涼徐度一襟風。天分風月相管領，對之技癢誰能忍，吟哦自恨詩才窘。掃寬露坐發興新，浮蛆琰琰拋青春，不妨舉醆成三人。」(《叢話》前集卷四十八，頁 330)

潮展半江天。』不減古人也。」苕溪漁隱曰：「此一聯乃體李
義山詩『虹收青障雨，鳥沒夕陽天』，所謂屋下架屋者，非不
經人道語，不足貴也。」（《叢話》前集卷五十七，頁395）

《古今詩話》推崇福州僧詩，多有佳句，並稱贊其「虹收千障雨，潮展
半江天。」〔註326〕不減古人。胡仔則批評福州僧（可朋）此聯詩，乃
是仿傚李義山「虹收青障雨，鳥沒夕陽天」〔註327〕的詩句，並認為福
州僧此聯詩，只是重複模仿，無所創新，只改變數字，了無新意，並沒
有什麼可貴之處。

　　李商隱的詩描述彩虹收走了千座屏風般青色山脈的雨，飛鳥掩沒
在夕陽餘暉中。而福州僧（可朋）此一聯詩，前句描述彩虹收走了屏風
般重疊起伏山脈的雨，在意義上與李詩無異，只是下一句——潮水開
展半邊的江天，與李詩稍異。福州僧（可朋）的詩，末句以「潮水開展
半邊的江天」的畫面替代「夕陽餘暉中飛鳥」的畫面。

小結

　　胡仔重視詩歌要有「自出新意」的獨創能力，鄙視只是重複模仿，
無所創新的因襲作品。

　　無論是「意」、「語」或「格式」的獨創，皆為胡仔所賞識。

　　歐陽脩〈飛蓋橋玩月〉、王安石〈明妃曲〉、蘇軾〈海棠詩〉、陳師
道的〈歸雁〉皆以自出胸臆，不肯蹈襲前人之「意」，為胡仔所肯定推
崇。

　　晚唐陸龜蒙〈自遣〉、〈古意〉等詩，則因「思新語奇，不襲前人」、
宋唐庚〈湖上〉、〈樓禪暮歸書所見〉以「語意俱新」、宋趙鼎臣〈中秋

〔註326〕《全唐詩》作「嶂」非「障」。——不知版本錯誤或胡仔筆誤？
　　　　《全唐詩》卷849_5，只收福州僧可朋的幾聯詩，標名為〈句〉。此句
　　　　為「虹收千嶂雨，潮展半江天。」（頁9612）
〔註327〕此詩名為〈河清與趙氏昆季宴集得擬杜工部〉「勝概殊江右，佳名逼
　　　　渭川。虹收青嶂雨，鳥沒夕陽天。客聲行如此，滄波坐渺然。此中真
　　　　得地，漂蕩釣魚船。」（收錄於《全唐詩》卷541_42，頁6228）

夜待月詩〉，皆因為「意」、「語」的創新獨到而贏得胡仔的讚美。

　　王禹偁、蘇軾的中秋月詩，能真正掌握詩歌主旨；黃庭堅、王安石以「反其意」（翻案）的手法作詩，表現「不欲沿襲」的獨創氣魄，都受到胡仔的肯定推崇。

　　歐陽脩〈退居述懷寄北京韓侍中〉「靜愛竹時來野寺，獨尋春偶過溪橋」的特殊「折句」格式，歐陽脩〈送原甫出守永興詩〉的「酌君以……贈君以……酒如……筆若……」的創新格式，黃庭堅〈觀伯時畫馬詩〉「三句一換韻，三疊而止」，創立了新的詩格，皆因「格式」的獨創，為胡仔所讚賞。